浙江省哲学社会科学规划重大项目“西方文学思潮发展史”（22YSXK03ZD）
2024年“商大精品文库”建设项目

爱伦·坡文学批评研究

王二磊 著

商务印书馆 The Commercial Press | 北京
浙江工商大学出版社 ZHEJIANG GONGSHANG UNIVERSITY PRESS | 杭州

图书在版编目（CIP）数据

爱伦·坡文学批评研究 / 王二磊著. -- 杭州 ：浙江工商大学出版社 ；北京 ：商务印书馆，2024. 12.

ISBN 978-7-5178-6083-9

Ⅰ. I712.06

中国国家版本馆 CIP 数据核字第 20241LV332 号

爱伦·坡文学批评研究

AILUN · PO WENXUE PIPING YANJIU

王二磊 著

出 品 人 郑英龙
策　　划 郑英龙　任晓燕
责任编辑 张莉娅
责任校对 林莉燕
封面设计 观止堂_未氓
责任印制 祝希茜
出　　版 商务印书馆
浙江工商大学出版社
发　　行 浙江工商大学出版社
（杭州市教工路 198 号　邮政编码 310012）
（E-mail:zjgsupress@163.com）
（网址:http://www.zjgsupress.com）
电话:0571-88904980,88831806(传真)
排　　版 杭州朝曦图文设计有限公司
印　　刷 浙江全能工艺美术印刷有限公司
开　　本 710 mm×1000 mm　1/16
印　　张 14.75
字　　数 197 千
版 印 次 2024 年 12 月第 1 版　2024 年 12 月第 1 次印刷
书　　号 ISBN 978-7-5178-6083-9
定　　价 78.00 元

前　言

美国 19 世纪著名文学家埃德加・爱伦・坡在诗歌和短篇小说创作方面均颇有建树。然而，正是作为评论家，坡第一次引起了广泛的注意，他的夙愿就是创办一份独立自主的文学批评杂志。此外，坡本人也宣称他自己在本质上是一个杂志撰稿人。就数量而言，作为一名职业杂志编辑，坡发表的评论文章(绝大部分是文学批评类文章)有将近 1000 篇，远超他创作的诗歌和短篇小说的数量之和。美国著名批评家艾布拉姆斯指出，在亚里士多德之后，“最有影响力的理论批评家是希腊的朗基努斯，罗马的贺拉斯，法国的布洛瓦和圣伯夫，德国的鲍姆加登和歌德，英国的塞缪尔・约翰逊、柯勒律治和马修・阿诺德，还有美国的坡和爱默生”①。韦勒克在其文学批评力作《近代文学批评史》中同样把坡和爱默生视为美国 19 世纪上半叶最为重要的文学批评家。

然而，由于颠沛流离、人生短暂，坡没能把散落于各类期刊之中的批评文章整理、修订成一部系统的批评著作，他的文学批评也因此没有像其

---

① M. H. Abrams, Geoffrey Galt Harpham: *A Glossary of Literary Terms* (10th edition), Cengage Learning, 2011, p. 67.

文学创作那样得到国内学界的充分重视。就文学批评史而言,坡文学批评的价值和贡献也饱受争议。此外,坡的虚构作品中充斥着诸多非现实性描写,让读者和批评家误认为他是一位逃避现实社会的消极浪漫主义文学家。全面审视坡作品的文学价值,以及重新确定其文学批评理念的历史地位,乃本研究的核心目标。从目前坡研究的热点和趋势来看,当下国内外研究的重点是尝试将坡视为审视美国南北战争前印刷文化和美国民族、社会、经济和政治的关键人物。

当下坡研究的趋势与早期相关研究的不同之处在于,当下研究主要关注的是作者身份(如 *The Figures of Edgar Allan Poe: Authorship, Antebellum Literature, and Transatlantic Rhetoric*, 2017)与更大意义范式之间的关联,如民族、政治经济学(如 *The Monetary Imagination of Edgar Allan Poe: Banking, Currency and Politics in the Writings*, 2013)与种族(如 *Romancing the Shadow: Poe and Race*, 2001)、性别(*Gender and the Poetics of Reception in Poe's Circle*, 2004)、出版文化(如 *Poe and the Printed Word*,2000)和阶级(如 *Edgar Allan Poe and the Masses: The Political Economy of Literature in Antebellum America*, 1999)等之间的关系。然而,在举证方面,大多研究者仅仅从坡的虚构作品来透视这些重要的社会现象和问题,缺乏全面性和一定的可信度。因此,全面和系统地研究坡的批评思想既是对当下坡研究的热点和趋势做出的一种积极的回应,也将为之提供更为重要的论证依据。

本研究的主要意义有:

1. 提供坡研究的新视角。具有诗人、小说家和批评家三重身份的坡一直是国内学者的研究对象。对于坡的文学批评理论,目前国内研究只有零碎的涉及,尚无系统深入的探讨。鉴于此,本研究将侧重于坡本人的文学批评文本,通过对坡重要文学批评理念的梳理,构建出坡文学批评的理论体系,从而为国内坡研究提供一个新视角。

2.完善美国19世纪文学批评研究。就国内美国文学批评理论研究而言,学者们主要聚焦于美国20世纪文学批评,而在美国19世纪文学批评方面的研究上相对薄弱。本研究将以坡文学批评文本研究为基点,比照其与同时代的爱默生、洛威尔以及之后的詹姆斯、豪威尔斯等美国重要文学批评家之间的异同,从而完善和补充中国的美国19世纪文学批评理论研究。

3.为新时代中国文学批评提供参考。带着良知与"诗性裁判"的正义感,坡批判美国图书市场商业化进程中的商业兜售、抱团吹嘘等对文学批评话语的僭越行径,并为不受大众欢迎的文学天才打抱不平。同时,坡以独立和自律为理念积极建构文学批评的精神与准则。坡在文学批评中彰显出的勇气、良知和责任感,对于新时代中国文学批评具有一定的参考意义。

一、国内外研究状况

(一)国外研究现状

坡被美国批评界称为"战斧手"。然而,坡离世之后,由于其指定遗嘱执行人鲁弗斯·格里斯伍德的刻意毁誉,人们只知道他是那首脍炙人口的诗歌《乌鸦》的作者。之后,虽然批评家们会偶尔提及他的批评文论,但是对其文艺批评价值的态度莫衷一是。值得注意的是,伍德伯里的《埃德加·爱伦·坡》是19世纪西方坡研究的最为重要的文献。伍德伯里尤其肯定了坡在文学批评方面的卓越成就。到了20世纪,坡文学批评的价值和贡献才逐渐引起批评家的重视。坎贝尔在1918年的《坡》一文中指出,作为评论家的坡最具独特性的天赋是其清晰的智力和分析能力。坎贝尔在之后的《当代坡研究》一文中再次高赞了坡对文学批评的贡献。克鲁奇尽管反驳坎贝尔并指出坡的批评带有强烈的个人主义色彩,缺乏批评家的相关学识和素养,甚至经常盗用"二手"资料,但仍然肯定坡的批评思想提高了美国期刊评论的水准,打破了美国文学中的说教暴政。阿尔特顿的著作《爱伦·坡批评理论溯源》从比较文学影响研究的角度,分析了坡文学批评的理论来源。该著作虽为研究坡的批评思想的第一部学术著作,但对坡本人的文学批评理论的系统性研究不足,甚至在影响研究方面的一些结论也值得商榷,肇始了学界一定的纷争。T. S. 艾略特(1948)虽然指摘坡是"公正批评家的绊脚石",但仍然客观公正地指出坡的重要文学批评文章《创作哲学》"没有得到应有的重视","坡其他的美学文论也值得研究"。马克斯在《再论文学理论家爱伦·坡》一文中,也指出了坡的文学批评不受重视的境况,同时列举出坡文学批评的四个优点和五个缺点,及其对 20 世纪诗学的影响。之后,坡的文学批评思想再次得到了学术界的重视,这种重视体现于 20 世纪五六十年代对坡的文学批评实践的研究著作的陆续出版之上。

20 世纪 70 年代之后,除了法国批评家理查德的著作《埃德加·爱伦·坡:编辑和批评家》和洛佩斯的博士论文《生不逢时:埃德加·爱伦·坡、新闻和文学想象》外,学界对坡批评思想的系统性学术研究热情呈现出减弱的趋势。值得注意的是,在汤普森、卡苏托、斯图尔特·莱文和苏珊·莱文收集、整理和补充坡批评文章的努力下,作为批评家的坡的地位逐渐上升,其重要性也逐渐体现于文学批评史之中。韦勒克在《近代文学批评史》第三卷中就将坡置于美国批评家的首位;维姆萨特和布鲁克斯在他们合著的《文学批评简史》的第十一章"为了艺术而艺术"中指出,"评价坡的好坏是可能的,但是很难避开他",并在第十六章"象征主义"中论述了坡的文学批评对法国文学家波德莱尔"应和"理念的影响;哈比卜称赞坡为美国第一个明确主张诗歌自主的主要作家;戈登的博士论文《美国南北战争前的批评文化》第一章的标题"埃德加·爱伦·坡与战前批评的天职"将坡的文学批评思想置于美国南北战争前批评文化的首要位置。在研究坡批评理念的主题方面,国外学者们主要从以下几个维度展开:

1. 文学批评理念的影响研究。(1)在影响源泉的考证方面,代表人物主要有阿尔特顿、威尔逊、杰克逊和戴维斯。阿尔特顿的著作既是研究坡批评理论的第一部学术专著,也因诸多争议为之后的研究提供了讨论素材;威尔逊认为坡继承了施莱格尔的"效果说",并将其发扬光大;杰克逊反驳了阿尔特顿在坡的法律意识溯源方面的论述;戴维斯则又力挺阿尔特顿的结论,但认为坡将他学到的法律知识运用于短篇小说的创作中。(2)对坡批评理念影响进行考察的,主要有米歇尔、马克斯、马勒、福斯特和汤姆森。学者们主要探讨坡的文学理论对20世纪文学流派如象征主义、纯诗、新批评和法国结构主义的深远影响以及坡短篇小说理论中的"效果说"、反对道德说教等批评理念在后世文学批评和文学创作中的传承。

2. 重要小说理念研究。代表性研究者主要有史密斯、帕蒂、布莱尔、穆尔、马勒、汤普森和凯利。学者们主要讨论了坡短篇小说理论中的重要理念如"效果说"(史密斯和汤普森)、情节与基调(布莱尔和马勒)、故事的艺术性(帕蒂)等,指出坡以短篇小说批评和创作的方式,把艺术引入了杂志文学,以及坡用文学批评的方式赋予了短篇小说艺术理念,提升了短篇小说的文学地位和创作品位(穆尔),认为坡在侦探小说中也充分展示了他的文学批评理念(凯利)。相关学者关注到了坡小说理念中的艺术性特征,但坡尝试用什么样的美学理念赋予小说艺术性的问题尚未得到充分的解答和探讨。

3. 重要诗歌理念研究。坡在诗歌创作方面所倡导的艺术自律理念对后世的纯诗派产生了重要影响。戴维森探讨了坡的诗歌批评实践及其诗歌批评理念中的哲学思想。伦奎斯特结合坡的生平,概述了他的诗歌理念和诗歌批评。哈特曼指出坡作为诗歌批评家,为艺术而艺术并倡导三个基本原则:作品要追求单一的效果;艺术家的技巧应该完全致力于达到这种效果;快乐应是诗歌和小说的首要目标。麦甘则认为坡的诗歌批评理念因其反叛所谓“说教的异端”而闻名,他在诗歌创作方面的美学立场是针对当时社会的伦理和政治做出的批判性反思。然而,坡将诗歌界定为“美之有节奏的创造”,他的音乐诗学理论没有得到足够的重视,尚待进一步的研究和探讨。

4. 社会与文化批评理念研究。坡在其批评文章和文学创作中把文学批评思想延伸到对美国社会文化现象的反思之中,展示出其对社会焦点问题的立场与态度。虽然坡反对人文进步思想,但他同时又透露出迷恋科学和机械的倾向,表现出强烈的怀疑主义色彩和区域主义色彩,他的唯美主张和艺术理念正是对美国南北战争前文化中区域主义色彩的一种祛除。莫斯以坡的文学斗争为焦点,探究坡在文化与社会矛盾方面的立场,但对坡的文学理论和文学批评理论的论述有所轻视。皮普尔斯在《埃德加·爱伦·坡的来世》一著的第四章“人群中的人:社会历史中的坡”中指出,坡作为美国南北战争前社会政治舞台上的一名演员,其重要性更多地取决于是什么使他成为典型,而不在于是什么使他与众不同。坡对他所处时代的文化与民主做出了尖锐而又有趣的批判,而作为杂志编辑的坡,其文学批评又与美国南北战争前的大众文化有着千丝万缕的关系。可见,从艺术审美的角度来审视坡的文学观与美国南北战争前社会文化问题之关系的研究较为匮乏。

5. 坡的美学批评与美学史发展演变研究。坡的“超凡美”(又称“至上美”)理念融合了柏拉图的“模仿说”,成为连接柏拉图与现代美学之间的纽带,而凯利认为坡的“超凡美”从柏拉图和施莱格尔的思想中汲取了养分,但是摒弃了施莱格尔美学中的伦理和道德因素,只关注美本身。马克斯和福斯特均聚焦于坡对现代美学思想的影响,而波隆斯基则以坡的短篇小说《辛格姆·鲍勃先生的文学生涯》为中心探讨了坡与欧洲美学的关联。学者们大多从美学史发展与演变的角度探讨坡的美学批评,而从跨艺术的视角来考察坡的美学批评理论尚需开掘。

6. 杂志批评与印刷文化研究。坡的杂志编辑的身份与美国南北战争前印刷文化之间的关系，也是学者们研究其批评思想的一大重心。博因顿认为坡的批评风格尖刻无情，在杂志界扮演着"文学恶棍"的角色。莫斯则指出坡在成为《南方文学信使》杂志的编辑之后，以批评费伊的小说《诺曼·莱斯利》为起点，打响了他与北方文学杂志团体论战的第一枪。在莫斯看来，坡并不以个人恩怨作为论战的中心，而是在捍卫他自己的批评准则，坡把对个人作品的批评延展到整个美国的批评状况之中，批判新英格兰文学中的抱团行径和吹嘘之风。雅各布斯从坡杂志编辑的身份来探究坡的批评理念。汤姆克指出坡与其同时代的杂志编辑和文学批评家N. P. 威利斯和格里斯伍德类似，都以耸人听闻为创作理念来获得在杂志界和文学界的名声。肯尼迪和麦甘将坡视为美国南北战争前印刷文化中的"关键人物"。

7. 文学批评理念与政治经济学研究。对美国南北战争前的政治经济，坡的批评作品和文学创作有一定程度的涉猎。惠伦认为坡在批评作品中相当广泛地运用了商业术语和经济知识来描述美国文学的整体状况，反映出他对美国南北战争前政治与经济的关注。柴可勒以坡的《金甲虫》《生意人》等文学作品为例证，更加具体地论述了坡与美国南北战争前的银行和货币世界的关联。

（二）国内研究现状

国内对坡批评理念的研究在主题方面基本上与国外研究保持一致，但相较而言整体上偏少偏弱，也尚无相关专著和博士论文，大抵可分为四个阶段：

1. 坡代表性诗歌批评理念文章翻译。自五四运动以来，我国对坡文学批评的涉猎主要集中于对其诗歌理念的翻译，以及在论述其作品时对其代表性的批评文章如《创作哲学》《诗歌原理》《评霍桑的〈故事重述〉》和《致B. 的信》等的提及和引述，《诗歌原理》是坡被译介和收录频率最高的批评文论。顾谦吾在1920年秋季号的《留美学生季报》上介绍了《创作哲学》。1925年4月,《小说月报》第十五卷第一号刊登了林孖翻译的《诗歌原理》。1926年第一期的《火山月刊》刊发了朱维基翻译的《诗歌原理》。由于高尔基在《俄国文学史》中对坡的负面评价,《诗歌原理》直到1964年才再次出现在伍蠡甫主编的《西方文论选(下)》之中,该著于1979年由上海译文出版社再版。刘象愚于1999年编选的《爱伦·坡精选集》收录并翻译了坡的另一篇具有代表性的批评文章《致B.的信》。

2. 坡诗歌批评核心理念介绍。国内学者主要结合坡的诗歌创作,对其几篇脍炙人口的诗歌批评文章进行了介绍,如:翁长浩的《爱伦·坡简说》介绍了坡在《创作哲学》《评霍桑的〈故事重述〉》和《诗歌原理》等文章中的诗歌创作理念;郭栖庆的《埃德加·爱伦·坡与他的诗论及小说》从坡的生平和创作生涯入手,分析了他的诗歌艺术;鞠玉梅的《埃德加·爱伦·坡及其诗歌艺术》介绍了世界文坛对坡的诗歌和诗歌理论的接受过程,论证了其诗歌艺术对西方现代派文学的影响。这些译介对理解坡的诗歌批评理念大有裨益,但国内学界在这个阶段的研究尚停留在译介层面。

3. 坡小说批评的核心观念研究。从20世纪末到21世纪初,国内学者对坡批评理念的研究兴趣从其诗歌批评理念逐渐转向其小说观念,主要聚焦于"效果说"这一小说批评核心理念,如陆扬的《评爱伦·坡的短篇小说理论》、曹曼的《从"效果说"看爱伦·坡作品主题的艺术表现构架》、朱振武的《爱伦·坡的效果美学论略》和徐旭的《爱伦·坡短篇小说的"效果"》。于雷的《一则基于〈乌鸦〉之谜的"推理故事"——〈创作的哲学〉及其诗学问题》专门探讨了坡的《创作哲学》与其经典推理小说之间存在的内部契合和文本呼应。相关学者关注到了坡小说批评理念中的艺术性特征,但坡尝试用什么样的美学理念赋予小说艺术性的问题尚未得到充分的解答和探讨。

4. 坡文学批评中的美学思想和社会文化理念探究。近年来，国内学者对坡文学批评理念的研究呈现出新的变化，试图将其置于更为宏大的美学思潮流变和社会文化背景中加以阐释。以美学为视角的代表性研究学者主要有李慧明和于雷。以社会文化为切入点的代表性研究学者主要有朱振武、罗昔明和唐文。尽管研究对象有所深入和延展，但立论基础局限于坡几篇重要的批评理论文章。

纵观国内外现有研究，它们存在的主要问题有：(1)相较国内研究而言，国外研究起步时间较早，具有一定的广度和深度，相关学术著作也较为丰硕，但缺乏对坡文学批评理论的专门性深入研究。就目前已有的与坡文学批评密切相关的研究来看，帕克斯的讲座笔记是唯一从纯文学理论的角度来研究坡的批评思想的著作，但由于该著作基于讲座笔记，缺乏一定的学术深度，坡的文学批评思想有待深入挖掘。国内研究虽然有所深化和发展，但立论基础大多局限于其几篇重要的批评文章或个别重要理念(如“效果说”)，研究对象略显单调，缺乏系统性的研究。(2)国内外大多论者的论据鲜有以归纳和总结坡全部批评文章中的批评理论体系为根基的，大多局限于其几篇重要的批评文本或者以其文学作品为主要佐证文本论证其文学批评理论，缺乏一定的实证性和可信度。(3)近年来，研究坡文学作品的学术专著层出不穷，研究的趋势和热点也由作品本身转向对作者的身份和美国南北战争前的社会、经济、文化等之间的关系的探究，这些研究热点应该参照坡在批评理论中展陈的相关态度与立场，而当下对其本人文学批评理论的系统性研究几乎处于停滞状态。值得注意的是，坡在文学批评中经常对当时流行的文学作品做出艺术价值评判，其批评理论也时常涉及 19 世纪美国社会文化现象，国内在这两个方面的研究有待进一步完善。这些不足之处都为本研究提供了契机，本研究将有助于弥补这些缺憾。

二、创新之处

(一)理论创新

首先,本研究将以坡的文学批评为研究对象,以艺术批评理论为参照,尝试建构外国重要文学理论家独具特色的跨艺术批评理念。其次,本研究不仅仅止于研究坡的文学批评,还将在整合美国19世纪文学批评理论与研究的基础上,构建美国19世纪文学批评理论体系。

(二)学术观点创新

在文学批评史方面,坡的文学批评具有一定的复合性。具体而言,他既受到了欧洲浪漫主义思潮和维多利亚文学运动的影响,又没有完全摒弃新古典主义思潮的残余。本研究将考察坡在文学思潮流变中的传承与反叛,重新界定其在文学批评史中的价值和地位。在美学方面,虽然坡坚守着艺术自律的美学原则,但他的文学批评褒扬文学作品中隐含着的道德寓意和道德关怀。本研究将以坡的文学批评实践为理据,重构其文学批评理念中的隐性道德美学。在文化批评方面,学界对坡的美国性这一问题一直存在争议。近年来,国内学界逐渐认为坡主观参与了美国19世纪民族文学建构。然而,相较于那些致力于民族文学建构的文学家,坡超前地意识到了唯民族主题的片面性和局限性对文学创作的掣肘,倡导文学自律和艺术自主的创作理念。本研究将重新审视坡的文学批评与美国民族文学建构之间的关联。

(三)研究方法创新

坡的小说批评推崇绘画效果,诗歌批评强调音乐性,跨艺术和跨媒介研究将是本研究的核心创新之处。同时,本研究并未止步于研究坡的文学批评理论,还将他的文学批评与其同时代的批评家如德国的施莱格尔、英国的柯勒律治等进行比照,跨文明和跨文化研究将成为本研究的另一创新点。此外,本研究将以文学批评史和西方文学理论为背景,以坡的文学创作文本与其文学批评理论文本为参照,从而以“文学批评史”“文学文本”“文学批评文本”“文学理论”四个维度的结合为动力来推动对本课题研究问题的思考。

目　录

| 第一章 |

爱伦·坡文学批评的勇气、良知与责任

坡离世之后，大多数英美读者只知道他是脍炙人口的诗歌《乌鸦》的创作者。虽然坡的诗歌和小说作品如今享誉世界，但杂志文学批评才是他的主业。然而，由于颠沛流离、人生短暂，坡没能把散落于各类杂志之中的批评文章整理和修订成一部系统的批评著作，他的文学批评思想也因此没有像他的文学作品那样得到学界应有的重视。此外，坡本人因其言辞犀利、直言不讳的风格“在美国南北战争前的出版界颇具争议”①，被戏称为批评界的“战斧手”，他的文学批评又因屡遭非议而备受诟病。值得注意的是，“正是作为评论家，坡第一次引起了广泛的注意”②，他的夙愿就是创办一份独立自主的文学批评杂志。美国著名文学批评家艾布拉姆斯就指出，在亚里士多德之后，最有影响力的理论批评家是希腊的朗基努斯，罗马的贺拉斯，法国的布洛瓦和圣伯夫，德国的鲍姆加登和歌德，英国的塞缪尔·约翰逊、柯勒律治和马修·阿诺德，还有美国的坡和爱默

---

① K. P. Ljungquist: “The Poet as Critic”, in K. J. Hayes, ed.: *The Cambridge Companion to Edgar Allan Poe*, Cambridge University Press, 2002, p. 7. 后文出自同一著作的引文，在正文中将直接标注页码，不再另注。

② Killis Campell: “Poe”, in Graham Clarke, ed.: *Edgar Allan Poe: Critical Assessments*, Helm Information Ltd., 1991, p. 17.

生。与艾布拉姆斯类似的是，韦勒克在《近代文学批评史》中将坡和爱默生奉为美国19世纪上半叶文学批评的代表人物。

法国著名批评家托多罗夫宣称，“爱伦·坡作品的每一页几乎都与死亡相伴”①，惠特曼也评价说坡的文学作品“明亮耀眼，但没有热量”②，似乎坡在文学创作中消极地逃避着现实世界。“对社会改革缺乏信心”③、对美国文学说教主题的强烈抵制、与唯美主义和颓废派文学的关联等，又给坡贴上了诸多不食人间烟火的反社会标签。美国著名批评家马锡森则以坡拒斥美国社会基本价值为由，将坡排除在“美国文艺复兴”典范作家的庙堂之外，而美国当代批评家塔利的学术专著甚至直接以《坡与美国文学的颠覆：讽刺、幻想和批判》为名。本章以坡对19世纪美国文学界丑恶现象的揭露和批判及其在文学批评实践中对公平正义的强调为论据，尝试建构坡文学批评的积极意义和社会价值，从而观照出其不为公众关注的另一面。

第一节　一腔孤勇：解构英美名流权威

1831年，年仅22岁的坡在《诗集》的前言中以《致某某先生的信》④为题发表了他的第一篇文学批评文章。尽管该文不无稚嫩和瑕疵，但也不乏睿智与洞见。带着诗意的激情，坡在文中把他一生所抵制和批判的宣

① 托多罗夫：《巴赫金、对话理论及其他》，蒋子华、张萍译，百花文艺出版社2001年版，第100页。

② Walt Whitman: “Edgar Poe's Significance”, in Harold Bloom et al., eds.: *Edgar Allan Poe*(*Bloom's Classic Critical Views*), Infobase Publishing, 2008, p. 117.

③ Ernest Marchand: “Poe as Social Critic”, *American Literature*, Vol. 6, No. 1, 1934, p. 34.

④ 《致某某先生的信》(*Letter to Mr.* —)最早出现在坡的《诗集》(1831年)的前言中，后坡对其略加改动，于1836年以《致B.的信》(*Letter to B.* —)为题发表在《南方文学信使》杂志上。

教罪名指向了英国浪漫主义巨擘华兹华斯,并立场鲜明地指出"与科学作品相对立的是,诗歌的直接目的是愉悦,而不是真"①。尽管坡对华兹华斯的批判并不能完全掩盖他对华兹华斯诗歌理念的赞同,但华兹华斯在其作品中所凸显的道德伦理及其"对国家阿谀奉承"②的民族话语建构倾向与坡的世界文学理念截然相左。譬如,华兹华斯的著名诗歌《丁登寺》就可以被视为一首委婉表现民族情感的政治抒情诗,"表达了成为一个民族诗人的自我意识和在本土文化的根基上书写'不列颠性'、建构民族身份、实现民族认同的愿望"③。华兹华斯的民族话语建构倾向让他在19世纪30年代的美国得到了广泛的认可,尤其是在北方的新英格兰地区备受欢迎。在坡的创作时代,以新英格兰诗人为代表的美国文学主流,在北美清教徒文化的影响之下,将文学视为建构美国民族认同感和道德教谕的工具,过度强调了文学外部的社会功效,贬抑了诗歌本身的审美功能,韦勒克也坦陈美国19世纪文学在重商和清教徒得势的社会里只能如此。④ 由是,对华兹华斯文学民族主义理念的批判在某种程度上就否定了以新英格兰清教主义为代表的美国北方主流文学建构民族身份的创作导向。坡在展示其文学批评的才能时,彰显出了初出茅庐的批评家敢于反抗英美文学界权威的勇气。

正是这种无畏的批判精神让坡在美国文学批评界拥有了"战斧手"⑤

① Edgar Allan Poe: *Edgar Allan Poe: Essays and Reviews*, G. R. Thompson, ed.: Library of America, 1984, p. 11.

② 勃兰兑斯:《十九世纪文学主流(第四分册):英国的自然主义》,徐式谷等译,人民文学出版社1984年版,第101页。

③ 李增:《华兹华斯的〈丁登寺〉与"想象的共同体"的书写》,《外国文学评论》2019年第1期,第115页。

④ 雷纳·韦勒克:《近代文学批评史》(中文修订版·第三卷),杨自伍译,上海译文出版社2009年版,第204页。

⑤ Vincent Buranelli: *Edgar Allan Poe*, 2nd edition, MacMillan Publishing Company, 1977, p. 116.

的别称。在文学批评中，坡言辞犀利，勇于揭露英美文学界名流的舛误，毫不客气地打压那些欺世盗名的“江湖郎中”。坡代替希斯成为《南方文学信使》杂志的编辑后，他的第一篇重要文学批评就是对美国著名诗人西格妮夫人的评价。西格妮夫人在当时的文学界享有一定的盛名，拥有众多的女性读者，被誉为“美国的赫曼斯”。然而，直言不讳的坡无视了这一所谓名流权威，甚至违背了他作为一名南方绅士应该对女性作家表现出的温和的批评风度。在坡看来，“她获得这个称号完全是模仿的结果”(875)，换言之，西格妮夫人这一“美誉”折射出她对英国同时代女诗人赫曼斯的仿效，因此她的成就并不能让美国读者获得荣耀感，反而透露出强烈的谴责意味。就坡的创作理念而言，对一个作家文体特质的仿效应该采用戏仿的方式，而不应是直接的效颦，因为后者毫无疑问地暴露出仿效者独创能力的匮乏。值得注意的是，坡并没有止于对西格妮夫人缺乏独创性的批判，反而进一步提出了他在文学批评和文学创作中反复倡导的“效果统一”的审美鉴赏标尺，并承认这一文艺理念借鉴于德国文艺理论家施莱格尔的“整体兴趣说”。依坡之见，除了模仿，西格妮夫人的诗集《辛生道夫及其他诗歌》的瑕疵还有这一艺术特质的缺乏。由此可见，坡从审美的角度揭露了美国著名女诗人诗作中的诸多美学问题。虽然坡借用了施莱格尔的有机理念，甚至采用了简化的方法，但坡提出了对一首诗的批评应该包含所有必要的理解的观点，这种文学批评的修正思想到了20世纪又被英美新批评重新提起。然而，坡以整体效果为由批判了西格妮夫人诗歌中格言的滥用，这从某种意义上说是在没有充分理解施莱格尔与柯勒律治的有机美学原则的基础上所做出的一种吹毛求疵式的评价。“初生牛犊不怕虎”的坡也因此付出了一定的代价。坡对南方文学的领军人物西格妮夫人和西姆斯的负面评价遭到了《南方文学信使》杂志掌门人怀特的反对，因为怀特是一名彻头彻尾的区域主义者，极其偏袒南方文人。虽然西格妮夫人在意识到自己的诗歌创作的确存在坡所说的某些美学瑕疵之后,写信告诉坡说她并没有为此心存怨恨,但她曾威胁坡说她将不再向《南方文学信使》杂志供稿。

1836 年 2 月,坡评价了在美国拥有一定知名度的费城作家马特森的小说《保罗·乌尔里克》。坡将马特森的作品与纽约《镜报》编辑费伊即将出版的小说《诺曼·莱斯利》归为一类:“当我们称《诺曼·莱斯利》为世界上最愚蠢的一本书时,我们肯定从未见过《保罗·乌尔里克》。”(838)同时,坡揭露了马特森刻意在小说中展示其博学多才的古典学识从而诳时惑众的虚伪伎俩,并借用马特森的原话反讽道:“我们要在文学的葡萄园里找几个忠心的园丁,把有毒的草芥铲干净。”(838)通过文本对比,坡发现马特森那些展示其博学知识的内容绝大部分都来自英国作家迪斯雷利的《文学搜奇》一著。于是,坡愤然指出,这些通过剽窃而来的作品每天都在给美国文学带来耻辱(860)。为了达到辛辣的讽刺效果,坡故意在文中说迪斯雷利毫不犹豫而且一字不漏地从马特森的《保罗·乌尔里克》那里剽窃了整部作品(859)。在坡看来,这些毫无创造性的作品中充斥着不协调的愚蠢、剽窃和夸夸其谈,美国文人因此没有底气去抱怨美国的文学作品在国外遭到毫无根由的嘲笑了。

19 世纪 30 年代盛行于美国的区域主义浪潮在 40 年代逐渐演变为文化和文学民族主义激情。在 1835 年开始撰写书籍评论时,坡就发觉美国文学批评在区域主义和民族主义文化的双重扭曲之下失去了价值鉴赏应有的独立性和公正性。由于短暂的历史,美国鲜有值得吹嘘的文学传统,本土先驱文人的作品成为美国人建构文学民族主义的吹捧对象,但这些作品在坡看来既无鉴赏价值,也不具有代表性。鉴于此,坡把批判的矛头率先指向了在美国享有盛名的早期本土诗人,希冀摧毁营构美国文学民族主义的空架子。在 1836 年 4 月评论纽约诗人德雷克和哈莱克的《诗集》一文中,坡指摘美国文学批评界刻意建构文学民族英雄形象的虚伪手段,并毫不畏惧地指出美国的批评家在错位的爱国主义狂热之下,带着自卑的傲慢和虚荣心,不加区别地夸赞本土作家的作品,导致了恰恰相反的结局,而这种愚蠢是美国特有的。在坡看来,这一带有政治倾向的吹捧之风根源于美国文学界对英国文学一直以来卑躬屈膝的逆反效果,由自卑走向了另一个极端,让文学批评失去了独立判断的理性立场。坡在文章最后评判道:“我们相信,在我们中间有地位最崇高的诗人,但我们不相信这些诗人是德雷克和哈莱克。”(539)坡的这篇批评文论被誉为“在这个国家发表过的最好的批评文章之一”①,坡也从此成为全美知名的文学批评家。

在这篇客观评价美国早期诗人的批评中,坡并没有止于解构错位的美国文学民族主义,而是尝试建构他自已独特的批评理念。尽管坡对诗歌的界定离不开柯勒律治的诗学思想,但他同时努力反叛并超越后者。柯勒律治将诗歌定义的重心置于诗人的创造性的想象力上。虽然坡也同样认为想象力是诗歌的灵魂,但他将诗歌理念的核心放在了感性诗意方面,把语言艺术的美感作为目的论为诗歌的美学效果进行辩护。此外,坡将诗歌的理想空间指向了超验的彼岸:“这是真正的诗人所知道的,而且是唯一知道的,作为他的权威的有限领域,作为他梦中被限制的伊甸园的长青和灿烂的天堂。”(509)坡甚至借鉴了在19世纪大行其道的颅相学术语“理想的能力”来指称诗歌的情感,并宣称“这种情感就是一种美的、崇高的和神秘的感觉”(510)。由此可见,坡以情感表现为目的把展现美尤其是超验之美抑或彼岸之美作为诗歌的首要目标,诗歌成为他追求至上美的媒介和表达对彼岸之美向往的理想手段。由是,坡否定了以英国诗人华兹华斯为代表的浪漫主义主流对激情的注重,并独具特色地提出了他的诗学理念:“检验一首诗的价值的唯一正确方法是衡量它激发他人的

① Robert D. Jacobs: *Poe: Journalist & Critic*, Louisiana State University Press, 1969, p. 160.

诗情诗意的能力。”(511)

除了批判诗歌中的激情外,坡在文学批评中还将颅相学与柯勒律治的诗学思想进行了融合,并指出艺术是感情与智力的最终产物,一种“形而上学的智慧”。于坡而言,一首蹩脚的诗歌不一定意味着诗人想象力的缺失,却很可能意味着诗人艺术技巧的匮乏。坡进而指出:“在所有在世或者已故的作家中,成功地创造出最纯粹的诗歌的人是大有可能存在的,也就是说那些最纯粹、最独特、最能激发人们想象力的诗歌,都要归功于他们那玄学上非凡的、几乎是不可思议的卓越才能,而非诗歌的力量。”(512)可见,坡借此机会对其早期略显稚嫩的诗歌评论《致 B. 的信》进行了理论修正,而他对玄学派诗人的批判态度也表现出大幅度的转变。在文章的脚注中,坡列举出了他所认为的具有纯粹理想的诗歌:埃斯库罗斯的《普罗米修斯》、但丁的《神曲·地狱篇》、塞万提斯的《努曼提亚的毁灭》、弥尔顿的《酒神之假面舞会》、蒲柏的《卷发遇劫记》、彭斯的《汤姆·奥桑特的故事》、柯勒律治的《古舟子吟》《克里斯塔贝尔》《忽必烈汗》,以及雪莱的《含羞草》和济慈的《夜莺颂》(523)。依坡之见,美国诗人哈莱克和德雷克的某些诗行的确展示出了一定的理想性,但那些都不是高级的理想特质。正是爱国主义和民族主义的激情遮蔽了美国批评家的判断力,造就了他们最不应该得到的高贵名誉(529)。

美国文学界某些沽名钓誉之人的成功乃 19 世纪美国狂热的民族主义对文学价值判断的干预造就的,而美国文学批评的弊端就在于过度赞扬本土作家,美国本土批评家甚至为此拉帮结派,譬如那些主导美国文学主流的新英格兰文学团体、“纽约帮”和“蛙池帮”。在坡看来,这种带有民族主义和区域主义倾向的文学批评造成了批评主体的理性与独立立场的缺失,制造出诸多犬儒主义式的伪知识分子。用坡的话来说,就是“在美国文学的所有先驱中,无论是散文还是诗歌,没有一个作家的作品不被他的同胞们过高评价”(404)。爱默生就曾过度赞扬了同为超验主义团体成员的钱宁的诗歌创作,坡为此特地撰文进行了无情的揭露。对于作为"19 世纪最受爱戴和最著名的美国诗人"的新英格兰文学巨擘朗费罗,坡毫无畏惧地宣称朗费罗徒有虚名,乃一名"文抄公",他的文学作品肯定被他所在的文学团体过分高估了,而"如果没有社会地位和财富作为附属物,此人几乎不会受到什么尊重"(760)。早在 1835 年,坡就尝试在文学虚构作品中讽刺那些所谓名流的虚假声望。在小说《捧为名流》中,文艺界的"冒牌货"遭到了"坡式"的无情揶揄和讥讽。故事把那些疯狂追名逐利之人的成功描画成一种荒谬而短暂的幻觉,坡对虚假名流的无知和他们的崇拜者的愚蠢之嘲讽跃然纸上。发表于 1839 年的短篇故事《被用光的人》,同样是坡对美国领土扩张过程中那些双手沾满美洲印第安人鲜血的"民族英雄"的辛辣讽刺。

民族主义意识形态建构在当时的美国并不是完全和谐一致的,而是以党派斗争的方式表现在杂志的政治话语建构之上。在 19 世纪上半叶,英美重要的杂志代表着重要的政治党派,文学批评的观点因而带有浓烈的政治斗争火药味。英国托利党的《布莱克伍德的爱丁堡杂志》与辉格党的《爱丁堡评论》就是冤家对头,二者都以文学批评为载体和手段攻击那些与他们持不同政见的党派人物。英国政治化的期刊文学批评被美国同行积极效仿,奥沙利文掌舵的《联邦杂志和民主评论》(以下简称《民主评论》)就是美国民主党的喉舌,马修斯的《大角星》杂志乃美国文学民族主义团体"青年美国"的官方刊物。在 19 世纪 40 年代,纽约的"青年美国"组织与波士顿的新英格兰文学团体在美国民族文学的领头羊身份的竞争中互相攻讦,他们都以呼吁美国作家铸造美国性和构建民族叙事为己任,以实现美国文化与文学的独立为旗帜,把文学批评视为争夺政治话语权的工具和竞技场。

对于政治干预文学价值评判的现象,萨义德就义愤填膺地指出,具有责任心的知识分子不能轻易被政府或者集团收编,其存在的理由就是代表所有那些惯常被遗忘或弃置不顾的人们和议题。[①] 波斯纳同样呼吁具有公共意识的批评家要远离政治党派的掣肘，从而体现出独立的批评意识："倘若文学委身于政治鼓吹的一条分支，则文学将不具备独特的价值。"[②]作为一名崇尚独立批评理念的文学批评家和希冀成为"秉公执法"的"诗性裁判"，坡在刚刚踏入文学批评领域时就勇于以批判英美文学界权威的方式来抗争外部因素对文学艺术价值评判的扰乱。也正是这一反抗和否定的勇气，让坡在相当长的一段时间里被视为美国文学主流的异端，正如盛宁所认为的，由于出身、政治观点以及个人气质方面，坡终生站在当时美国文学的主流之外，然而，他却是使美国文学批评理论在欧洲产生影响的第一位批评家。[③]

文学批评作为一种"及物"的社会活动，必然涉及批评的公正性问题。理想的文学批评应该是对批评对象所做出的公正的价值判断，正如韦勒克所说，客观理性的文学批评所根据的标准是我们所能达到的最广博的知识，最仔细的观察，最敏锐的感受力，最公正的判断。[④] 作为社会学名词，公正指的是社会公平和正义。古往今来，作为道德之首的正义是人类社会无法避及的永恒主题，它是维护社会秩序正常运转的重要手段。亚里士多德在《尼各马可伦理学》和《政治学》中率先对正义进行了分类和阐释，强调了个人在社会生活中应该承担的责任与应该履行的义务。18 世纪经验主义哲学家休谟指出，不侵犯他人的财产权就是我们所谓公平正义，一个人的财产是与他有关系的某种物品，这种关系不是自然的，而是

---

① 爱德华·W. 萨义德:《知识分子论》，单德兴译，生活·读书·新知三联书店 2002 年版，第 17 页。

② 理查德·A. 波斯纳:《公共知识分子——衰落之研究》，徐昕译，中国政法大学出版社 2002 年版，第 304 页。

③ 盛宁:《二十世纪美国文论》，北京大学出版社 1994 年版，第 15 页。

④ 雷内·韦勒克:《批评的概念》，张金言译，中国美术学院出版社 1999 年版，第 15 页。

道德,是建立在正义上面的,正义的起源说明了财产的起源。[①] 在美国伦理学家罗尔斯看来,作为公平的正义是一种社会契约理论,是社会制度的首要价值。[②] 生活在美国19世纪上半叶的坡对文学批评中的公正性问题也同样非常敏感,他在1836年给《里士满信使和每日编译》的编辑的信中就写道:"我更喜欢公正而不是赞美,更喜欢杂志的好名声而不是个人的考虑。"[③]1848年,坡向美国诗人刘易斯夫人应允说他将尽力把评价她的诗集《海之子及其他诗歌》的文章"写得十分公正"[④]。我们有理由说,坡在19世纪美国狂热的民族主义时期解构英美虚假民族名流的一腔孤勇和他在文学批评实践中对公平正义的推崇,折射出一位知识分子应有的良知、正义感和改良文学批评空间的决心。

第二节 "求疵"与"寻美":改良文学空间的批评话语

就评判文学作品的艺术价值而言,文学批评在某种意义上可以二分为"寻美"与"求疵"两种鉴赏手段。法国批评家蒂博代指出,"寻美"的批评在很多时候比"求疵"的批评更能成功。[⑤] 然而,在坡的时代,"寻美"的批评在美国民族主义文化建构和文学市场商业化进程中要么扭曲成一种建构民族身份的"虚张声势",要么被商业性的吹嘘行径所裹挟,这在坡看来就是批评家的玩忽职守,一种穿上"寻美"外衣的罪恶。哈贝马斯就曾

---

① 休谟:《人性论》(下册),关文运译,商务印书馆1980年版,第531页。

② 约翰·罗尔斯:《正义论》,何怀宏等译,中国社会科学出版社1988年版,第1页。

③ Edgar Allan Poe: *The Letters of Edgar Allan Poe*, in John Ward Ostrom et al., eds.: *The Collected Letters of Edgar Allan Poe* (Vol. I, 3rd edition), Gordian Press, 2008, p. 158.

④ Edgar Allan Poe: *The Letters of Edgar Allan Poe*, in John Ward Ostrom et al., eds.: *The Collected Letters of Edgar Allan Poe* (Vol. II, 3rd edition), Gordian Press, 2008, p. 676.

⑤ 蒂博代:《六说文学批评》,赵坚译,生活·读书·新知三联书店2002年版,第127页。

指出,产生于18世纪的艺术评论员事实上承担着双重使命:他们既把自己看作公众的代言人,同时又把自己当作公众的教育者。[①] 坡继承了18世纪知识分子的批评传统,提倡批评家应该少谈作品的优点:“当我们少看优点,多看缺点时(而不是像有些人说的那样颠倒过来),我们就会成为比现在更好的批评家。”(1376)坡在《关于评论家和批评》一文中继续指出:“他(批评家)的正当任务仍然是指出和分析作品的缺陷,并说明如何改进,以促进文学事业的发展。”(1046)可见,坡倡导“求疵”的鉴赏手段,但他的“求疵”式的批评,既不是无病呻吟,也非“战斧手”个人脾气的宣泄,其鹄的是以揭露文学作品的缺陷为手段,改良文学公共空间的批评话语建构,从而促进文学创作的良性发展。

在美国19世纪上半叶,文学批评的正面推介作用在政治性的民族主义文化构建的需求之下被大肆发挥,带有商业利益的吹嘘也就出现了,文学批评在某种程度上成为一种商业兜售,书商就是雇主,正如伊格尔顿所说,被雇用的批评家在这个时期成为书商的贩夫走卒[②]。在书商的唆使下,文学评论家与作家顺势成为谋取共同利益的默契密友,导致了公平正义的文学批评的普遍失语,也正如弗莱所言,人们历来都把文学看成是一种可供推销的产品,其生产者是具有创造能力的作家,消费者则是在批评家开导下的受过教育的读者。[③] 由是,商业化的文学批评不是以提高公众的审美趣味为宗旨的,而是对公众的一种欺骗。

坡蔑视那些欺骗大众购买劣质作品的文学掮客,即使是符合他艺术价值评判标准的作家也不能免于他正义的指摘。狄更斯的小说《匹克威克外传》在当时的美国可谓家喻户晓,出版商为了赚取更多的利益,怂恿狄更斯在美国出版了一部题名类似的作品《匹克尼克外传》。然而,后者

---

① 尤尔根·哈贝马斯:《公共领域的结构转型》,曹卫东等译,学林出版社1999年版,第45页。

② 特里·伊格尔顿:《批评的功能》,程佳译,西南师范大学出版社2018年版,第41页。

③ 诺斯罗普·弗莱:《批评的解剖》,陈慧等译,百花文艺出版社2005年版,第28页。

中的内容大多为狄更斯和安斯沃斯所写的论文，根本算不上文学作品，但是这一带有欺骗性的标题外加狄更斯的盛名会让那些不知情的读者盲目购买。坡对誉满英美的小说家狄更斯再熟悉不过了，他在《南方文学信使》杂志供职期间就高赞了后者的小说《博兹札记》中的艺术技巧，在《格雷厄姆的杂志》评价狄更斯的《老古玩店及其他故事集》以及在《星期六晚邮报》评价狄更斯的历史小说《巴纳比·拉奇》时将其奉为真正的天才。尽管坡欣赏狄更斯的小说艺术，但他仍以垃圾作品为名对这种欺骗公众的行径做出了无情的揭露和猛烈的抨击。我们有理由说，作为一名崇尚独立批评原则的文学批评家和践行“秉公执法”的诗性“裁判”，坡不仅批判了文学创作中的剽窃行为，还对美国19世纪上半叶文学公共空间中的各类丑恶现象和腐败本质进行了相应的“诊断”，以祛除泛滥于文学市场的政治性干预和出版商与伪劣文人之间勾结行当的“毒瘤”。

然而，在文学批评普遍失语的大环境下，为了作品的销路，美国19世纪早期的本土作家不得不做出让步，堕为向出版商抑或掌握政治话语权之人卑躬屈膝的弱势群体。对于美国出版界的这种不平衡现象，坡则希冀通过批判作家不应该有的卑贱态度，在文学的公共空间里建构出公正的文学批评话语，让文学创造者拥有一个独立自主的生态环境。虽然坡也“经常为南方作家的优点辩护”①，但他对南方艺术家巴结逢迎权贵行径的鄙薄，迫使他不得不冒险违背《南方文学信使》杂志一直以来偏袒南方作家的区域主义趋向。如果说坡诉诸“效果说”这一审美原则批判了西格妮夫人的诗集，那么他对西姆斯的评价则重新拾起了他独具特色的讽刺文风。坡对西姆斯的历史小说《党徒——一个革命的故事》的指摘主要聚焦于西姆斯作品中的献词，他甚至花了两个版面来批判西姆斯这一丧

① Terence Whalen: *Edgar Allan Poe and the Masses: The Political Economy of Literature in Antebellum America*, Princeton University Press, 1999, p. 143.

失文人气节的做法。在坡看来,这种屈膝式的献词暴露了作家为了讨好具有一定社会地位之人的卑微立场,违背了作家应有的尊严和真诚的态度。坡在文末讽刺西姆斯有画家的眼光,应该去从事风景画创作,而不是写小说。需要指出的是,坡并没有止于讽刺,而是以西姆斯为鉴。坡在文中呼吁美国文人:"每个与我们的期刊有联系的人,都有义务尽其所能地为正直和真理的崇高事业贡献自己的力量。"(1008)与他之前负面评价西格妮夫人的诗集类似的是,坡的这篇文学批评也让他付出了一定的代价。尽管西姆斯对坡的批评能力表示敬佩,但其在写给纽约的"青年美国"组织领袖杜伊金克的信中仍然表达了对坡的不满,声称坡不是他的朋友。

如前文所述,坡对生产和立足于公共空间中的文学批评的公正性问题异常敏感,因为作为一种"及物"的社会公共活动,文学批评必然涉及价值鉴赏的公正性问题,而这种公正性在坡看来最应该体现在"求疵"式的批评之中。坡在写给肯尼迪的信中说《格雷厄姆的杂志》的现任编辑格力斯伍德恳请自己写一篇评论来赞扬其编著的《美国的诗人和诗歌》,并向自己保证不必担心文章发表的问题。坡告诉肯尼迪,自己所写的这篇评论"要确保赞美之词没有占主导的地位"①。尽管坡的评价不无溢美之词,但他仍然公正地指出了该著作中的诸多问题和缺陷。坡在文中明确宣称,他既不苟同该编著者所选取的代表美国的诗人,也"不同意格力斯伍德先生表达的许多观点"(555)。坡甚至毫不客气地指出,编著者虽然在每一首代表性诗歌中都做了相关脚注,但只传达了一种简短的传记摘要,没有展示任何"对美国书籍做出严格批判性评价"②的准则。坡的这

① Edgar Allan Poe: *The Letters of Edgar Allan Poe*, in John Ward Ostrom et al., eds.: *The Collected Letters of Edgar Allan Poe* (Vol. I, 3rd edition), Gordian Press, 2008, p. 359.

② Gerald Kennedy: "Inventing the Literati: Poe's Remapping of Antebellum Print Culture", in J. Gerald Kennedy et al., eds.: *Poe and the Remapping of Antebellum Print Culture*, Louisiana State University Press, 2012, p. 28.

篇文章让格力斯伍德心怀怨恨,他在坡离世后对坡进行了恶意的诋毁,在相当长的一段时间里严重影响了坡在美国出版界的声誉。

相较于"求疵",无知和无稽的赞美,并不能使人感觉到真正的喜悦,甚至还让人感觉不到任何经得起严格检验的满足。① 在坡看来,美国批评家在文学民族主义的影响之下倾向采用泛泛而谈的鉴赏手段去毫无根据地吹嘘本土作品,而这种井底之蛙式的短见和毫无文学批评底线的偏袒将导致美国文学批评处于持续的平庸状态。坡在成为《南方文学信使》杂志的编辑时就窥见了美国文学杂志批评中的抱团吹捧行径,尤其是在全美出版中心纽约。在美国的北方,《北美评论》占有着主要的阅读市场,而美国的南方读者则偏爱英国的读物。坡在阅读杂志的过程中就窥见了英美杂志出版背后的腐败本质,指出早期的英国杂志就是出版商的走卒,他们称赞那些出版商想要出版的书籍,从而从中获利,而美国北方的文学杂志的经营模式就是对早期英国杂志出版的仿效。纽约《镜报》的编辑费伊的小说《诺曼·莱斯利》在出版之前就被美国北方的各大杂志大肆吹捧,费伊甚至采用隐藏作者身份的手段来刻意营造悬念。坡在评价费伊文章的开头就以讽刺的口吻写道:"好!我们找到了!这就是那本书——最出色的书——那本喷了粉,抹了灰泥,还装了'镜子'的书。"(540)依坡之见,以纽约为代表的美国北方文学存在着"吹嘘"的恶行,破坏了美国文学市场中本应该存在的公平竞争,而他有义务也有责任对之进行无情的揭露和鞭挞。

批判纽约文学小团体的抱团吹嘘之风同样是坡于1835年2月评价美国著名小说家伯德的小说《征服者骑士卡瓦拉》的文章的主旨。坡因其对北方文学界抱团行径的无情揭露遭到了掌握着北方杂志文学话语权的《纽约客杂志》的编辑克拉克及其兄弟的敌视和憎恨,卷入了坡所谓的"十

---

① 亚当·斯密:《道德情操论》,谢宗林译,中央编译出版社2009年版,第140页。

年蛙池帮战争”,并付出了惨痛的代价。也可以说,坡以南方文人的身份单枪匹马,毫无畏惧地与位于波士顿和纽约的文化霸权阵营进行了十年的抗争。坡发起这场“战争”的原因之一是他认为他的文学天赋没有得到美国文学主流的认可,而那些水平低劣的沽名钓誉之人却能够名利双收。正如美国学者卡尔森所说,坡的这场历时十年的“战争”的“动机既来自其个人的嫉妒和厌恶情感,也有其对知识、美学和文化原则的坚守”①。相较于他与朗费罗之间论争的单一焦点,这场“战争”的火力更大,目标范围更广,涉及主题从剽窃、诗歌和小说创作中“说教的异端”到他与新英格兰的“先验论者”等人之间的歧见,而且坡所针对的目标既有个人也有团体。在给海伦·惠特曼的信中,坡无奈又愤怒地写道:“他们最不了解我,也是我的敌人。”②在新英格兰,除玛格丽特·富勒之外,超验主义团体基本上不待见坡,而新英格兰文学主流甚至都觉得他们毫无必要评价坡,因为在他们眼中坡的文学价值和社会地位不值一提。为了缓和敌对心理和矛盾,坡在1836年9月评价伯德的小说《谢泼德·李》的文章中稍微降低了他不留情面的批判力度,但没有放弃他对文学批评公正性的坚守。尽管坡在开篇称赞说“这部小说至少也是美国的纯文学原创”(389),但他依然指出了小说中轮回转世这一主题的缺陷和“直言”(402)手法的不足之处。

虽然坡以美国南方文人的身份抗争北方文学霸权,但他对充斥美国文学圈内的商业性抱团吹嘘的揭露并没有陷入区域主义倾向,换言之,他所不能容忍的并不是北方作家的地域身份,而是那些不公平的竞争手段。在《格雷厄姆的杂志》从事文学批评期间,坡就努力赓续他在《南方文学信使》杂志时倡导的批评理念,即寻求美国文学的更高标准,这个标准应该

① Eric W. Carlson: “Poe's Ten-Year Frogpondian War”, *The Edgar Allan Poe Review*, Vol. 3, No. 2, 2002, p. 37.

② Edgar Allan Poe: *The Letters of Edgar Allan Poe*, in John Ward Ostrom et al., eds.: *The Collected Letters of Edgar Allan Poe* (Vol. II, 3rd edition), Gordian Press, 2008, p. 609.

体现于无畏的批评实践之上。1841 年 8 月,坡评价了他在巴尔的摩时结交的友人威尔默的讽刺诗歌《海利肯的庸医》。坡认为威尔默就是抱团吹嘘的受益者,他的诗歌的出版完全是一种交易的结果:"就像现在普遍存在的那样,要么是付钱,要么是收黑钱"(1006),"任何理智的人都不会否认我们刚才在我们的作者的文章中提到的关于腐败的一般指控是公正的"(1013)。同时,坡重拾起他在《南方文学信使》杂志时期对出版圈腐败行径零容忍的态度,再次提及纽约《镜报》编辑费伊的被他视为垃圾的作品《诺曼·莱斯利》。如果说坡在踏上文学批评舞台时以讽刺揭露为写作风格的鹄的是吸引读者的眼球,那么此时于他而言这种批判风格不仅能够帮助他建构批评的独立性,还证明了他是当时美国最无畏的批评家之一。

我们可以说,坡的文学批评以"求疵"为重心,但并没有摒弃"寻美"的鉴赏手段。由于美国图书市场的商业化倾向,"真正的天才被美国社会疏远了"①,为那些不受大众待见的文学天才打抱不平也是坡文学批评发挥社会影响力的重要任务,美国 19 世纪浪漫主义小说家霍桑就是这种天才之一。固然霍桑的创作理念脱胎于北美清教徒文化传统,他本人也与坡终生憎恶的超验主义团体关系密切,但坡依然坚持把评判文学作品的艺术价值置于文学批评的首位。依坡之见,由于美国 19 世纪文学民族主义和文学市场商业化造成了大众品味的普遍窳败,普通的民众由于缺乏相对的审美判断能力,会被煽情的内容所迷惑,批评家就要避免以一部作品的市场畅销情况来判定其价值的高低。在坡看来,霍桑小说的文学价值就被美国读者大众低估了。鉴于此,坡在 1842 年 5 月评价霍桑的《故事重述》的文章中,以情感效果作为鉴赏标尺,宣称霍桑能够与美国小说界

---

① Heinz Tschachler: *The Monetary Imagination of Edgar Allan Poe: Banking, Currency and Politics in the Writings*, McFarland & Company, Inc., 2013, p. 114.

的巨擘华盛顿·欧文比肩而立，甚至拥有比欧文更多的独创性："霍桑先生的独特之处在于他的发明、创造、想象力和独创性，这在小说文学中是绝对值得的。"(574)坡在几年之后的《戈迪淑女杂志》上再次评价霍桑的小说创作时，指出了作品中的诸多缺陷，譬如对德国文学家蒂克的仿效(579)，但依然把霍桑奉为一位营构基调和效果的艺术巨匠。

从某种意义上说，坡将霍桑视为美学盟友的缘由也可以从他们对传奇文学作品的态度上窥见一斑。整体而言，霍桑与坡的美学立场基本是一致的，二者都竭力为被美国主流批评、诋毁甚至被视为非道德文类的传奇文学做出辩护。霍桑在小说《七角楼》的序言中就毫不畏惧地宣称本书的作者在这部作品中为自己提出自始至终都以传奇的要求为标准，希望读者把他的故事作为传奇而不是小说来阅读。① 坡于 1839 年 9 月评价了德国作家福凯的幻想小说《水神乌丁娜》。坡开篇就写道："《水神乌丁娜》的重新出版，完全违逆了我们反浪漫主义的民族性格。"但他对这部作品的赏析将会在公众心目中留下深刻的印象，至少要在他自己心目中"留下最崇高、最非凡的印象"(252)。早在《致 B. 的信》一文中，坡就将传奇和诗歌这两种文类进行了美学区分，指出前者的目标是确定的愉悦，而后者的愉悦则是无限的。于坡而言，凡是精神上的，凡是能升华灵魂的，都可以成为美的道德塑造素材，尽管它可能违背了我们日常生活中道德行为的基本准则。坡在文中高赞了故事中的新奇理念、崇高理想和高雅艺术的组合效果，以及作者出色的想象力。然而，坡的这种"寻美"理念与以实用主义为根基的美国主流美学是背道而驰的。坡质问那些极力反对传奇文学作品的美国批评家："还有什么能比没有灵魂的水神乌丁娜的这一角色更神圣呢"，"还有什么比她转变成一个拥有灵魂的妻子更令人敬畏的呢"，"还有什么能比整个故事更美呢"。(258)就作者在该作品中展现

① 董衡巽：《美国十九世纪文论选》，上海译文出版社 1991 年版，第 95 页。

出的高超的艺术才能而言，坡认为《水神乌丁娜》是典范中的典范，艺术效果的统一性也是毋庸置疑的，而且故事画面中的每一个细节都能够让人感到充实和满足，故事的情节安排得有条不紊，没有什么是不合时宜的。由此可见，坡以“寻美”而非美国主流批评所强调的社会伦理为核心鉴赏手段，推崇文学作品中的形式美和超验美，维护了语言艺术自身的审美价值。

在批判新英格兰著名作家朗费罗的剽窃行径时，坡就以“寻美”为旨趣将诗歌定义为“美之有节奏的创造”(688)。换言之，除了指向音乐性的节奏外，美与创造性乃为坡界定诗歌的两大重要组件。于坡而言，艺术的价值应该从艺术自身内部即审美来判断，而不是以艺术的外部因素诸如道德、知识和教谕等作为评判标准，这正是坡在评价朗费罗的诗歌时对“创作原则的捍卫”(742)、“美是诗歌唯一合法的领域”(16)以及“真正的诗歌唯一合法的目的是创造美”(809)等以美作为鉴赏标尺的批评理念的推崇。尽管坡对朗费罗文学创作中的挪用行为表示出强烈的愤慨，但他与朗费罗论战的焦点围绕在是美还是其他因素才是诗歌创作的核心旨趣这一问题上。需要指出的是，坡依然以“寻美”为标准对朗费罗诗歌中的语言的艺术之美给予了公正的肯定。在坡与朗费罗的论战之末，坡以感性诗意来区分剽窃的手段，把剽窃行为提升到了美学的高度。具体来说，坡以感性诗意这一审美判断来消解朗费罗的那些无意识的剽窃行为，因为坡认为“诗意的前提是对美之敏锐的欣赏和对美的融入诗意的渴望”(1164)。这种美对坡来说乃一种超凡之美。正如坡在《诗歌原理》一文中明确指出，诗的本源就是人类对超凡之美的渴望。值得注意的是，坡在论证“美才是诗的基调和本质”时，就毫无偏见地引用了朗费罗的诗歌《流浪者》为例证，并宣称：“这首诗受赞赏主要是因其与全诗情调一致的优雅自如的韵律，特别是因其总体风格的自然。”(80)我们有理由说，坡的文学批评既是“求疵”的，也是“寻美”的，同时有着严格的标准和界限。

第三节　“批评就是批评本身”:建构文学批评的标准和界限

要成为一名公正而又令人信服的批评家,就应该建构具有普遍规范性的批评理念和判定标准,从而让批评成为一种具有认识和评判两方面的活动。[①] 用韦勒克的话来说,“批评就是识别、判断,因此就要使用并且涉及标准、原则、概念”[②],坡的文学批评既没有停留于解构美国文学民族主义叙事话语建构之下的本土名流权威上,也没有止于对英美文学批评商业化市场乱象的鞭挞,而是通过建构批评的精神和准则来界定真正的文学批评,这让他从一名普通的书评家转变成一名“更为负责任的批评家”[③]。同时,坡坚信真正的文学批评不仅仅要传达出像科学一样客观、像法律一样公正的时代精神,还应该将文学批评局限于批评的对象即作品文本之上,从而把批评局限于批评行为本身,避免受到那些与批评不相关的外界因素的干扰。坡文学批评理念的建构动力最初来自他对苏格兰哲学家麦考莱晦涩而又华丽的批评文风和“青年美国”组织的领袖马修斯泛化文学批评的做法的不满。

尽管麦考莱的批评理念与坡的极其相似,譬如他也经常在文学批评中批判吹嘘行径,揭露出版圈的腐败以及报刊评论家的虚伪,倡导公平正义等,但这些认同感不代表坡就会无视麦考莱在文学批评中的谬误。1841 年 6 月,坡在《格雷厄姆的杂志》上刊发了他对麦考莱的《批评杂文》

---

① 茨维坦·托多洛夫:《批评的批评——教育小说》,王东亮等译,生活·读书·新知三联书店 2002 年版,第 110 页。

② 雷内·韦勒克:《批评的概念》,张金言译,中国美术学院出版社 1999 年版,第 298 页。

③ Edd Winfield Parks: *Edgar Allan Poe as Literary Critic*, University of Georgia Press, 2010, p. 227.

一著的评价。坡开篇指出，那些水平低劣的诗人认为“晦涩”是一种崇高的表现，甚至是崇高的源泉，混淆了“表达的晦涩”与“隐晦的表达”之间的天壤之别(321)。以此为据，坡将他对麦考莱的批判指向了后者晦涩的华丽文风：“如果它们只是为了修辞华丽来夺人眼球，那么我们就不会倾向于评价说这些华丽的辞藻超越了它们应有的价值。”(321)此外，坡认为麦考莱的文学批评中纯粹的逻辑趋向忽视了文学作品主题的整体性，陷入了“为了逻辑而逻辑”的泥沼。具体而言，麦考莱的纯粹的逻辑倾向可以从他批评《兰克的教皇史》一著的文章中窥见一斑。在坡看来，该文只不过是一篇文笔优美的以兰克本人为主题的文章，而且其中的全部内容都是从历史事实推测而来的(323)。由是，坡愤然指出，《批评杂文》中的大多内容都是以麦考莱对批评对象所做出的主观想象为根基的优美散文，既不名副其实，也不是真正意义上的文学批评。

于坡而言，批评不仅应该体现出公正而又客观的时代精神，更应该展现出明确的界限。被纽约批评家杜伊金克奉为“美国天才”的“青年美国”组织的领袖马修斯在《大角星》杂志上发表了他对文学批评的看法。马修斯宣称批评应该忽略像语法、韵律这些文字校对者应该干的小差事，批评甚至可以具有广阔的外延性，演说、散文诗、艺术小说等均可以作为批评的形式，这在坡看来荒谬至极。坡坚定地认为批评本应该指向批评本身，既不可以是马修斯在《大角星》杂志上提倡的一种天马行空式的泛化，也更不能是马修斯那种所谓“富有想象力”或“戏剧化”的浪漫故事或情节剧，抑或说两者兼而有之的东西。除指摘和鞭挞美国19世纪文学批评中“疯狂的泛化精神”(1031)之外，对“伪善言辞”的揭露是坡在批判马修斯一文中的另一核心主旨。依坡之见，美国批评尽管开始意识到了文学民族主义的危险性，却又走入了另一个极端，那就是伪善言辞和泛泛而谈，而马修斯倡导批评的泛化正好与美国空泛的批评趋向完美契合。除此之外，美国文学批评界模仿英国批评界的匿名评价制度在坡看来也是百害而无一利的,因为这种方式让一些不负责任的文学批评家自由地采用马修斯所谓的各种批评形式,最终将导致伪善言辞和泛泛之谈在杂志上泛滥。尽管美国 19 世纪初叶的南方杂志特别青睐匿名的批评家,但坡在《南方文学信使》杂志从事文学批评期间经常签署自己的真实姓名。坡这样做可能是为了确立自己的名望,得到美国批评界的普遍承认,从而成为美国最优秀的批评家,但坡的实名行为更应该被视为一种责任心的体现。

坡的文学批评和创作虽不以民族叙事为己任,但他依然认为美国文学批评仿效英国的时代已经过去了,应该建构独立自主的本土文学批评。洛威尔在评价坡的文章的开篇说道:"在我们有美国文学之前,我们必须有美国的批评。"[①] 1842 年 1 月,《格雷厄姆的杂志》刊出了坡在批评的功能方面的完整论文《批评见解序言》。坡在批判麦考莱和马修斯的基础上尝试建构文学批评的标准和界限。在坡看来,文学批评是针对语言艺术作品所做出的批判、检验或分析,不应该像麦考莱那样去想象他人的观点,而是要彰显出独立的客观性,从而避免备受诟病的趋附性和主观性。坡尖锐地指出,美国文学批评对英国权威的反抗让它走向了另一个错位的极端:美国文学批评变成了最纯粹、最疯狂的文学党派行为,表现出一种"普遍的空谈"(1027)。有鉴于此,坡客观地指出,由于评论的名字本身就传达了它的设计理念,它是对文学文本艺术价值的一种审查,应该去分析它的内容,判断它的优点或缺点,"批评就是批评本身"(1028),与批评之外的东西没有多少关联,批评因此也绝对不能是马修斯所谓的一篇训诫、一篇演说、一章历史,抑或一首散文诗。

为了纠正美国文学批评在麦考莱和马修斯的不良影响下产生的滑坡

① James Russell Lowell: "Edgar Allan Poe", in Graham Clarke, ed.: *Edgar Allan Poe: Critical Assessment* (Vol. Ⅱ), Helm Information Ltd., 1991, p. 1.

现象,坡把“真正的批评”定义为“批评对象在批评家精神上的反映”(1013)。从这一定义可以看出,坡要求批评家将文学批评局限于批评对象即作品文本之上,这个批评对象既不应该是作品的创作者,也非批评家对创作者思想所做的主观想象。由是,文学批评在坡看来就应该规避创作主体的权威、文化身份或者地域身份以及出版商的利益等非文学因素的干扰,从而确保文学批评的公正性和客观性。更为重要的是,批评家要在批评的过程中反映出其价值判断的敏感性,用准确而又锋锐的鉴赏尺度传达出公正的时代精神。坡毫无畏惧地指出,当下英美期刊中的文学批评完全暴露出他所批判的种种弊端,而法国和德国的批评相对而言则具有一定的原则性,“坚守了真正批评的独特精神”(1030)。譬如,法国的文学批评就不像英美国家那样采用匿名的手段。而且相较于英国著名的批评家凯姆斯、约翰逊和布莱尔,德国的文克尔曼、诺瓦利斯、谢林、歌德、奥古斯都·威廉和弗雷德里克·施莱格尔等批评家的阐释更为细致,他们表现出更彻底、更深刻的分析才能,而这些伟大的批评家都不是马修斯赞赏的。为了凸显批评家独立的批评精神,坡倡导把文学批评局限于对艺术价值的判定,因为文学批评本身就是对语言艺术作品的分析和测试。批评作品应该展示出像科学一样客观、像法律一样公正的精神,既不应该是麦考莱的华丽辞藻的堆砌之地,更不能是马修斯所谓的各种文体的喧哗之场。

坡在《格雷厄姆的杂志》供职期间就一直在寻找创立《佩恩杂志》的可能性,从而继续倡导他在《南方文学信使》杂志时期所坚守的高标准批评理念。换言之,这个标准就是无畏的批评,既不致力于增加出版商的利润,也不以放弃审美鉴赏为代价。在多次修订之后,坡将《佩恩杂志》的创刊简章做成了宣传手册,邮寄给了那些他认为会投稿或者资助他的杂志的美国著名的文人墨客。坡在《创刊章程》中明确指出,该杂志将继续保持他在《南方文学信使》杂志时冷静严肃的文学正义感以及文学批评应有的精神和界限：

这本杂志当下的首要任务和主要目标，就是要让人们知道，在任何时候，在任何问题上，你都能看到诚实而又无畏的观点。它的主要目标之一将是在原则上主张权利并在实践中维护，它实际上展示了绝对独立的批评即自律的批评的优点，以最纯粹的艺术规则作为导向，分析并督促这些规则的应用，远离所有的个人偏见，只畏惧对公正的冒犯。它对于作者的虚荣心、守旧的偏见，不会做出丝毫让步，不会屈从于《美国季刊》那些错综复杂的匿名的空话，也不会屈服于那些有组织的小集团的傲慢，他们对于美国文学而言就像噩梦一般，在我们主流书商的点头示意之下，大量炮制虚伪舆论。(1024—1025)

尽管《格雷厄姆的杂志》并不是一个纯文学刊物，但坡希望通过在该杂志上宣传他本人的文学批评标准，从而吸收更多优秀的文学作品和文学批评，为他自己的杂志的创立和成功发展助力。虽壮志未酬，但坡在几年之后的《铁笔杂志》的《创刊章程》中继续强调了类似的批评标准：

在许多重要的方面，这份新杂志将与上述两份杂志大相径庭。与此同时，它将努力使自己更丰富多彩、更独特、更有活力、更尖刻、更有独创性、更具个性和更加独立。它不仅会讨论纯文学作品，而且会非常彻底地探讨“美的艺术”和戏剧；更简单地说，每个月都会有一个“我们的政治历史回顾”栏目。我们将聘请最高贵的天才，但并不总是以最高贵的方式——至少不总是以最浮夸或清教徒式的方式——聘用他们。它的目标是为这个国家的真正智者提供一个公平而高贵的平台，并且不只是以名人的声望为标准。它将维持文学界的普遍利益,并坚定主张将整个世界视为作者唯一合适的读者。它将抵制国外评论家的发号施令。它将避免《美国季刊》的呆板乏味,虽然它在必要的时候也可以同样展现出博学多知,但比他们少一点隐晦,多一点真诚,这是比较明智的。(1034—1035)

如果说“文学批评需要理性与思辨”①,那么坡的《佩恩杂志》的标准和《铁笔杂志》的创刊宣言既表达了他以公正的价值判断为导向的愿景,也同样折射出他尝试限定文学批评行为的理性思维。正如伊格尔顿所说,对于批评家而言,在这个领域通用的东西不是头衔也不是财产,而是理性。② 坡、洛威尔和爱默生是美国南北战争前文学批评家的主要代表人物。洛威尔的文学批评轻法则、重情感和轻理性,缺少必要的论证和推理,是诗歌欣赏,而非真正意义上的批评。③ 洛威尔欣赏坡的批评能力和公共意识,敬佩坡揭露美国文学市场中丑恶现象的勇气和建构独立自主的文学批评理念的努力,他称赞坡是美国批评家中最具辨别力、最富有哲理、最无畏的评论家。④ 尽管爱默生也时而展现出文学批评的才能,但他的文学批评如同他的散文一般,富有启发性,而不是批评应有的理性思维。我们有理由说,于众声喧哗而又集体失语的美国19世纪文学批评而言,坡对文学批评做出的理性界定,具有重要的价值和意义。

---

① 蒋承勇:《文学批评的激情、勇气与担当——以别林斯基和果戈理为例》,《中国社会科学报》2016年6月7日。

② 特里·伊格尔顿:《批评的功能》,程佳译,西南师范大学出版社2018年版,第35页。

③ 乔国强等:《美国文学批评史》,上海外语教育出版社2019年版,第7页。

④ James R. Lowell: “Edgar Allan Poe”, in Harold Bloom et al., eds.: *Edgar Allan Poe* (*Bloom's Classic Critical Views*), Infobase Publishing, 2008, p. 30.

第四节 小结

概言之,坡在步入文学批评职业生涯时就勇于解构19世纪英美文学名流的权威,批判美国图书市场商业化进程中的商业兜售、抱团吹嘘等僭越文学批评话语的行径,斥责美国文人卑躬屈膝的态度,并为不受大众欢迎的文学天才打抱不平,试图改良文学公共空间的批评话语,展现出了知识分子应有的良知和正义感。更为重要的是,坡并没有止于揭露和鞭挞美国19世纪文学批评界的乱象,而是以独立和自律为理念积极建构文学批评的精神与准则。坡的文学批评不仅是"求疵"的,也是"寻美"的,更是对公平正义理念的坚守。由此可见,坡并没有像一些批评家所谓的"消极地逃避着现实世界",那些强行贴在他身上的诸多负面标签也应该被逐一揭去。

坡的文学批评不仅是积极的,也是讲伦理和道德的。他在对文学剽窃的指控中展现出了诗性的正义,在对美国文学界抱团吹嘘和文人与书商勾结的揭发和批判中反映了知识分子的良知,他以美感作为艺术价值的审美标尺,从而抵制美国主流文化和文学中的道德主义说教,彰显出了艺术鉴赏者的审美正义。基于公平的正义是坡的文学批评中不可忽略的伦理向度,因为他发现了正义深入了宇宙的中心,使所有的人类活动都充满活力。公平和公正地对待他人的理念在一个又一个故事中流传。① 坡以正义为导向的文学批评对美国19世纪文化和文学发展进程中的丑恶现象进行了勇敢的揭露和纠偏,具有重要的社会价值,正如雅各布斯所

① Harry Lee Poe: *Evermore: Edgar Allan Poe and the Mystery of the Universe*, Baylor University Press, 2012, p. 111.

说，“坡为我们的文学批评带来了一个更健康、更健全的音符，这一点他比任何人都做得更多”①。甚至对坡颇有微词的美国批评家马锡森也承认：“无论坡的品位如何变幻莫测，他的批评中带有一种美国其他评论家所没有的探究性智慧。”②我们有理由说，坡并不是我们印象中的那个“没有热量”“反社会”和“颠覆美国文学”的消极文人，而是一位具有社会责任感和良知的文学家，一位“非常健全的天才”。③

---

① Edd Winfield Parks: *Edgar Allan Poe as Literary Critic*, University of Georgia Press, 1964, p. 20.

② F. O. Matthiessen, "Poe", *The Sewanee Review*, Vol. 54, No. 2, 1946, p. 185.

③ Lin Yutang: *The Importance of Living*, Reynal & Hitchcock, 1937, p. 9.

| 第二章 |

爱伦·坡文学批评的道德困境与美学出路

自19世纪以来，坡因其文学作品缺乏对社会道德伦理的显性观照而备受责难。《纽约月刊》编辑克拉克指摘坡"缺乏道德或宗教原则"①，甚至是一个在思想和形式方面的剽窃惯犯。坡离世不久，其作品指定代理人格里斯伍德也发文宣称，"他似乎没有什么道德上的敏感性"②。坡曾经为惠特曼诗歌作品的刊发提供帮助，惠特曼也是唯一一位参加巴尔的摩市为坡竖立墓碑仪式的美国文人。然而，在惠特曼看来，坡的文学作品虽然"明亮耀眼，但没有热量"。换句话说，坡的作品缺乏对人生、美国民主、道德伦理等的显性观照。在20世纪之前，坡与其妻子弗吉尼亚的关系问题甚至成为"关于他的道德品质的激烈辩论的一部分"③。20世纪伊始，克鲁奇的"异常"、赫胥黎的"庸俗"和温特斯的"异端"等道德主义评价，给坡及其作品贴上了悖德的标签。

---

① Sidney P. Moss: *Poe's Literary Battles: The Critic in the Context of His Literary Milieu*, Duke University Press, 1963, p. 123.

② Rufus Wilmot Griswold: "Memoir of the Author", in Benjamin F. Fisher, ed.: *Poe in His Own Time: A Biographical Chronicle of His Life, Drawn from Recollections, Interviews, and Memoirs by Family, Friends, and Associates*, University of Lowa Press, 2010, p. 152.

③ Scott Peeples: *The Afterlife of Edgar Allan Poe*, Camden House, 2004, p. 42.

这种以社会道德价值为标尺对坡做出的品评在 20 世纪后半叶继续上演:坡“明显缺乏对道德主题的兴趣”①,“坡不触及道德问题”②,“坡排除了一切道德和宗教方面的考虑”③。到了 21 世纪,尽管坡的文学地位得到了相应认可,但质疑他违背社会道德伦理之声仍不绝于耳,如坡“驳斥文学中的道德和爱国价值”④。有学者甚至指出,从格里斯伍德到亨利·詹姆斯等评论家对坡所做出的极具讽刺意味的批评,“有力地提升了坡的作品声誉”⑤。有鉴于此,本章以坡的文学批评实践为理据,在尝试重构其文艺思想道德内核的基础上,昭示其文学思想的社会价值与伦理意义,从而为全面把握其文学作品中艺术的审美价值与道德教谕的关系提供一种新的认知。

第一节 “说教的异端”:艺术自律与审美现代性

美国 19 世纪上半叶的文艺观念沿袭了 18 世纪以文以载道和经世致用为鹄的的道德传统。美国 18 世纪的诗歌是公共的、说教的艺术,诗歌内容很少与个人情感相关,而是与媒体大众所关注的诸如战争、政治、著名人物的逝世等宏大叙事话语密切关联。到了 19 世纪,在北美清教徒文化的影响之下,以北美诗人布莱恩特和朗费罗为代表的美国主流诗人视诗歌的价值和道德教谕为一个不可分割的整体,过度看重了文学外部的

---

① John Cleman: “Irresistible Impulses: Edgar Allan Poe and the Insanity Defense”, *American Literature*, Vol. 63, No. 4, 1991, p. 623.

② Vincent Buranelli: *Edgar Allan Poe*, College and University Press, 1961, p. 72.

③ Edward H. Davidson: *Poe: A Critical Study*, Harvard University Press, 1957, p. 190.

④ Robert T. Tally Jr.: *Poe and the Subversion of American Literature: Satire, Fantasy, Critique*, Bloomsbury, 2014, p. 123.

⑤ Barbara Cantalupo: *Poe's Pervasive Influence*, Lehigh University Press, 2012, p. 1.

社会功能,从而贬抑了语言艺术本身的审美价值。超验主义思想家爱默生将崇尚"道德美"的歌德视为楷模,自诩为"美国的歌德"。虽然爱默生从德国唯心主义哲学思想中汲取了诸多灵感,但在爱默生看来,艺术的再现内容必须按照实际生活中的道德标准来评判,他的审美标准因而透露出强烈的道德主义色彩。如果说坡表现出一种忧郁的浪漫主义世界观,爱默生则把他的浪漫主义哲学构建在他所继承的道德戒律的基础之上,尽管这种道德戒律在某种程度上使他恢复了青春和乐观的清教主义。在创作方面,坡创作了梦幻般的诗歌旋律,爱默生则创作了令人难忘、无可挑剔的伦理警句,前者的诗歌满足了我们对美的渴望,而后者的诗歌则唤起了我们的道德感。尽管爱默生和坡一样都是"美"的爱好者和倡导者,但爱默生的审美原则兼有愉悦感和道德感的双重特质。

在小说创作方面,从 18 世纪开始,美国小说的创作主要是为了教谕大众和传授道德责任。尽管这种观念今天听起来有些迂腐,但在当时的美国社会,道德教谕功能乃小说的头等责任。"在坡的时代,大多数小说的人物都以正确的道德行为为榜样"①,小说经常通过揭露社会的问题和缺陷对读者进行道德教导,小说界的泰斗欧文和库珀都强调散文作品的道德意识。作为一名文学报刊批评家,坡深谙道德教谕在美国文学市场的强烈需求,但他的以唯美为主导的创作理念与大行其道的道德说教格格不入。此外,美国 19 世纪的权威出版商哈珀兄弟"为了保证新出版物的得体和道德"②,雇用了一些读者。无论是美国的还是进口的文学作品,如果不能通过他们的道德审查,就永远不可能问世。坡的《怪诞与阿拉贝斯克故事集》文稿在 1836 年就遭到了该出版商的无情拒绝。为此,坡试图通过他的朋友保尔丁与哈伯斯协商,但保尔丁在 1836 年 3 月 7 日

---

① Kevin J. Hayes: *Poe and the Printed Word*, Cambridge University Press, 2000, p. 60.

② Terence Whalen: *Edgar Allan Poe and the Masses: The Political Economy of Literature in Antebellum America*, Princeton University Press, 1999, p. 10.

的信中告诉坡,哈伯斯只会根据读者的判断来选择出版物,坡的意见对出版商不会起到任何作用①。由此观之,坡以艺术自律、审美愉悦为根基的文学批评理念在美国19世纪上半叶道德主义说教的大环境下陷入了挥之不去的道德困境。

在19世纪上半叶的美国,欧洲社会宽松的道德规范一直是美国人抨击的对象,英国小说家利顿作品中的道德悬置问题在美国受到了强烈的批判。然而,当美国批评家把矛头指向利顿的道德问题之时,坡却以艺术技巧为判断标尺把鉴赏的目光转向了利顿小说的艺术价值,强调艺术自身的审美维度,从而维护艺术价值评判的公正性。在坡看来,利顿的小说《利希留》的构思技巧在一定程度上掩盖了其中悖德因素的瑕疵,坡高赞"他是任何在世或去世的作家都无法超越的"(142)。此外,坡从"真"的角度称赞利顿在追求散文体虚构故事的真实性方面所做出的努力。坡指出,小说家首先想到的是一部历史作品而不是一部小说,由于利顿一丝不苟地描绘出了主人公在公共生活中的主要事件,所以小说中的人物刻画从本质上是史诗性的而不是戏剧性的,利顿敢于在虚构中追求现实和真实。可见,坡的这种鉴赏标尺与美国19世纪主流文学批评所倡导的社会道德价值背道而驰。

在诗歌批评方面,坡倡导诗人以创造美为己任,而非所谓的道德宣教。1837年1月,坡评论了纽约诗人布莱恩特的《诗集》。在坡看来,布莱恩特的诗歌中展现出来的自然之美,让他成为为数不多的能够与英国著名浪漫主义诗人相媲美的本土诗人。坡开篇就公正地说道:"布莱恩特先生在国内外享有的诗性声誉,比任何其他美国人都要高。英国的评论家们经常高度赞扬他;在这方面,公众舆论一致表示赞同。"(412)虽然美

① Edgar Allan Poe: *The Letters of Edgar Allan Poe*, in John Ward Ostrom et al., eds.: *The Collected Letters of Edgar Allan Poe* (Vol. I, 3rd edition), Gordian Press, 2008, p. 178.

国的大自然为布莱恩特诗歌的创作提供了灵感和源泉，但坡认为布莱恩特笔下的自然可以通过创造美学效果进行一定的提升，因为坡所偏爱的是理想之美而不是具象的风景。坡在文章最后总结道："在布莱恩特先生所有关于自然之美或庄严的狂想中，都有一种最清晰、最激动人心的爱和狂喜的音调。当他欣赏她的可爱或庄严时，没有什么欣赏能比这更热烈，更充满感情，更充满崇拜的炽热灵魂。在道德或物质的宇宙进入他的视野的边缘时，他立即感知并指定美的合理的事物。"(441)可见，坡尽管在文中批判了布莱恩特部分诗歌中的道德说教主题，但是依然认为其诗歌中所彰显出的自然之美掩盖了这一不足之处，虽然这种自然之美有待升华。

"坡是第一个勇敢地说出艺术是以审美为目的的美国批评家。"[①]在坡看来，如果艺术作品过分强调和宣扬道德主义说教，这种艺术理念就是一种"异端邪说"，因为它混淆了道德内容与艺术价值之间的区别。用韦勒克的话来说，"艺术的有用性不必在于强加给人们一种道德教训"[②]。然而，在坡的时代，美国的政治派系林立，社会动荡不安，艺术和科学均"被视为传授道德价值的工具"[③]。鉴于此，坡愤然指出：

> 我所说的这个异端就是"教诲诗"。不论是公开的还是默认的，直接的还是间接的，有人就想当然地认为诗的终极目标就是"真"。据说每首诗都应该向读者灌输一种道德真谛，而且评判这首诗的价值也要凭借这种道德真谛。我们美国人特别支持这

① Robert D. Jacobs: *Poe: Journalist & Critic*, Louisiana State University Press, 1969, p. 453.

② 勒内·韦勒克、奥斯汀·沃伦:《文学理论(新修订版)》，刘象愚等译，浙江人民出版社2017年版，第17页。

③ James V. Werner: *American Flaneur: The Cosmic Physiognomy of Edgar Allan Poe*, Routledge, 2004, p. 52.

个愉快的想法，尤其是我们波士顿人已经将其发挥到了极致。我们已经意识到，要是仅仅为写诗而写诗并承认这就是我们的目标，就等于承认我们的诗完全缺乏诗意的尊严和感染力。但简单的事实却是，只要我们愿意审视一下自己的灵魂，我们立刻就会在心底发现，天底下并不存在，也不可能存在任何比这首诗更为高尚——更为高贵的诗，这种本身就是诗的诗——这种除了诗什么也不是的诗——这种只为诗而诗的诗。尽管如此，我还是要在一定程度上限制我对“真”的谆谆教诲。为了使“真”生效，我宁愿限制它。我不愿因滥用它而削弱它的力量。“真”需要的是苛刻。它不会对桃金娘动恻隐之心。诗歌中一切不可或缺的东西与“真”都是毫不相干的。给“真”戴上宝石和鲜花，只会把它弄成一种炫耀的悖论。要使“真”产生效果，我们需要的是语言的朴素，而不是舞文弄墨。我们必须简洁、精确、言简意赅；我们必须冷静、沉着、不流露情感。(75—76)

在上述引文中，坡把诗歌艺术中的道德说教指向了“真”的范畴，并提出诗歌创作应以求美而不是求真为终极目标的唯美诗学理念。在坡看来，说教诗就是以求真为中心和重心的，因而就是一种“异端邪说”。艾布拉姆斯指出，坡的“为诗而诗”的意思是艺术目标应该“从外部原因和隐秘目的的负担中解脱出来”①。

早在1831年的《诗集》的前言中，坡就以审美趣味为标尺区分科学作品与诗歌：“与科学作品相对立的是，诗歌的直接目的是愉悦，而不是真。”(9)于坡而言，如果说科学的目标是“真”，那么诗歌的目标就应是产生审

① M. H. Abrams: *The Mirror and the Lamp: Romantic Theory and the Critical Tradition*, Oxford University Press, 1971, p. 27.

美愉悦，二者的关系犹如水火，很难和谐共处。虽然坡对社会进步的观念持怀疑态度，但他并不反对艺术的进步。从1845年开始，坡就认为艺术就像科学一样，应该取得长足的发展，艺术必须随着人类对宇宙的认识而进步，艺术家因此肩负着艰巨的重任。由于科学的目标是真理，在文学作品中最能够传达真理的文类应该是散文，而不是诗歌，创造美因此就成为诗歌的终极目标。坡在文中也同时区分了传奇和诗歌，并指出前者的目标是确定的愉悦，而后者的愉悦是无限的。坡认为，就像艺术的目标是愉悦一样，艺术要以传达快乐为有效的工具，因此科学和工具理性可以用来提高艺术的效率。可见，坡即使逐渐认可了科学和工具理性的功用，也仍把这种指向“真”的实用理性工具置于艺术的感性美感之下。整体而言，坡的美学观是唯美的，尽管他没有像佩特和王尔德那样彻底。与19世纪末唯美主义运动类似的是，坡对艺术说教的抵制避免审美判断堕入道德主义品评的滑坡，“提醒人们不要被政治、商业、伦理道德等因素绑架先验的自由本性”①，从而将艺术从说教的藩篱中解放出来。

这种彰显自由的艺术理念乃现代意义上的审美范式。现代艺术的审美观念源自法国神父夏尔·巴图于1746年提出的“美的艺术”概念。巴图将音乐、诗歌、绘画、雕塑和舞蹈五类艺术定性为“美的艺术”，指出与以实用性为目的的其他艺术所不同的是，它们都以自身为目的。在欧洲，艺术自律的观念在19世纪30年代绝非新颖之见，康德在《判断力批判》中就已提出了艺术作为一种自律活动的观点，肯定了艺术的无功利性。对于现代艺术精神之父波德莱尔来说，诗是自足的，诗除了自身并无其他目的。在波德莱尔眼中，坡一生都生活在一个唯利是图、虚伪、只重视道德作品的国度之中。坡崇尚美而不是真，这既让他深为美国人所恶，也是使

① 蒋承勇、马翔：《错位与对位——唯美主义思潮之理论与创作关系考论》，《社会科学战线》2019年第2期，第143页。

他成为波德莱尔心中的英雄的核心因素所在。与坡类似的是，波德莱尔也把说教视为“异端邪说”。① 在坡和波德莱尔的影响下，唯美主义运动的先驱戈蒂耶及其追随者们高举“为艺术而艺术”的旗帜，表达了他们对资产阶级商业主义和粗俗功利主义的憎恨。

如果说浪漫主义思潮在波德莱尔看来就是现代艺术的标志，那么“为艺术而艺术”则是审美现代性反抗资产阶级市侩现代性的首个美学战斗性口号。浪漫主义批评家号召作家抛弃新古典主义的道德审美范式，以审美主体的创造性和艺术自律为目标，彰显出独特的主体性美学。在康德的“无目的的合目的性”思想和席勒的“游戏说”的鼓舞之下，浪漫派艺术家愤然指出，以道德、理性和知识为中心的新古典主义他律美学原则束缚了创作主体的独创性天赋，破坏了作品的艺术价值和审美趣味。坡的艺术自律理念正是对这一现代美学思潮演进的应和。鉴于以清教徒文化为根基的新英格兰诗人大多把文学视为道德教谕的工具，坡在评论新英格兰著名诗人朗费罗的诗集《民谣及其他诗》时就指出，朗费罗在“诗歌目的上的理念是完全错误的”(682)，“他的说教完全不合时宜”(683)，是一种文学上的“异端邪说”。于坡而言，艺术的价值应该从艺术自身内部来判断，而不是以艺术的外部因素诸如道德、知识和教谕等为评判标准，这也正是坡在批判朗费罗的说教诗时所强调的“对创作原则的捍卫”(742)。1842 年 4 月，坡再次评价了朗费罗的《民谣及其他诗》，并继续指摘朗费罗的道德灌输手段：“我们对他的诗集中明显的道德主义说教的性质感到不满。我们怀抱着对‘真’的崇敬之情，就像曾经激励过凡人的斗志那样，但我们要限制它在诸多领域的灌输方式。”(684)

法国著名艺术批评家丹纳在《艺术哲学》中就宣称文学价值的等级每

① 波德莱尔:《波德莱尔美学论文选》，郭宏安译，人民文学出版社 2008 年版，第 186 页。

一级都相当于这个道德价值的等级[①]，可见道德主义说教在19世纪欧洲的风行程度。然而，对道德主义说教进行抵制与批判的并非只有坡。在坡的深刻影响下，波德莱尔同样表现出自己对法国文人将艺术视为说教工具这一“异端邪说”的不满。[②] 美国战后批评家詹姆斯在《小说的艺术》一文中就质疑了皮赞特的道德主义论调，认为艺术的问题（就最广泛的意义而论）是创作实践的问题，道德问题则完全是另一码事，而皮赞特轻易地把这两者相提并论、混为一谈。[③] 然而，詹姆斯尽管称赞坡是美国最早的真正的文学评论家之一，也不乏理智和辨别力，但他责难坡的文学评价是“矫揉造作的，恶毒的，庸俗的”[④]，由此陷入了与赫胥黎等批评家类似的道德主义价值判定的泥潭。

以艺术自律为内核的审美现代性的生发有着深刻的历史原因。用韦勒克的话来说，由于“当时的社会热情——旧式的说教主义，要求文学寓教于乐”[⑤]，这种对艺术实际功用的主张导致了一种逆反局面——为艺术而艺术，即强调艺术的自律性和自主性。韦勒克在《近代文学批评史》（中文修订版·第三卷）中进而指出，十九世纪批评把握不住内容与形式的统一性：不是走向说教作风的极端，便是走向为艺术而艺术的形式主义的极端——或者换个说法来解释这种二分论，要么走向的极端是宣称对于有益于艺术的超自然因素具有玄妙的洞见，要么走向的极端是将艺术归结为单纯技艺、游戏或是雕虫小技。这样的概括，看来不算过分轻率。爱伦·坡则兼取两说，很早便具体说明了批评界的上述困境。

---

① 丹纳：《艺术哲学》，傅雷译，生活·读书·新知三联书店2016年版，第410页。

② 波德莱尔：《波德莱尔美学论文选》，郭宏安译，人民文学出版社2008年版，第186页。

③ 亨利·詹姆斯：《亨利·詹姆斯文论选》，朱雯等译，上海译文出版社2001年版，第28页。

④ Harold Bloom: *Edgar Allan Poe* (*Bloom's Classic Critical Views*), Infobase Publishing, 2008, p. 189.

⑤ 韦勒克：《近代文学批评史》（中文修订版·第三卷），杨自伍译，上海译文出版社2009年版，第38页。

如果我们把韦勒克所谓"坡兼取两说"理解为坡既强调为艺术而艺术的形式主义极端，也崇尚说教作风的极端，必然失之偏颇。事实上，坡一方面推崇艺术自律，但另一方面并不反对隐在的道德寓意与道德关怀，他所不能容忍的只是"显在"的宣教。

第二节 "意义的潜流"：隐在的道德寓意与道德关怀

在《莫班小姐》的序言中，戈蒂耶声称只有毫无用处的东西才是美的①，文学可以无视社会道德，也无须反映社会问题，艺术的价值就在于完美的形式，表现这种形式之美乃艺术家肩负的崇高使命。英国唯美主义代表人物王尔德同样醉心于对艺术形式之美的追寻，并把艺术风格视为艺术不朽的核心要素。就艺术与道德的关系而言，王尔德在《道林·格雷的画像》的序言中写道："没有合乎道德的或不道德的书这种东西。书本有写得好坏之分，仅此而已。"然而，坡的唯美理念并没有彻底摒弃道德意识，滑入戈蒂耶和王尔德式的美学极端主义。坡在《诗律阐释》中论述诗歌韵律的原理时就以"美与责任"和"美丽的与责任的"作为例证(37)，无意识地抑或说有意识地透露出他对美与道德的双重关注。此外，坡以笛卡儿的二元论把诗歌中的意义分为上层和下层两个维度，即"意义的显流"和"意义的潜流"，而"坡作品中诸多'意义的潜流'"②也是其作品的复杂性和争议性之所在。对于二者的关系而言，坡在《创作哲学》一文中指出，正是过多暗示的意义，即把"意义的潜流"变成了诗歌的主旋律，遮盖了诗歌中本应表现美的"意义的显流"，而这种错误的做法就是我们将超

① 赵澧、徐京安：《唯美主义》，中国人民大学出版社 1988 年版，第 44 页。

② Alexandra Urakova: *Deciphering Poe: Subtexts, Contexts, Subversive Meanings*, Lehigh University Press, 2013, p. xi.

验主义者的诗歌看成了散文的缘故，而且是最平淡无味的散文。为了避免这种情况的出现，坡透露说他在诗歌《乌鸦》的创作中增加了两个结尾的诗节，从而将其暗示意义渗入前面的整个故事之中(24)。坡在指摘朗费罗的道德灌输这一错误的诗学观念时也指出："我们并不是说说教式的道德不能很好地成为诗歌主题的潜流，但是它永远不可能像他的大多数作品那样，被如此直白地表达出来。"(683)可见，坡并不拒斥文学作品中潜在的道德内涵，他所不能接受的是僭越艺术美感的说教"显流"。

艺术不必刻意表现道德主义说教，真正的艺术应该以彰显美的方式对其进行潜藏和掩盖。在坡看来，诗歌只是审美趣味的"使女"，但"这个使女没有被禁止用她自己的方式说教。她并没有被禁止描绘美德，但是不应该去推理和鼓吹美德"(685)。从语言的角度来看，坡倡导艺术家采用"潜性语言"的修辞手法来暗示道德寓意和道德关怀，因为艺术作品的"显性语言"应致力于表现美。艺术作品中的道德教训只要不过于明显，"它们可以以各种方式，顺便辅助作品的一般目的"(78)，这种目的不是道德教化而是审美价值和审美趣味。美国批评家雅各布斯指出，坡在1844年3月评价英国诗人霍恩诗集《俄里翁》的文章中，违背了自己的审美准则，因为坡极其反对诗歌中的寓意，而且霍恩也是一位超验主义者，但他在文中却为霍恩的寓意做了辩护。在雅各布斯看来，坡这样做是出自个人利益的考虑，因为坡觉得霍恩或许能够帮助他得到英国读者的认可①。然而，如果从坡对诗歌中"意义的潜流"的态度来看，雅各布斯的这一论断是值得商榷的。坡在文中明确指出"俄里翁"一词有着类似寓意的上下两层含义，但是诗人的适度感让它显得相对柔和，"使其很好地服从于表层的叙述"(295)，从而没有破坏诗歌的美感和整体效果。可见，坡尽管并不

① Robert D. Jacobs: *Poe: Journalist & Critic*, Louisiana State University Press, 1969, pp. 339-345.

崇尚寓意的使用,但是并不反对诗人将寓意植入"意义的潜流"之中,用克罗齐的话来说,对于美的艺术而言,如果寓意处理得适当,它"有时是绝无妨害的"①。

如同他在诗歌批评中对寓意的态度一样,坡也不赞成寓意在散文故事中明目张胆地成为作品的"显流"。换句话来说,坡反对寓意在小说中过度和不恰当的使用,原因就在于寓意有着表层"显流"和深层"暗流"的特质。尽管坡认为寓意由于其接近"真"的趋向从而破坏了虚构故事的逼真性和效果的统一,即小说的艺术审美性,但这同样并不能视为坡因为"寓意是一种为道德'教化'服务的最明显的文学形式"②抑或"因为寓意充满着道德暗示"③而对其失去耐心的证据。在评价霍桑的《故事重述》和《古屋青苔》的文章中,坡高赞了霍桑的短篇故事在"意义的潜流"方面的艺术技巧,但同时又批判其过度使用寓意。在坡看来,如果寓意要建立一个事实,那就只能通过推翻一个虚构的事实来达到目的。但是如果艺术家把寓意处理得当,"寓意就只能被看作一个影子,或者是一种暗示的一瞥,从而使它既不突兀也不令人不快地接近'真'"(583),暗示的意义也就不会以一种非常深刻的潜流方式贯穿于明显的意义之中。于坡而言,霍桑的故事过度强调寓意,把寓意中的深层"潜流"表现得过于耀眼,从而干扰了小说美学形式上的效果的统一,而对艺术家来说,小说中效果的统一比世界上所有的寓意都更为值得。在坡看来,寓意过度使用的致命伤害就在于其对小说逼真性的破坏。

就艺术的愉悦性而言,康德将我们在艺术中所体验到的快乐分为两

---

① 克罗齐:《美学原理》,朱光潜译,商务印书馆 2012 年版,第 41 页。

② Joseph J. Moldenhauer: "Murder as a Fine Art: Basic Connections Between Poe's Aesthetics, Psychology, and Moral Vision", *PMLA*, Vol. 83, No. 2, 1968, p. 286.

③ Robert D. Jacobs: *Poe: Journalist & Critic*, Louisiana State University Press, 1969, p. 225.

种,一种是一件在道德上为“善”的艺术作品带给我们的快乐,另一种则为我们从纯粹的美中体验到的快感。唯美主义大都将康德的美学思想运用到文学批评或文学创作之中,坡则更早地遵循了这一美学路线。就唯美主义的哲学基础和理论起源而言,康德的美学理论为之提供了生成理论。康德所谓“审美不涉概念”“审美不涉利害”和“审美只涉形式”等美学主张,将审美活动与其他诸如道德、伦理等活动区分开来,并确立了审美活动的独立自主的领域。虽然坡在《致 B. 的信》中只谈及了诗歌引起的愉悦,并没有进一步阐释这一愉悦,但他也尝试借鉴康德的美学思想来区分我们在对道德感和对趣味两种不同的诉求得到满足时所产生的不同愉悦。康德把人的心理功能分为认知、情感和意愿三部分,集中讨论了人的审美判断功能,赋予了艺术独立存在的合法性。于坡而言,康德美学的价值主要表现在他对人的审美活动的深层本质及其心理因素的分析和描述方面。在康德哲学的基础上,坡将精神世界分为纯粹的智力、趣味和道德感三个维度,智力对应真理,趣味指向美,道德感对准责任。然而,坡并没有完全承袭康德的美学观点,而是修正了康德的划分,把指向美感的趣味置于三者的中心,让它同时关联着另外两种判断功能。对此,坡阐释道:“我把趣味放在中间,因为它就是这个位置,在我的脑海里,它占据着这个位置。它与另外两个极端都有密切的联系。”(76)可见,坡对心智官能的划分并没有摒弃道德意识,只是把它的重要性置于了指向艺术美感的趣味之下。由是,尽管坡强烈反对文学作品中的道德主义说教,但这并不能作为认为其文艺思想排斥道德甚至违逆道德伦理的理据。

传奇文学在美国 19 世纪的批评家的眼中违背了美国式的民主进程,因而遭到了冷遇,正如弗莱在论述传奇文学时所说,由于对英雄主义和纯洁忠贞高度理想化,故就其社会关系讲是与贵族存在着密切的关联,“传奇”作品的字里行间总会流露出某些虚无主义或桀骜不驯的东西。[①] 坡却反其道而行之，竭力为被美国主流批评诋毁的、被视为非道德文类的传奇文学做辩护。早在《致 B. 的信》中，坡就以审美愉悦区分了传奇和诗歌，指出前者的目标是确定的愉悦，后者的愉悦是无限的。坡的这一划分可以追溯到英国诗人柯勒律治。柯勒律治从审美愉悦方面区分了传奇和小说，而坡则在这一基础上做出了修正，即把柯勒律治的美学观用于区分传奇和诗歌。苏格兰著名小说家司各特尝试通过创作的方式在散文传奇与小说之间做出区分，这在美国得到了广泛的传播，美国小说家霍桑、西姆斯和坡竞相仿效。然而，由于传奇文学致力于对非理性激情的描绘，从而可能会引起人们对亡命之徒、海盗和迷信时代的崇拜，美国主流批评并不称赞这一艺术形式，甚至视其为一种非道德的文类。为此，坡在评价德国作家福凯的幻想小说《水神乌丁娜》的文章中尝试论证这篇传奇作品拥有功利性的道德价值，尤其是指向“意义的潜流”的寓意。坡在开篇就指出他是在论战美国民族反浪漫主义的倾向，并呼吁传奇作家应该“向那些以实用性为中心的邪恶天才宣战”(252)。在坡看来，这个传奇中道德美的形象化比单纯的婚姻忠告具有更好的社会功能，因为凡是精神上的，凡是能升华灵魂的，都是“美”的道德塑造，尽管它有时会违反道德行为的基本准则。然而，坡为传奇文类中的隐性道德价值辩护，并不仅仅是为了揭示艺术作品中隐在的道德内涵，更是以揭露美国功利主义文化中审美趣味的普遍窳败现象来维护艺术作品的审美价值：“为了文学自身的利益和精神用途，每一个文学爱好者都有责任大声疾呼，大胆地反对那些长久以来毫不动摇地使我们着迷的站不住脚的偏见。”(252)霍桑的小说创作同样遇到了这种偏见，但他依然在小说《七角楼》的序言中勇敢地写道：“且不说其他的反对意见，它把传奇暴露给了一种顽固的、极其危险的批评，

---

① 诺斯罗普·弗莱：《批评的解剖》，陈慧等译，百花文艺出版社 2006 年版，第 453 页。

因为它几乎把作者想象的画面与当时的现实进行了正面的接触。”①读者应该把他的这部作品当作传奇而不是当作小说去阅读。

坡在散文作品中所倡导的“意义的潜流”的潜在叙事方式与短篇小说中的“隐性进程”理论不谋而合,具有帮助读者揭示作品中隐藏的伦理和审美层面的功用。“隐性进程”指的是一种在故事情节发展背后的叙事暗流,能够协助读者更加深入地理解作品的主旨和审美价值。然而,隐性进程不同于叙事学界所关注的情节的深层意义,因为它通常具备反讽特质,而反讽既是一种修辞技巧,也隶属于小说美学的范畴。坡的短篇故事《泄密的心》就存在情节发展和隐性进程两个不同层次的反讽。在申丹看来,故事中存在着三种与故事主题方向基本一致的叙事进程,故事中的显性进程为情节中患有神经质的“我”对同住一屋檐下的老人的窥视、谋杀的实施以及罪行的最终暴露,而另外两条隐性叙事进程则为谋杀者无意识的自我定罪和他的无意识的自我谴责②。可见,故事中三种叙事进程均指向了对故事主人公“我”的谋杀行径的道德谴责。我们有理由说,隐性进程比显性进程更能证明坡的故事在主题方面具有深层的道德伦理价值,并且微妙地拓展了情节发展中的戏剧反讽。换句话来说,坡刻意避免在故事表层进行道德主义说教,而故事的伦理价值需要读者在发现隐性进程抑或说“意义的潜流”之后感知,这可谓是一种润物细无声的道德教谕。

坡不仅不排斥道德寓意,还赞赏作家在隐性叙事中的道德正义。不论是“寻美”的还是“求疵”的、审美的还是心理学的,文学批评与富含“天马行空”的想象力的文学创作所不同的是,它经常涉及对批评对象的裁决。作为文学批评家,坡对公正的问题同样敏感。在小说批评中,坡称赞

① Nathaniel Hawthorne: “Preface to *The House of the Seven Gables*”, in J. Donald Crowley, ed.: *Nathaniel Hawthorne: The Critical Heritage*, Routledge, 1970, p. 188.

② 申丹:《西方文论关键词 隐性进程》,《外国文学》2019 年第 1 期,第 81—96 页。

狄更斯的小说《巴纳比·拉奇》在“潜流”主题设计上的美感应和了读者的想象力:“他所说的几乎每一个字,只要加以严格的注意,就会发现他的字里行间都有一种潜流意蕴,富有想象力的读者对这种潜流意蕴的兴趣就会无限增加。”(222)更为重要的是,在狄更斯的“隐性叙事”中,白痴巴纳比对流血的恐惧产生了与诗性正义相一致的对凶手的谴责,他所感受到的对鲜血的恐惧是这一暴行的间接结果,因为正是这一暴行引起了怀孕母亲的想象。当这一恐惧促使儿子确信父亲犯下了这一罪行时,诗性正义就会得到圆满的实现。在坡看来,狄更斯的故事设计就是“诗性正义理念最好的体现之一”(220)。

坡的小说创作同样不乏隐在的道德寓意,因为“坡并不排斥道德关怀”[①]。坡在短篇小说《泄密的心》中着重描绘了杀人犯的犯罪心理及作案过程,该小说在某种意义上可以被视为道德内省小说抑或寓言小说。故事《乖戾之魔》没有典型的坡式的场景设置、阴森恐怖的古堡、惊悚变态的心理和血淋淋的场面,整个故事以主人公“我”的口吻描述了“我”在杀人前后反常的心态和善恶的内心纠结。虽然坡的侦探小说“更多地来源于对特定智力难题的解答,而非出于对社会或道德价值的关注”[②],但是它们也同样可以从道德的角度加以阐释,甚至能够“理解为严格的道德:如果侦探不能破案,凶手就会自首、自杀,或者被悔恨吞噬”[③]。在某种意义上,脍炙人口的故事《窃信案》就隐射出一种深刻的人文关怀和道德反思。作为理想人物的化身,坡笔下的侦探杜宾最后用另一封信调换了那封被窃之信,以其人之道还治其人之身,对D部长的窃信行为极尽嘲讽。

---

① 申丹:《坡的短篇小说/道德观、不可靠叙述与〈泄密的心〉》,《国外文学》2008年第1期,第49页。

② Martin Priestman: *The Cambridge Companion to Crime Fiction*, Cambridge University Press, 2003, p. 46.

③ Scott Peeples: *The Afterlife of Edgar Allan Poe*, Camden House, 2004, p. 67.

同时，侦探杜宾也被塑造成一位具有高智商和高尚道德之人，他最终打败了那位不道德但是才华横溢、冷静而又聪明的罪犯，因为他比罪犯更加聪明、冷静，也更有道德感。

此外，坡的诸多犯罪故事中都暗含着与社会道德相关的禁酒意象，譬如《黑猫》和《一桶白葡萄酒》。特别是《黑猫》，它完全遵循了 19 世纪上半叶的禁酒传统，保留了社会改革的形象，“但明确的道德信息现在已经完全消失了”①。在坡创作《黑猫》的时代，与禁酒相关的犯罪故事的共同点就是它们大多戏剧化地讲述一个幸福的家庭在丈夫开始酗酒之后的悲惨故事。坡则将这一社会改革形象成功地植入他的恐怖故事之中，暗示酒精对社会道德伦理的颠覆性力量。故事的叙述者在故事的开头告诉读者他曾经是一位善良仁慈之人，尤其体现在他对家中宠物猫的态度上。然而，正是在酒精的刺激之下，他的性格逐渐表现出根本性的变化。《黑猫》的主人公在故事中提及了他的精神疾病与酒精的关联性，折射出故事对禁酒传统的深刻关注。美国小说家赫德利的故事《筑在墙里的人》为坡的短篇小说《一桶白葡萄酒》提供了借鉴对象和创作灵感，但坡在故事中植入了特有的禁酒意象，这既是一种创新，也让他的故事创作在主题方面超越了前人。坡在故事中将耸人听闻的冒险情节与蕴含丰富的心理暗示融合在一起，聚焦于那些与酗酒相关的病态心理，创造出一个更为经典的恐怖故事。故事中的两位主角都是葡萄酒鉴赏家，虽然叙述者并没有在故事中告诉读者其中一位确切的复仇动机，但对于了解与酒精相关的犯罪的 19 世纪的读者来说，他们在故事的进程中清楚地瞥见一名他们熟悉的、报复性的、自吹自擂的酒精受害者。此外，这个时代的读者在看到满是骷髅的酒窖这一意象时，会自然而然地推想复仇者的家族曾

---

① David S. Reynolds: *Beneath the American Renaissance: The Subversive Imagination in the Age of Emerson and Melville*, Oxford University Press, 1988, p. 70.

是一个人丁兴旺的大家族,甚至也会联想到酒精对人类社会和家庭造成的灾难性后果,即一个嗜酒如命的家族现在只剩下散落在酒窖里的累累白骨。

相较于隐在的道德,坡更看重犯罪小说的艺术审美层面,倡导小说家把道德寓意和道德关怀置于故事"意义的潜流"之中,从而避免读者将审美的目光聚焦于罪犯的道德问题之上。在故事的创作中,坡从刻板的罪犯身上提取出道德上的模糊性,并在叙事结构中刻意展现出这种模糊性,从而让敏感的观察者感到困惑,甚至产生与大众截然相反的价值观,这种模糊性就是坡所谓"意义的潜流"。在《泄密的心》中,坡利用了大众对耸人听闻的犯罪恶行的兴趣,这种兴趣同样表现在美国费城哥特小说家利帕德的充满血腥的犯罪小说《安娜贝尔小姐》的畅销度上。当时许多流行的犯罪小说都将故事的重心置于描述罪犯及其犯罪的社会动机,甚至让读者对罪犯产生违反社会道德伦理的同情心。坡却反其道而行之,他并不聚焦于罪犯的描述及其作恶的动机,而是在故事中凸显出作为第一人称叙述者的罪犯本人的声音,从而削弱了读者对罪犯的同情。更为重要的是,在《威廉·威尔逊》《泄密的心》和《乖戾之魔》中,罪犯的悖德行径最终都成为自我毁灭的工具和根由,故事中暗示的"恶有恶报"的道德伦理甚至在某种程度上可以看作故事潜在的重要主题。然而,于坡而言,这种潜在的意义"对浪漫主义者来说并不是最美的领域,也不属于更高的理想范畴"(252)。

第三节　艺术的终极目标:美与善的统一

"morality"(道德)一词起源于拉丁语"mores",原意为风俗。由于道德的概念具有丰富的内涵和广阔的外延,如何科学地定义道德一直是伦理学研究中一大基础理论问题。吴瑾菁认为西方的“道德”一词具有社会风俗和个人品性的双重含义，是社会人伦秩序和个体品德修养的统一。① 代表实体主义伦理观的黑格尔指出，“‘道德’的发明者”苏格拉底教育我们人类必须在本身内发现和认识什么是“是”和“善”。② 屈培恒则认为，道德是一定社会(或阶级)指导人生、调节关系，以促进个人和社会和谐发展和不断完善的准则和规范，这些原则和规范一经产生，就作为善恶标准体现着人们对理想的社会和理想的人格的憧憬与追求。③ 由此观之，尽管目前道德概念界定在学界莫衷一是，但我们对指向道德内涵的核心组件尚能窥见一斑。秩序、善恶标准和对理想世界的追寻乃理论家在尝试界定道德概念时关注的重要因素。

艺术的完美离不开和谐，美的和谐品质在古希腊美学中因其与秩序和德性的关联指向了善本身。从苏格拉底、柏拉图、亚里士多德到中世纪的普洛丁，他们都认为美和善是水乳交融的④，表征秩序的“和谐”则是古典主义审美范式连接美与善的桥梁。毕达哥拉斯学派宣称美是数的和谐，赫拉克利特认为美是对立面的和谐，德谟克里特指出美是小宇宙和大宇宙的和谐。在托马斯·阿奎那看来，完整、和谐和鲜明为美的三个要素，善的东西也是美的，美和善虽然有着一定的区别，但是一致的。于普洛丁而言，神才是一切美的源泉，美也因此就是善，但善在美的背后，是美的本原，真善美统一于神。到了17世纪，苏格兰美学家夏夫兹博里(又译为舍夫茨别利)承袭了从笛卡儿到斯宾诺莎和莱布尼茨的唯理主义思想，既不赞成经验主义哲学家伯克的“白板说”，也不同意霍布斯的性恶论观

① 吴瑾菁：《论“道德”——道德概念与定义思路》，《江西师范大学学报》(哲学社会科学版)2011年第1期，第40页。

② 黑格尔：《历史哲学》，王造时译，上海书店出版社2006年版，第251页。

③ 屈培恒：《道德定义浅论》，《道德与文明》1987年第3期，第29页。

④ 寇鹏程：《古典、浪漫与现代——西方审美范式的演变》，上海三联书店2005年版，第109页。

点,认为人类具有先天的"德性"和"秩序"的理性观念。在夏夫兹博里看来,人性是善的而不是恶的,因而人的审美感和道德感在本质上是相通的。然而,到了18世纪中期,代表理性的知识和道德不再是评价艺术的核心标准,艺术的最高目标出现了转变,"美的艺术"应运而生。康德为理性认识划定界限,指出人的理性知识无法认识到"物自体",高扬审美的非功利性,并将真、善、美分疆划界,为浪漫主义美学浪潮的到来提供了哲学根基。罗素在《西方哲学史》中就明确指出:"浪漫主义运动的特征总的说来是用审美的标准代替功利的标准。"

如果说浪漫主义审美范式强调想象的创造功能,坡则把古典美学中的重要概念"和谐"作为区分想象和幻想及判断艺术价值的标尺,把想象力的创造性功能转向了审美判断。华兹华斯在《抒情歌谣集》(1815年版)的序言中指出,诗人所必备的想象和幻想能力是一种改变、创造和联想的能力。① 在华兹华斯诗学思想的基础上,柯勒律治区分了想象与幻想,强调了想象的"再造"功能。然而,坡批驳了柯勒律治所说的想象具有创造性而幻想只有组合功能的观点,并明确指出二者在创造力方面并没有多大区别,都只是一种组合能力,都不能真正地创造。依坡之见,"由于人的头脑想象不出任何从未真正存在过的东西"(334),想象和幻想一样都只是把经验和知识结合起来进行重新组合,但是想象比幻想更具审美艺术性,因为想象从旧形式的新奇组合中择取那些和谐的形式,其结果自然是美本身。而幻想则由于忽略了组合的和谐性,产生了一种出乎意料之感,仅能满足普罗大众的好奇心而已。坡进一步指出,在幻想之下还存在着妄想,美国诗人托马斯·胡德的诗歌就介于幻想和妄想之间。在坡看来,充满幻想的作品并不是艺术的,因为它们属于"人工技巧",而最纯粹的艺术应该反映出宇宙中和谐的微观世界,展示出人类模仿上帝艺术

① 刘若端:《十九世纪英国诗人论诗》,人民文学出版社1984年版,第37页。

的努力。充满幻想、妄想和幽默的作品虽然都可以被读者欣赏，但对于美的创造并没有做出任何贡献。在评价美国作家威利斯的文章中，坡认为想象力能够让艺术家拥有模仿宇宙结构的和谐，抑或说构建自然的艺术的能力，而幻想是不自然的，因为它透露出一种有意识的努力。由是，玄学奇想就是幻想的产物。与英国作家本·琼森类似的是，坡认为，虽然玄学派诗人的想法新颖，但他们的诗歌创作不是自然的，而玄学派诗人努力思考的表象之下正透露出自然的缺乏，但这种新奇组合带来的震惊效果却愉悦了读者。带着同样的美学立场，坡阐释了充满幻想力的托马斯·穆尔比充满想象力的雪莱更受大众欢迎的缘由。坡在 1840 年评价穆尔的诗体散文《阿尔西弗龙》时就明确指出，幻想力而非想象力才是穆尔所擅长的，尽管他也拥有一定程度的想象力(338)。然而，到了 1845 年，坡对想象力的态度发生了巨大的转变，认为想象力也仅仅是一种协调能力。由是，在坡的美学思想中，想象力变成了美的中介，其特质不在于创造，而是一种建构和谐组合的能力，这种和谐的新奇组合吸引着美感，最终走向了善本身。

坡以激起和谐和秩序情感为目标的艺术理念，让他的美学观在一定程度蒙上了一层类似维多利亚时期道德唯美主义的古典主义色调。英国作家萧伯纳就高赞坡为最正统、最古典的现代作家。在虚构作品的创作中，坡同样带着激情孜孜不倦地寻找秩序和理性，以战胜他在现实生活中所经历的混乱和虚无。尽管坡没有彰显“以善为美”的古典主义美学思想，但是从他笔下的侦探竭力揭露犯罪从而实施“惩恶”来看，坡的犯罪小说中所隐喻的“诗性正义”和社会秩序，在某种意义上隐射出一种古典主义审美范式特有的道德伦理色彩。虽然道德和理性的审美范式并不是坡的文艺理论和其文学创作的主旨，但他在文学批评中体现出的批评家社会责任心，同样反映出他对古典主义美学中和谐的社会秩序与道德伦理观念的承袭。我们有理由说，坡是一位过渡性的人物，他的美学观念充满了复杂性和矛盾性,因此很难在西方美学流派中为他找到一个确切的位置。他是一个浪漫主义时代的人,我们同时也可以从他身上管窥出理性时代、启蒙运动,甚至遥远的古典主义时代的印记。坡并不是要把它们都加以理想化,而是要探索它们的意义,寻找其中的秩序。

除对和谐与秩序的崇尚之外,坡在文学批评中同样强调适度和比例。古典主义审美范式中的和谐衍生出适度和比例等相关美学术语。圣·奥古斯丁的《论美与适宜》论述了平衡、类似、适宜、对称、比例、和谐等美的具体特征和规律,高扬真、善、美的统一。从适度的角度来看,“太过”和“不及”皆为美的两个极端,而美应该恰到好处。正如英国 18 世纪美学家荷迦兹所说,“适宜产生美”,即物体的大小和各部分的比例取决于适宜和妥当,抑或说适宜的比例决定了美的器物的大小和比例。坡在《诗律阐释》一文中指出,“诗歌起源于人类对均衡、适度的欣赏”(33),诗歌中的节奏、格律、诗节、韵律、叠句等的合理运用就可以达到类似的美学效果。在评价美国作家塔克的小说《乔治·巴尔科姆》的文章中,坡批评说,如果原创性人物能巧妙地适应周围的环境,就不会“违背我们的适度感”(976)。换句话来说,人物的塑造要契合读者适度的美感。这种和谐、适度的美感在某种意义上也是一种比例之美。因此,坡的“效果”美学观在一定意义上就是一种比例之美的延伸与应用。在评价朗费罗的诗集《夜之声》的文章中,坡就指摘朗费罗既缺乏组合或融合能力,也没有整体观念(671):“他的作品是来自最明亮的诗性真理的闪烁,而不是这个最明亮的真理本身。”(672)由此观之,坡所谓“真”是指一种经过最严格的比例和最适当的调整而产生的完美,这些诗意的诉求只能存在于最高层次的美和力量之中。可见,坡所强调的“效果的统一”即一种比例效果,这种美学效果不能以牺牲整体为代价来达到特定部分的效果。在坡看来,如果艺术作品的细节表现出自然作为一个整体的和谐与对称,那么人类的心灵就能体验到一种整体的愉悦。

古希腊以降,艺术之美被视为道德伦理的附庸,文艺作品被要求承担道德教化的使命。审美的功利性和非功利性因艺术与社会的关系成为西方美学理论演进中争论不休的焦点话题,而美与善(道德)的逻辑关联成为尝试解决这一问题的关键所在。苏格拉底认为美与善是统一的,且都以功用为标准;柏拉图则把美善视为理想人格的构型;亚里士多德坚信美是一种善,其之所以引起快感正是因为它是善本身。托马斯·阿奎那同样认为美与善是不可分割的,因为二者都以形式为基础。① 18世纪以前,西方美学主流观点认为审美趣味与社会伦理道德有着密不可分的联系,美应该具有匡正善恶的道德品质,美即善,美成为道德教谕的“使女”。然而,审美活动在现代美学中不再趋向于认识和改变现实生活,而是聚焦于对至善的彼岸世界的追寻和表现。由是,康德提出了“美是德性——善的象征”②的说法,但并不提倡艺术刻意表现道德之美,而是把美和指向道德的善划分为不同的领域,以强调审美的无功利性来赋予艺术独立的自治领域。在康德看来,我们通常所谓的代表着理性功利的善在世俗道德戒律的束缚下并不是最高的道德形态。至善则让美与道德在自由和纯粹的形式中再次相遇,审美活动因而在康德的超验思想中连接着感性和理性。美在摆脱功利性的道德桎梏之后与至善相通,成为人类的最高价值,这种艺术的超验之美最终把审美主体引渡到至善的境界。

对于坡的文艺思想,学界过多聚焦于他在唯美艺术理论方面的贡献,忽略了其文学批评思想对善和理想的追寻,这也是批评界从19世纪以来对坡及其作品进行道德主义批判的根由所在。与坡同时代的美国作家爱默生把他的浪漫主义哲学建立在他对道德戒律的继承基础之上,应和了美国19世纪道德主义文化的风向标。虽然爱默生认为趣味是对美的热

---

① 北京大学哲学系美学教研室:《西方美学家论美和美感》,商务印书馆1980年版,第66页。

② 康德:《判断力批判》,邓晓芒译,人民文学出版社2002年版,第200页。

爱,但他在《论艺术》一文中指出:“只要它还不是实用的和道德的……艺术就还没有至臻完善。”在19世纪上半叶的美国,坡与爱默生的文艺观代表了两大不同的诗学主流,一个以美为中心,一个以道德为准则,而他们对诗歌所做出的不同的定义折射出二者的美学歧见:爱默生界定诗歌为“制造韵律的论证”,而坡则认为诗歌应是一种“美之有节奏的创造”。道德情操不仅是爱默生美学思想的核心概念,也是他一生坚定的信仰。由是,爱默生戏称坡为“叮当汉”,坡在文学批评中对爱默生的态度同样充满了火药味。在与二者同时期的美国批评家洛威尔看来,爱默生的美学观有着希腊的意味,而道德主义原则就是希腊美学思想的三大核心原则之一。在诗歌创作方面,爱默生的诗歌中充斥着那些令人难忘的、无可挑剔的伦理警句,努力将诗歌精神激发成高尚的道德和伦理,从而唤起读者的道德感。而坡的诗歌却似乎与道德毫不相关,用充满音乐性的词汇唤起我们的美感,使人的心灵进入愉快的遐想和惊奇的心境。与坡类似的是,爱默生的哲学思想一部分源自康德,他也做出了一定的修正。就道德而言,康德的道德法则具有普遍性、抽象性和绝对性的特质,爱默生的道德情操理念则表现出个体的、具体的和相对性的特征,因为爱默生强调个体能够凭借内在的精神力量抵达自我情感升华的境界。于爱默生而言,融智性与德性于一体的人只有三种:哲学家、圣徒和诗人。

与爱默生不同的是,坡在康德的影响下把道德和实用性与审美趣味进行了分疆划界,摒弃了艺术的实用功利性。需要指出的是,坡并没有把道德从美中剥离,而是在更为高级的精神世界中,让美与道德发生了更为密切的勾连。这种美德并不是所谓的世俗道德伦理,而是一种“与那些不适度、不和谐、不成比例的邪恶进行斗争”(685)的善。这种超验的道德建构在美国批评家麦甘看来，就是一种“有助于构建作品‘和谐’的因素”[①]。于坡而言，艺术家没有必要在创作中刻意扬善，比如说走向道德主义说教，但是可以通过审美的方式来与“恶”做斗争，产生一种类似亚里士多德的“净化”和席勒的“美育”的效果。英国19世纪著名艺术评论家罗斯金在《艺术与道德》中就说过，虽然善行从来都不会从恶行中演化出来，但在与恶行的斗争中它得到了最大程度的发展。[②]在罗斯金看来，所有伟大的艺术都拥有加强人类的宗教信仰、完善人类的精神世界和为人类提供生活支持的功能，艺术精致与否就在于它所展现出的道德之纯净和情感之庄严的程度。塞尔登指出，罗斯金相信“艺术家的高度的道德责任感就是要解释自然的美。这样的景象并不琐碎，也与人生的琐事无关，但具有一种庄严和崇高，它适合赞美神圣秩序”[③]。可见，罗斯金与坡在艺术与道德关系方面的观点上是类似的，即艺术家不必在一部作品中刻意美化道德抑或道德说教，而应该在更高的层次上让艺术与道德产生关联，让读者在审美活动中体验到指向道德的善。

指向善的和谐之美也成为坡将浪漫派崇尚的“独创性”和“天才”与亚里士多德的古典主义美德进行融合的桥梁，因为坡坚信“真正的独创性是最高的文学美德”(579)，而“天才就必须是道德高尚的”(1457)。依坡之见，如果“给天才一个足够永恒的动机，其结果将是和谐、比例、美和完满”(1417)。可见，坡尽管顺应了席卷欧洲的浪漫美学的主体性审美范式，但是依然把个体的创造性和能动性在艺术的终极目标中指向了古典主义审美范式中的道德范畴，但这种道德不是世俗的社会道德伦理，而是一种更

---

① Jerome McGann: *The Poet Edgar Allan Poe: Alien Angel*, Harvard University Press, 2014, p. 37.

② 罗斯金:《艺术与道德》，张凤译，金城出版社2012年版，第40页。

③ 拉曼·塞尔登:《文学批评理论——从柏拉图到现在》，刘象愚等译，北京大学出版社2000年版，第512页。

为高级的超验美德。正如坡用理想区分想象力和幻想力从而摆脱柯勒律治的影响一样,坡的唯美理念所强调的也正是一种理想之美。在坡看来,艺术家永远不能真正地开创,他只能在旧的形式的基础上发明新的组合,并通过想象力的作用来模仿宇宙结构的秩序性和融真、善、美于一体的上帝的艺术之美,一种莱布尼茨的"前定和谐"和沃尔夫的"整体与部分和谐"①。由是,所有人类的创造物都是对理想世界做出的不完满的模仿,艺术家的情感来源于一种由美丽的尘世形体所激发的对更为高级之美的憧憬。艺术家只能想象这种美,但不能创造它,当他的作品接近这种美时,就会反映出一种宇宙的谐和,正如美国神学美学家维拉德索所说,"美的体验可以引导精神走向上帝"②。在维拉德索看来,上帝创造世界是为了分享神圣的美,而且任何拥有美的人都希望尽可能地扩展这种神圣美。上帝就像艺术家一样为美而创造万物。因此,一切事物都是为了美而被创造出来的,万物也在不同程度上模仿着上帝的典范,而且每件事物在其可理解的实体"形式"中既是善的也是美的,美因此既是上帝的属性也是上帝的启示。

坡在散文诗《我发现了》中就指出上帝是最完美的策划者,并以融合诗歌和散文的艺术方式来呈现美与善的统一,这种超验美学意识源自西方人把至善看作道德追求的终极目标的传统。③ 于坡而言,诗的本源就是人类对"超凡之美"的渴望,而诗歌本身乃一种不完美的努力,它通过形式之美的新颖组合来满足人类的这一企盼,一种"飞蛾对星辰的向往"(77)。这种"理想的能力",即诗性情感是灵魂不能从地球现有的任何形态的组合中获得的,而是上帝给予人的本能,作为人类崇拜他的保障

① 邓晓芒:《西方美学史纲》,商务印书馆 2018 年版,第 105 页。

② Richard Viladesau: *Theological Aesthetics: God in Imagination, Beauty, and Art*, Oxford University Press, 1999, p. 104.

③ 邓晓芒:《西方伦理中的善》,《社会科学战线》2001 年第 5 期,第 225 页。

(509)。就故事的情节而言,完美的情节在坡看来只有上帝能够做到,而且只有少数天才能窥见和欣赏这种完美设计,并从中获得愉悦,普通艺术家虽不能至,但要心向往之,将其作为一种有意识的理想。批评家也同样要意识到这种现实世界无法企及的完美,并以理想的情节来衡量所有的现实情节。由是,艺术家在坡心中就是一位连接现实世界和“理念”世界的天使,艺术的终极目标乃美与善的融合和统一。美国诗人艾伦·塔特就曾为坡所遭到的不公平的道德主义评判打抱不平,“美国人反对的理由都是基于他的道德冷漠或其有限的道德范围”①,并指出坡的美学思想是天使般的而不是象征式的。美国批评家麦甘同样认为坡的诗歌理念蕴含了天使般的想象。麦甘在其学术论著《诗人埃德加·爱伦·坡:异度天使》中明确指出,尽管坡对社会进步观持怀疑态度,甚至常常带着轻蔑的语气,但“他对美国南北战争前的粗俗、虚伪和暴力却有着更为深刻的理解”②。

第四节 小结

坡的文学批评中重要的艺术自律理念在 19 世纪上半叶的美国受到了泛道德主义文化的冲击与钳制。为了走出这一道德主义的困境,坡在批判道德说教的同时,倡导艺术家以“意义的潜流”来隐射道德寓意和道德关怀,并在追寻艺术的和谐秩序和终极目标中让美与指向道德的善最终走向了融合与统一。如果说唯美主义把美视为真,坡则在艺术的终极

---

① Allen Tate: “Our Cousin, Mr. Poe”, in Robert Regan, ed.: *Poe: A Collection of Critical Essays*, Prentice-Hall, Inc., 1967, p. 43.

② Jerome McGann: *The Poet Edgar Allan Poe: Alien Angel*, Harvard University Press, 2014, p. 147.

目标中把美指向了善，但是这种善不能够用简单直白的道德说教来达到目的，而是通过潜移默化的审美判断来觉解宇宙的秩序与自然的和谐，从而对人类社会的道德伦理做出超验的感悟。虽然艺术是一种有效的道德教育，但是艺术如果变成了直接的说教，就违反了其追求美的本质。在陀思妥耶夫斯基看来，美是人类生命的最高体现，美可以净化和完善人的灵魂。美在他的小说《白痴》中就是一个重要的主题，正如主人公梅什金公爵所说，"美将拯救世界"。当然，艺术虽不需用说教的方式服务于善，但可以通过表现美来证明它与善之间的终极联系。由是，从 19 世纪的克拉克到 21 世纪的塔利，这些批评家对坡本人及其作品的道德问题所做出的负面评价，倘若不是偏见，就应是一种误解。

我们可以说，坡的美学理念在某种意义上就是一种席勒的"审美教育"、康德的"无目的的合目的性"或老子的"无为而为"。这种理念为后世的现代主义作家提供了精神向导。卡林内斯库就指出，现代美学自波德莱尔以降，已发展成一种人为性崇拜艺术的宗教，表现出对于盛行的中产阶级文明的强烈敌意，波德莱尔拒斥 18 世纪的虚假道德观，并宣称美德是人为的和超自然的，而他对自然的嫌恶，导致了现代性对人为性的颂扬。现代主义作家同样不再以迎合和教化大众为策略，而是震惊、挑衅读者的思维习惯和审美趣味，原先中庸、适度、和谐所构成的善，在艺术中被削弱。[①] 阿多诺在《美学理论》一著中指出，现代主义作家将对"新异性"的追求视为现代主义的核心冲动与理论纲领，他们因此把坡奉为"波德莱尔和所有现代性的灯塔"[②]。然而，饶有趣味的是，这种对艺术中的和谐秩序与善的轻视再次导致了艺术的审美价值与道德教谕之争的上演。艺

① 蒋承勇、曾繁亭：《西方现代文学审美机制的生成——以自然主义、现代主义为中心的考察》，《文艺研究》2020 年第 2 期，第 67 页。

② Theodor W. Adorno: *Aesthetic Theory*, Robert Hullot-Kentor, trans., Continuum, 2002, p. 20.

术的审美价值与道德教谕的争论在 20 世纪末的美国文学批评中继续演进,波斯纳与布斯和努斯鲍姆“对‘伦理’和‘审美’定义的辩论”①,透露出坡在美国 19 世纪艺术鉴赏中所面临的道德困境之新形式回归。

① 杨革新:《美国伦理批评研究》,华中师范大学出版社 2016 年版,第 150 页。

| 第三章 |

爱伦·坡的文学批评与美国民族文学建构

1815年1月,美利坚合众国军队在新奥尔良重创英军,赢得了第二次英美战争的胜利,这让这个新生的国家和民族在政治和经济上获得了彻底的独立,美国民族主义再次高涨。[①] 在文艺领域,振兴美利坚民族文学与文化的需求呼吁着一种独立于英国文学、展现民族身份和本土特色的美国民族文学的诞生。为了彰显"美国身份"和书写美国性以迎合民族共同体潮流,欧文把目光聚焦于荷兰移民,库珀展现了美国荒野,爱默生发起了超验主义运动,霍桑书写了清教徒,朗费罗把印第安语言纳入诗歌创作,惠特曼开创了自由体诗。值得注意的是,被视为"排斥美国社会基本价值"[②]、"极度敌视民主"[③]和"通过孜孜不倦的讽刺和幻想般的批判模式来颠覆美国文学"[④]的文坛怪杰坡,从1839年的短篇小说《被用光的

① 张爽:《美国民族主义——影响国家安全战略的思想根源》,世界知识出版社2006年版,第76页。

② 里亚·格林菲尔德:《民族主义:走向现代的五条道路》,王春华等译,上海三联书店2010年版,第594页。

③ F. O. Matthiessen: *American Renaissance: Art and Expression in the Age of Emerson and Whitman*, Oxford University Press, 1968, p. xii.

④ Robert T. Tally Jr.: *Poe and the Subversion of American Literature: Satire, Fantasy, Critique*, Bloomsbury, 2014, p. 1.

人》开始，就将批评的目光和创作题材逐渐转向了美国本土。

坡与纽约民族主义文学组织“青年美国”的短暂结盟及其对新英兰诗人朗费罗的严厉批判，常被视为他主观建构美国民族文学的理据。在19世纪40年代这个美国文学民族主义浪潮的鼎盛时期，坡在纽约与致力于建构美国民族文学的“青年美国”组织积极互动，甚至与一些核心成员义结金兰。在该组织领袖杜伊金克的资助下，坡在贴有美国民族文学标签的“美国书库”系列中，出版了他最具代表性的两部作品：《怪诞与阿拉贝斯克故事集》和《乌鸦及其他诗》。无独有偶，在20世纪冷战末期，致力于传播美国民族经典文学作品的“美国文库”系列丛书于1984年出版了奎恩编著的《埃德加·爱伦·坡：诗歌与故事集》和汤普森选编的《埃德加·爱伦·坡：随笔与评论集》，基本上囊括了坡已出版的全部作品。此外，坡于1844年再次来到纽约之后，更加猛烈地抨击心怀“世界文学”的新英格兰翘楚朗费罗。

1844年是坡的短篇故事出版数量最多的一年，大多数主题都与美国相关。1845年又是其撰写和发表评论文章的最高峰，其中《美国的散文作家》(1月18日《百老汇杂志》)、《美国式的散漫——生厌的简洁》(1月22日《晚镜报》)、《美国作家的报酬》(1月24日《晚镜报》)、《美国戏剧》(8月《美国辉格评论》)和《评冯·拉莫的〈美国和美国人民〉》(11月29日《百老汇杂志》)5篇文章的标题都带有“美国”这一想象的共同体旗帜。似乎坡也积极主动地参与了构建美国民族文学的伟业。本章通过考察坡的与民族叙事相关的批评文章和散文体虚构作品，重新检视坡与纽约文学民族主义团体“青年美国”交好、与新英格兰诗人朗费罗交恶的真实缘由，揭示坡在美国19世纪民族文学建构浪潮中真正的态度与立场。

第一节 互利互益:坡与“青年美国”

19 世纪 40 年代,美国民族主义运动步入了狂热化阶段,其触角伸入了文化领域。1844 年,坡来到了纽约,这一年也正是美国历经 7 年经济危机的结束之年。经济的复苏催生了美国同墨西哥一直以来的领土争端问题,美国开始为 1846—1848 年的美墨战争做准备。正所谓“兵出无名,事故不成”,没有正当的出师理由,美国完全侵占得克萨斯州这一有争议的领土很难在道义上得到美国人民的支持,而且美国国内反对蓄奴制的人士担心得克萨斯州会成为一个新的蓄奴州。蓄奴州和自由州的问题是美国独立战争之后美国南北双方争论的焦点,双方经常为此在国会上争论不休。1819 年的“密苏里妥协案”和美国南北战争前的梅森—狄克森线,皆为这一历史问题的产物。为了应和国家战略,找到出征的托词,执掌《民主评论》的奥沙利文于 1845 年以清教徒的“宿命说”为参照杜撰出“天定命运说”。“天定命运说”在某种意义上是一个由“宿命说”和自由意志混合而成的杂合体观念,二者存在着不可调和的内在矛盾,美国扩张主义者对“天定命运说”进行了偷梁换柱式的重新阐释,声称美利坚民族是自由意志的标志,而印第安人以及其他劣等种族则为宿命论的彰显。由是,美利坚民族肩负着覆盖上天分配给美国人民的这块大陆的神圣使命,而墨西哥人由于是“低能和思想不集中”①的种族,不应该成为这片土地的主人。“天定命运说”不仅成为当时美国掠取他国领土的借口和美国外交史上的著名话语,更为重要的是,它让美国在美洲大陆南部和西部的领

① Robert S. Levine: *Dislocating Race & Nation: Episodes in Nineteenth-Century American Literary Nationalism*, The University of North Carolina Press, 2008, p. 126.

土扩张顺势成为占据国家主导地位的崇高任务，成为美国侵略邻国的闪亮的挡箭牌。① 由于“天定命运说”以建构美国民族主义为内核，美国 19 世纪的民族主义运动在某种程度上也可以说是“19 世纪中晚期‘天定命运说’的一种异变”②。

与此同时，民族主义运动也蔓延到了文学领域，纽约的“青年美国”组织就是一个例证。尽管杜撰“天定命运说”的奥沙利文并非“青年美国”组织的一员，但他为“青年美国”在建设美国民族文学方面所推出的“美国书库”系列的出版提供了“保护伞”③。此外，奥沙利文的昔日同窗“青年美国”的领袖杜伊金克曾是《民主评论》的文学编辑，他们都把文学视为一种改良社会的工具，可谓天生的盟友。“青年美国”与奥沙利文的联手旨在宣传那些彰显共和国民主的文学作品，肩负着向美国青年灌输正确的民主意识的重任。作为“青年美国”组织重要成员的小说家马修斯，同奥沙利文和杜伊金克一样，也是一名狂热的民族主义者，他和杜伊金克曾经是《大角星》杂志的合伙人，两人曾被《纽约论坛报》誉为纽约文坛的“双子星”。然而，“青年美国”这一带有民族象征和隐喻的词语在刚提出时并没有像“天定命运说”那样迅速成为美国新闻界的流行话语。直到马修斯于 1845 年在其母校纽约大学进行的一次激昂的学会演讲中对这个组织的多次强调，才助推了这一术语的传播。需要指出的是，奥沙利文与“青年美国”组织后来在美国图书是否需要遵循国际版权法这一问题上产生了分歧。依奥沙利文之见，缺乏国际版权对美国人来说反而是件幸事，因为美国的民主观念支持廉价出版，不支持仅仅宣传民主内容的文学作品。

---

① 查尔斯·A. 比尔德、玛丽·R. 比尔德：《美国文明的兴起》(上卷)，许亚芬译，商务印书馆 2010 年版，第 612 页。

② Benedict Anderson: *Imagined Communities: Reflections on the Origins and Spread of Nationalism*, Verso, 2006, p. 210.

③ Edward L. Widmer: *Young America: The Flowering of Democracy in New York City*, Oxford University Press, 1999, p. 25.

但是,“青年美国”组织却强烈要求国际版权法在美国的实施,从而为美国的本土作家提供版权保护。

催生“青年美国”运动的不仅仅是美国19世纪民族主义浪潮,还有美国当时人口的青年化。根据美国1840年的人口普查,美国当时的平均年龄是17.8岁,全国1700万的总人口中就有1200万人年龄在30岁以下。换言之,当时大约73%的美国人是青年人。然而,几十年来左右着美国政治走向的却是韦伯斯特、克莱和卡尔霍恩等年迈之人组成的国家领导层,而且他们没有表现出任何放弃权力的迹象。于是,让青年人参与国家事务的呼声愈加高涨。“青年美国”组织的领袖杜伊金克在1844年至1846年间在奥沙利文名下的杂志《民主评论》担任文学编辑,而奥沙利文在这2年期间掌管着美国这份最重要的杂志之一。后者不仅与已卸任的范布伦总统及其派系保持着沟通,而且与现任总统波尔克经常联系,时常充当两者的中间人,而《民主评论》的费用也曾一度来自范布伦的经费支持。

在这一历史背景之下,创作中充斥着“脱离现实、荒诞不经甚至颓废悲观色彩”①,理念上反对美国本土题材和民族主义狂热的坡,却收到了“青年美国”抛来的橄榄枝。究其缘由,无论是坡还是“青年美国”都对以波士顿为中心的新英格兰文坛心存芥蒂。坡自叹才华横溢,却一直穷困潦倒,而那些他认为才疏学浅的新英格兰作家却名利双收、过着锦衣玉食的生活。在坡看来,造成这一不公平现象的主要根源是文学圈中的霸权以及出版和编辑行业的腐败行径。“青年美国”与民主党的官方杂志《民主评论》联合的目的之一就是共同抗击辉格党的《纽约月刊》和波士顿的各类杂志在全美的影响力。《纽约月刊》的撰稿人大多是来自纽约和波士

① 朱振武、王二磊:《爱伦·坡的短篇小说与现代主义》,《四川外语学院学报》2007年第5期,第8页。

顿的文坛巨擘如朗费罗、霍姆斯、洛威尔和布莱恩特等，其出版商兼编辑克拉克在编辑专栏中经常恶语攻击坡和杜伊金克[①]，是坡的冤家对头，也是杜伊金克的敌人。克拉克和“纽约客”[②]组织中的部分文人对坡和杜伊金克的敌视态度，让后者都感到自己是纽约文学圈的局外人。杜伊金克期望在其盟友奥沙利文的支持下，瓦解“纽约客”组织与波士顿文人的霸权话语，并通过出版系列民族作品的方式来建构“青年美国”在纽约甚至全美的民族文学领头羊身份。而此时的坡正在纽约竭力寻求合适的出版商，从而启动他梦寐以求的《铁笔杂志》。虽然夙愿未酬，但他结交了一个对他其后作品的出版起到关键作用的友人杜伊金克。杜伊金克鏖战新英格兰文坛与“纽约客”组织团体文学霸权的想法与坡不谋而合，坡也正是他寻觅的捉刀之人。

除了共同的敌人和打击目标外，坡身上有着更为重要的利刃为“青年美国”所倚重。坡在文学批评领域一直有着“战斧手”的别称，他言辞犀利、直言不讳，而且不同于美国同时代批评家在民族文学建构浪潮影响下对待本土作品相对客气温和的态度，他勇于揭露舛误，甚至不留情面。来到纽约之前，坡就已经发起了与爱默生、朗费罗、钱宁等新英格兰文学巨擘的唇枪舌剑，将以波士顿和纽约为根据地的文学团体谑称为“蛙池帮派”，讥讽他们像青蛙一样聚集在一个特定的空间里，抱团取暖、聚众营私、目光短浅。来到纽约之后，坡继续展开他从1840年开始的“十年蛙池帮战争”，并在“青年美国”组织的声援下射出无数支冷嘲热讽的利箭来

① Edward L. Widmer: *Young America: The Flowering of Democracy in New York City*, Oxford University Press, 1999, p. 244.

② 美国作家华盛顿·欧文用“Knickerbocker”(纽约客)这个笔名发表了他的文学作品《纽约外史》，该作出版后风靡一时，纽约文人甚至自发成立了“纽约客”组织，其成员包括欧文、库珀、布莱恩特、保尔丁、哈莱克和德雷克等。

“摧毁波士顿和纽约的文学霸权集团”①。结盟之后,杜伊金克以自己的影响力为坡提供了出版便利和丰厚的稿酬。于是,坡的《怪诞与阿拉贝斯克故事集》和《乌鸦及其他诗》得以在杜伊金克第一次致力于美国民族文学建构的系列图书出版中问世。由此可见,坡是“青年美国”组织为在纽约建构美国民族文学领头羊身份所寻觅的文学代言人,但坡并不是为了建构民族文学而选择了“青年美国”。

事实上,坡与“青年美国”的结盟并非其为铸造美国性和凝聚民族认同而努力的表现或者证据,而是一种迫于生计的无奈之举,造成这种尴尬困境的主要原因是当时的美国知识分子“缺乏国际版权法的保护”②。据统计,美国在 1789 年到 1800 年期间总共出版了大约 400 部小说,但只有 37 部作品为美国本土作家所创作。1820 年,美国本土出版的小说总共只有 90 部,如果从美国的独立之年开始计算,平均每年出版的本土小说只有 3 部。其原因是出版商都不愿意出版本土作家的作品,因为出版外国作品在美国不用支付任何版权费用,成本更为低廉。由是,盗版书籍泛滥,本土作家的稿费收入状况受到了严重的影响。坡作为一名依赖出版的文字工作者,其境况悲惨凄凉。1839 年,坡举家从纽约迁往费城,在《伯顿的绅士的杂志》担任助理编辑,每个星期的薪水仅有 10 美元。为了缓解由搬迁新居带来的生活压力,坡向费城的一名商人考克斯借了 50 美元救急。但是到了 1839 年末,坡告诉考克斯他目前只能送一本他自己的作品《怪诞与阿拉贝斯克故事集》来抵债。

在坡创作的年代,美国作家鲜有依仗写作来维持生计的:朗费罗和霍姆斯每个月拿着大学教授的津贴;霍桑和梅尔维尔均在政府部门担任一

① Sidney P. Moss: *Poe's Literary Battles: The Critic in the Context of His Literary Milieu*, Duke University Press, 1963, p. 3.

② Arthur Hobson Quinn: *Edgar Allan Poe: A Critical Biography*, Cooper Square Publishers, 1969, p. 305.

官半职;爱默生从他第一任妻子的父亲那里继承了一大笔遗产;洛威尔拥有自己的杂志《开拓者》。唯独坡的生计完全依赖于他的创作和编辑工作,其生活的凄风苦雨,他们无从领略。为了生存,美国本土作家不得不做出让步,成为一个向出版商卑躬屈膝的弱势群体,因为从后者的利益角度考虑,出版欧洲尤其是英国的盗版作品会获利更多,无须向版权所有人支付任何费用。坡的《怪诞与阿拉贝斯克故事集》在 1839 年由费城的利和布兰查德出版社出版,他们不但没有付给坡一分钱,甚至还后悔这一慷慨的决定。坡来到纽约定居之后的首要问题就是其评论文章的发表和文学创作的出版,而家族几代人都是出版商的杜伊金克拥有各种出版渠道和资源,成为坡的顾问和经理。与坡在纽约共同经营《百老汇杂志》的"青年美国"成员布里格斯于 1843 年组建了"版权俱乐部",诗人布莱恩特为名誉主席,杜伊金克担任记录委员,坡是 125 名准会员之一。然而,版权法直到 1891 年美国国会通过了《蔡斯法案》才得以施行。除了夸夸其谈,版权俱乐部并没有做出任何具有重大意义的业绩,但它的存在说明了越来越多的本土作家把文学创作视为一种带有经济利益的特殊职业。于杜伊金克而言,"版权俱乐部"的成立,既可以让"青年美国"组织通过出版系列美国本土作家的作品来建构该组织在美国民族文学中的领头羊身份,又能够让美国本土作家们获得丰厚的稿酬,而后者对于毫无其他经济来源的坡来说才是至关重要的。

可见,坡与纽约文学民族主义组织"青年美国"的交好,不应简单地被视为他积极建构美国民族文学的理据,互利互益才是双方短暂联合的前提和根基。正是由于坡的批判才能以及他在评论界的影响力,"青年美国"才纳其于麾下以对付共同的敌人——纽约和波士顿的文坛霸权,而坡则完全出于生计和作品出版的考虑。由是,从 1843 年 5 月坡接受"青年美国"的襄助和支持开始直到 1846 年 1 月《百老汇杂志》停刊,这一时期乃坡“尴尬的屈膝阶段”①。为了在坚守公平竞争原则的同时回报“青年美国”的伯乐相马之举，坡更加猛烈地抨击新英格兰诗人朗费罗，吹响了“青年美国”指向波士顿文坛的攻击号角。

第二节 “公平竞争”：解构新英格兰霸权

有学者认为坡对朗费罗的抨击，目的在于通过批判朗费罗的无个性挪用传递出坡自己的民族文学观念，即美国人要从无主体个性书写的“我们”中挣脱出来，从而建构真正的美国民族文学。如果说坡批判朗费罗对欧洲元素挪用的目的是建构美国民族文学理念，那么就不得不为此而牺牲朗费罗作为“民族文学建构者”的身份②，从而否定了朗费罗在建构美国民族叙事上的积极贡献。事实上，朗费罗早在其大学毕业演讲《我们的本土作家》中就把民族文学定义为“与我们壮丽的自然风光相关联的文学”③。在《我们国家的文学精神》一文中，朗费罗号召美国诗人走出冰冷的封闭空间，热情地拥抱美国的大自然，从而书写美国，铸造美国性。“青年美国”组织的骨干成员马修斯在《文学的民族性》一文中倡议美国民族文学要与美国的自然环境紧密联系在一起的民族主义观点，就是受到了朗费罗的建构美国民族文学理念的启发。此外，坡在针对朗费罗的批判文章中并没有聚焦于“世界主义”与“民族主义”的融合问题，坡与朗费罗之间产生纠纷抑或说坡选择了把朗费罗作为攻击对象的动因并不是美国

---

① Meredith L. Mcgill: “Poe, Literary Nationalism, and Authorial Identity”, in Shawn Rosenheim et al., eds.: *The American Face of Edgar Allan Poe*, The Johns Hopkins University Press, 1995, p. 273.

② 于雷：《基于视觉寓言的爱伦·坡小说研究》，南京大学出版社2015年版，第190页。

③ Thomas Wentworth Higginson: *Henry Wadsworth Longfellow*, Houghton, Mifflin and Company, 1902, p. 31.

的民族文学建构。相较而言,坡"根本不是一位民族文学的战士"[1],他与朗费罗之战最初缘于他对新英格兰文化霸权的不满、对欺世盗名的文坛名流的憎恶以及二者在审美原则上的异见,同时也是他迎合"青年美国"组织的壮举和"忠诚的表现"。

值得注意的是,美国文学史在一定程度上也是建构美国民族身份的文化史。最具有代表性的美国文学史如《美国文学史》《哥伦比亚美国文学史》和《剑桥美国文学史》参与并反映了美利坚民族主体意识建构。[2]在这三部文学史中,坡虽然在文学地位上得到一定的认可,但因为民族性的问题,他要么被归类为"旧南方"作家,要么被拒于"美国文艺复兴"典范作家的庙堂之外,成为主流美国文学史中的"流放者"。坡在20世纪中期以后逐渐恢复其在美国主流文学中的地位,而这种回归在"很大程度上要归功于冷战时期的偏执语境,并作为回应民族主义的一部分……他们重写了坡、梅尔维尔和狄金森,主要是出于民族主义的目的"[3]。换言之,对坡的"流放"和"召回"均是为了顺应不同时期美国民族主义建构的浪潮,但这并不是坡所期望的。

美国是一个以移民为主的共和制国家,其民族身份和文化特质不是继承的而是被建构的,在这个建构的过程中,北部和东部的文化相比较西部和南部而言,一直占据着主导的地位。位于美国东北部的新英格兰地区,是美国历史发展最早的地区,也是美国早期政治和文化的中心。由是,如同炮制"天定命运说"的奥沙利文,新英格兰知识分子肩负着"天定的"责任去建构美利坚民族文学与文化,甚至以"民族文学"为旗帜,将美

① Claude Richard: "Poe and 'Young America'", *Studies in Bibliography*, Vol. 21, 1968, p. 27.

② 陈夜雨:《美国文学史:建构民族身份的文化史》,《社会科学家》2010年11期,第24页。

③ Joseph Gerber: *Double Booking: How Editors Rewrote the American Renaissance in the Cold War*, Harvard University, 2003, p. 32.

国的北方文学包装成美国民族文学的代名词,从而“实现上帝唯独赐予美利坚的承诺”。随着美国版图的不断扩张和新英格兰地区在国家事务中逐渐获得举足轻重的地位,在这片充满神秘和商机的国土上,占主导地位的甚至不再是上帝的声音,也不是多元文化的呐喊,而是“白人男性新教徒的声音,而且不论它源自何方,它总带着北方的口音”,并成为“‘美国的’声音”。这个声音的形成并不是一蹴而就的。19 世纪初以后,沿着北纬 36 度线形成了南北对峙的局面:在南面是蓄奴州,在北面则是自由州。

到了 19 世纪 30 年代,南北方的划分可谓泾渭分明,南方被视为主流之外的异域,北方则是充满进取精神、朝气蓬勃且文明的。于是,新英格兰知识分子肩负着独特的使命去建构美国民族文化,“以新英格兰模式来塑造民族文学”[①]。在康考德,爱默生热切呼唤美国学者去构建美国民族神话,“他的召唤曾吸引了无数像梭罗和惠特曼这样的热血青年”[②];在波士顿,来自显赫的“婆罗门”家族的知识界名流如朗费罗、洛威尔和霍姆斯歌颂民族叙事,反对蓄奴制。在这一时期,美国的文坛由新英格兰的婆罗门作家所统治,在文学与文化方面形成了区域性的霸权格局。然而,坡于 1844 年从南方来到了纽约之后,并没有选择仰食于新英格兰主流,“满足于仅仅在北方区域主义导向下的文化垄断体系内部谋求认同”[③],反而毅然决然地孤身鏖战新英格兰文化霸权,用嬉笑谩骂的方式对北方知识分子轻视南方和其他地区文学家的做法展开了口诛笔伐。因此,除了洛威尔欣赏坡的批评才华外,新英格兰文坛主流基本上以对待南方文人的态度看待坡。爱默生对坡就颇有微词,戏称其为“叮当汉”,坡对这位美国伟

① Lawrence Buell: *New England Literary Culture: From Revolution Through Renaissance*, Cambridge University Press, 1987, p. 28.

② 杨金才:《美国文艺复兴经典作家的政治文化阐释》,上海外语教育出版社 2009 年版,第 15 页。

③ 于雷:《基于视觉寓言的爱伦·坡小说研究》,南京大学出版社 2015 年版,第 186 页。

大的哲学家也鲜有赞誉之言。尽管坡痛恨以爱默生为代表的超验主义团体，但他很少公开批判爱默生，至多在文章中含沙射影地表达出他对爱默生及其超验主义组织的鄙薄。朗费罗和爱默生在当时的新英格兰文坛的地位举足轻重，也都是“炉边诗人”的核心成员。然而，坡来到纽约之后，似乎忽略了爱默生的存在，反而在“青年美国”的怂恿下，把锋利的“战斧”毫无顾忌地掷向了波士顿的朗费罗。

不可否认的是，在美国独立战争之后，区域文学的确在美国文学的发展中做出了重要的贡献，尤其是新英格兰文学主动承担起构建美国民族文学的主流角色。从区域文学发展的演变来审视美国文学的发展历史，常为美国主流批评家所采用的重要视角。帕灵顿在《美国思想史》一著中，以多元化视角把“美国的浪漫主义革命”三分为“南方精神”“中东部精神”和“新英格兰精神”。具体而言，坡在帕灵顿看来属于“南方精神”，欧文和库珀则属于“中东部精神”。美国著名批评家马锡森则直接承袭了帕灵顿的三分法，但是采取了单元化的和中心主义的极端立场，将“新英格兰精神”中的五位成员认定为“美国文艺复兴”的典范作家。在马锡森看来，与坡同时代的爱默生、梭罗、麦尔维尔、霍桑和惠特曼才是美国文艺复兴时期的文学大师和民族灵魂的引导者。马锡森认为，在 1850 年到 1855 年间，《代表人物》《红字》《白鲸》《瓦尔登湖》和《草叶集》相继出版，“在想象力与生命力方面，美国文学史上其他任何时期的作品都无法与它们比肩”①。值得注意的是，于 1849 年离世的坡，似乎刚好错过了马锡森所谓“美国文艺复兴”，他也因此被马锡森排除于美国文艺复兴的典范作家之列。

非常明显的是，“美国文艺复兴”中的五位作家在文学创作和思想方

① F. O. Matthiessen: *American Renaissance: Art and Expression in the Age of Emerson and Whitman*, Oxford University Press, 1968, p. vii.

面基本上皆以超验主义运动领袖爱默生为中心，积极地回应爱默生在新英格兰吹响的“美国文艺复兴”的号角。梭罗是爱默生的挚友和忠实信徒。虽然霍桑对现实生活的写照并不乐观，但他在《红字》中仍然把主人公海斯特·白兰写成了爱默生式的人物。[①] 美国作家麦尔维尔“由于受到超验主义思想的影响，尤其受到爱默生的‘自立’思想的感染”[②]，同样为美国的新生而欢呼。新英格兰超验主义思潮催生了许多经典作品，其中就有惠特曼的初版《草叶集》。[③] 甚至布鲁姆在《美国文艺复兴》一著中为“美国文艺复兴”增补的女性作家玛格丽特·富勒和艾米丽·迪金森也皆为爱默生的拥趸。富勒自不待言，她是超验主义俱乐部的少数主要成员之一，在超验主义刊物《日晷》做了几年的编辑；迪金森虽然一生离群索居，几乎没有离开过自己的小阁楼和花园，但曾经读过爱默生的诗集并受到启迪，在自己生活的窄小天地中发现自然，发现精神，发现生命的价值，发现美。[④] 由是，马锡森和布鲁姆所谓“美国文艺复兴”，在某种意义上就是爱默生、梭罗等异军突起的19世纪的文艺复兴[⑤]，明显忽略了美国其他地区作家的重要贡献，他们都用新英格兰区域文学的繁荣刻意掩盖美国历史上的其他文艺复兴，否认和贬低新大陆其他地区在复兴美国文艺方面所做出的诸多努力。

在帕灵顿的《美国思想史》之后，埃默里·埃利奥特主编的《哥伦比亚美国文学史》继承了马锡森的衣钵，专门设立了“美国的文艺复兴 ”一章。该著所选的典范作家与马锡森的毫无二致，同样将坡置于南北战争前南

---

① 杨金才：《美国文艺复兴经典作家的政治文化阐释》，上海外语教育出版社2009年版，第19页。

② 杨金才：《美国文艺复兴经典作家的政治文化阐释》，上海外语教育出版社2009年版，第20页。

③ 埃默里·埃利奥特：《哥伦比亚美国文学史》，朱通伯译，四川辞书出版社1994年版，第295页。

④ 史志康：《美国文学背景概观》，上海外语教育出版社1998年版，第76页。

⑤ 隋刚：《美国文艺复兴的启迪意义》，外文出版社2014年版，前言。

方作家行列，甚至在某种意义上将其视为阻碍美国文艺复兴的邪恶力量。而在超验主义与美国19世纪文艺复兴的关联性方面，《哥伦比亚美国文学史》道出了马锡森没有直接表达的心声："如果我们能够找到一个比其他更重要的标准，并用它来衡量所谓的美国文艺复兴在世界文学中的地位的话，这个标准就应该是超验主义运动。"由此可见，在美国主流文学史批评家的笔下，带有区域色调的新英格兰超验主义文学运动被视为当时美国文学繁荣的核心力量，其光辉在19世纪美国文艺复兴中独占鳌头，完全遮蔽了其他区域文学的贡献和价值。

坡被排除于美国文艺复兴的典范作家之列的原因不仅仅是文学区域主义的问题，还有他的作品与美国富饶的大自然之间缺乏明显的关联。尽管坡的作品没有完全脱离美国的社会和自然环境，但他的作品常常被指责充满对现实社会的绝望之感，指向另一个怪异诡谲的世界，而美国文艺复兴期间的主流文学作品大都彰显推崇自然的时代烙印，几乎每一种文学或美术作品都同自然界、同自然界发生的事情以及同关于自然界组织结构的看法有某种关系。① 譬如，除了崇尚个人主义、反对功利的现实社会和推崇简朴外，引领美国文艺复兴的超验主义运动也极其崇尚自然，视自然为灵魂的影像或外部表现，即造物主的一种投射。爱默生于1836年出版了他的第一部重要的哲学论著《自然》，该著作被誉为新英格兰超验主义的宣言。超验主义者对自然的探索以及对理想的美国社会的愿景，助推了新英格兰文学的繁荣。美洲大自然中富饶的资源为美国民族的经济发展提供了源源不断的给养，但爱默生要求人们撇开自然的实用价值，捕捉其灵性，发掘其中的精神意义，从而达到人与自然和谐共鸣的境界。梭罗在大自然中寻求到了心灵的宽慰，创作出了纯真睿智的《瓦尔

① 查尔斯·A.比尔德、玛丽·R.比尔德：《美国文明的兴起》（上卷），许亚芬译，商务印书馆2010年版，第769页。

登湖》，霍桑在《红字》中同样表达了对物质社会的质疑以及对自然的向往。麦尔维尔的《白鲸》将海洋历险与超自然的象征熔于一炉，书写出了人与自然永恒的敌对状态。惠特曼则热情讴歌了美国大自然的神奇和美国人民在大自然中辛勤劳动的生动景象。

然而，在坡看来，自己的作品缺乏与美国大自然的关联并非其不被美国文学主流认可的原因，区域主义文化霸权才是根本。由是，坡反对新英格兰人的自以为的了不起①，并认为新英格兰文学不能够也不应该把自己看作美国文学和文化传统的继承者。在美国 19 世纪文学市场化的进程中，坡秉持"公平竞争"(709)的理念，同情和维护处于弱势的南方文学，"攻击新英格兰的文化霸权主义"②，蔑视超验主义和新英格兰小团体。可以说，坡对以朗费罗为代表的新英格兰文化霸权的抨击，是一种劣势群体对权势集团的控诉和渴望公道的呐喊。坡在评论朗费罗的叙事长诗《奴役篇》时讥讽道："毫无疑问，对这位教授(朗费罗)来说，惬意地坐在图书室的椅子上，写诗教导南方人如何大大方方地放弃他们的一切，如果他们不愿意，就辱骂他们，这是一件非常值得称赞、非常舒服的事。"(762—763)坡在批评和揭露新英格兰文化霸权的同时，同情南方文人遭受的不公平待遇，呼吁清除文化和文学中的区域主义色调。他在《诗歌原理》中论述美国南方诗人平克尼的诗作《健康》时曾义愤填膺地指出："假如平克尼先生是一位新英格兰人，他或许就会被那个长期掌控美国文学命运、指挥《北美评论》的阴谋集团置于美国抒情诗人的榜首。"(83—84)洛威尔的诗集《批评家寓言》因刻意褒扬新英格兰诗人，遭到了坡的无情批判。坡谴责洛威尔只会赞扬波士顿文人，"根本没有提到南方诗人"(819)。"青

---

① 范怀克·布鲁克斯：《华盛顿·欧文的世界》，林晓帆译，上海外语院教育出版社 1993 年版，第 307 页。

② Terence Whalen: *Edgar Allan Poe and the Masses: The Political Economy of Literature in Antebellum America*, Princeton University Press, 1999, p. 143.

年美国"在南卡罗来纳州的代言人西姆斯的故事集《棚屋和小木屋》于1845年付梓,坡在书评中感叹道:"假如他是个北方佬,他的才华就会立即在他的同胞面前展现,但不幸的是(也许)他是个南方人。"(904)

此外,坡毫无顾忌地揭露那些徒有虚名的文坛权贵,朗费罗便是其中之一。朗费罗早期诗集的问世让他在新英格兰乃至整个美国名声大噪,成为"19世纪最受爱戴和最著名的美国诗人"①。之后,朗费罗展示出文学天才的特质,小说《亥伯龙神》销售了14550册,诗集《夜吟颂》销售了43500册,戏剧《西班牙学生》销售了38400册。坡却认为朗费罗的作品陋劣,徒有虚名,甚至宣称他是一名"文抄公"。坡在《伯顿的绅士的杂志》上首次评论朗费罗的小说《亥伯龙神》时就尖锐地指摘它是"勉强容忍的模仿",故事"没有设计,没有框架,没有开始、中间或结尾"(670)。在评论朗费罗的诗歌方面,坡认为其诗歌水平被过分高估了,如果没有社会地位和财富作为附属物,此人几乎不会受到什么尊重 。其实,批判朗费罗名不符实的并非只有坡,一些新英格兰作家也纷纷表示英雄所见略同。女权主义作家玛格丽特·富勒在1845年12月10日的《每日论坛报》上对朗费罗做出了较为公正的评论:"他并不是一位有创造力的天才,而是一位在很大程度上得益于他人作品的派生作家。"②依富勒之见,朗费罗的声誉已经超过了他的真才实学,他善于模仿他人,缺乏创造力。新英格兰诗人惠特曼对这位波士顿诗坛泰斗才能的定见与富勒类似:"朗费罗不是革新者,他从来没有走过新道路,当然更未曾开辟过新道路。"③早在1835年,坡就采用短篇小说的方式来讽刺名流的虚假声望。文艺界的"冒牌

① David Haven Blake: *Walt Whitman and the Culture of American Celebrity*, Yale University Press, 2006, p. 72.

② Dwight Thomas, David K. Jackson: *The Poe Log: A Documentary Life of Edgar Allan Poe 1809-1849*, G. K. Hall & Co., 1987, p. 604.

③ David Haven Blake: *Walt Whitman and the Culture of American Celebrity*, Yale University Press, 2006, p. 74.

货”在坡的故事《捧为名流》中同样遭到了无情的揶揄和讥讽,故事把出名描绘成一种荒谬而短暂的幻觉,刻画出头脑简单的名流和愚蠢的崇拜者形象。坡的短篇小说《被用光的人》也同样是对伪劣名流的嘲弄,只是讽刺的对象转换成了沾满印第安人鲜血的民族英雄。

从美学的角度来看,坡对朗费罗的抨击缘于二者在诗歌理念上的歧见,尤其是在诗歌的功能和目的性方面。坡本人就宣称他对朗费罗的批判,既非个人攻击也无妒恨之心,而是在“捍卫一套创作原则”(742)。鉴于以朗费罗为代表的新英格兰诗人大多把文学视为道德教谕的工具,坡在评论朗费罗的诗集《民谣及其他诗》时就指摘朗费罗“在诗歌目的上的理念是完全错误的”,“他的说教完全不合时宜”,是一种文学上的“异端邪说”。于坡而言,诗歌应该“有节奏地创造美”(688),即创造出美感才是诗歌唯一合法的目的和功能,从而产生愉悦、激荡和升华灵魂的效果。1845年1月,坡评论了朗费罗编著的《流浪者》及其之前出版的诗集,除认可作品的美感之外,他再次批判其中的“道德污染”(702)以及朗费罗通过匿名方式进行剽窃的狡诈。这篇评论公开发表之后,一个署名为“无名小辈”的作者在《晚镜报》上发文为朗费罗辩护,于是坡以匿名的方式正式挑起了同朗费罗及其团体的论战。

除了美学分歧外,剽窃和模仿是坡与朗费罗纠葛事件中最为醒目的标题,坡对朗费罗剽窃的揭露和批判镜射出一位批评家对文学创作公平竞争原则的渴求和坚守。坡在1840年评论朗费罗的第一部诗集《夜吟颂》时就指出他有剽窃英国诗人丁尼生的嫌疑。在之后的论战中,坡甚至指责朗费罗抄袭和模仿自己的作品:戏剧《西班牙学生》剽窃了自己未完成的戏剧作品《波利希安》;诗歌《天使的足迹》仿效了《睡美人》;《围困之城》模仿了《闹鬼的宫殿》。坡对朗费罗作品中抄袭和模仿行为的芥蒂根源于他对独创的推重,这是坡在创作观念方面的首要目标,即在构思作品时,要“始终心怀独创性”(13)。独创性,有时也称为原创性,它强调的是在独立创作的基础上而产生的非模仿性或非抄袭性和差异性，这也是坡对名流剽窃行为的零容忍的原因所在。有评论家指出，坡在论战的后期逐渐放弃了他当初的批判立场，甚至试图证明朗费罗的清白，缘由是坡提出了一个悖论：只有在最杰出的诗人笔下才能找到最频繁、最明显的剽窃，即杰出的诗人都有剽窃或者模仿的倾向。笔者认为这是对坡的误解。其实，坡的原话为："事实上，所有文学史都表明，至于最频繁和最明显的剽窃，我们一定要搜索最杰出的诗人的作品。"(759)坡的言下之意是，诸如朗费罗这样的所谓文坛名流最善于明目张胆地剽窃和盗用那些没有名气的作家的作品，公正的批评家有义务去核查他们的创作，从而揭露他们的不端行为。

坡对朗费罗持续而激烈的批判的背后矗立着奥沙利文的《民主评论》和"青年美国"组织。尽管坡对朗费罗的作品颇有微词，但慑于朗费罗在美国文坛的影响力，坡表面上对这位波士顿名流仍然恭敬有加。为了让朗费罗不吝赐稿《格雷厄姆的杂志》，坡在 1841 年 5 月 3 日给马萨诸塞州剑桥的朗费罗的信中表达了自己的敬仰之情和"狂热的崇拜"①。来到纽约之后，坡对朗费罗的态度出现了明显的转变，他在《美国戏剧》(发表于 1845 年 8 月的《美国辉格评论》)中负面评价了朗费罗的戏剧《西班牙学生》，在《诗歌原理》中批判了朗费罗编著的诗集《流浪者》。除此之外，根据汤普森在《埃德加·爱伦·坡：随笔与评论集》中的收录，从 1839 年开始到 1845 年结束，坡完全针对朗费罗的批评总共有 11 篇，而 1845 年就有 7 篇，占了绝大部分。在坡与朗费罗的论战期间，《民主评论》公开发文"赞扬他攻击朗费罗团体的勇气"②。坡因诗歌《乌鸦》成为文学界的名人

---

① Dwight Thomas, David K. Jackson: *The Poe Log: A Documentary Life of Edgar Allan Poe 1809-1849*, G. K. Hall & Co., 1987, p. 325.

② Edward L. Widmer: *Young America: The Flowering of Democracy in New York City*, Oxford University Press, 2000, p. 70.

之后,于 1845 年 2 月在纽约的公共图书馆——社会图书馆首次以《美国的诗人和诗歌》为题做了演讲,其中不乏对朗费罗的批判。杜伊金克在 1845 年 3 月 1 日的《早间新闻报》上赞赏坡道:"他(坡)毫不犹豫地指出,新英格兰的首府(波士顿)在这个国家是文学商人和文字贩卖者的主要居住地。坡先生用一把锋利而耐用的刀来治疗可怕的伤口,其手法既熟练又坚决。"①可见,坡来到纽约之后对朗费罗毫无保留的抨击必然得到了"青年美国"和奥沙利文的支持甚至怂恿。

1845 年,朗费罗出版了他的翻译作品《欧洲的诗人和诗歌》,作为回应,坡则将他的美国巡回演说的题目命名为《美国的诗人和诗歌》。从表面上看,坡的这一回应似乎是他为了建构美国民族文学观念所主动做出的针锋相对行为。事实上,坡与朗费罗的敌对,既是位于纽约的"青年美国"组织选择其为盟友的原因之一,也让人窥见了纽约与波士顿争夺文坛霸权地位和文学之都的烽烟。尽管纽约在 1785 年到 1790 年期间为美国的首都,并从 19 世纪开始超越费城跃居为美国第一大城市,但几百公里之外的新英格兰的波士顿却一直占据着美国文化和文学中心的地位。奥沙利文和"青年美国"联合的目标之一就是"呼吁纽约成为美国的文学之都,传达出反对新英格兰的信息"②。对于奥沙利文和"青年美国"而言,批判全美最受欢迎的波士顿诗人朗费罗,就打压了新英格兰文人一直以来的嚣张气焰,为纽约的崛起和文学之都的转向提供了可能性。然而打压并非长久之计,正面建设方为上策。《民主评论》于 1848 年 8 月开始刊登坡的系列评论"纽约城的文人墨客"的文章,向全美宣传纽约的文人雅士。在坡担任纽约的《百老汇杂志》的编辑期间,"纽约正迅速成为美国的

---

① Dwight Thomas, David K. Jackson: *The Poe Log: A Documentary Life of Edgar Allan Poe 1809-1849*, G. K. Hall & Co., 1987, p. 509.

② Edward L. Widmer: *Young America: The Flowering of Democracy in New York City*, Oxford University Press, 2000, p. 102.

艺术中心"[①],到了1850年,纽约成为全美最重要的出版中心。

然而,与朗费罗长达8个月的私人论战,给坡在文学杂志界的名声带来一定的负面影响,一些曾经的朋友也疏远了他,甚至成为他的敌人。组建版权俱乐部、曾接纳他为《百老汇杂志》编辑的布里格斯与他分道扬镳,并在离开杂志社之后,创作小说讽刺坡。曾经给予坡许多帮助、按照坡的要求撰写"坡传记"的波士顿著名批评家洛威尔,也认为坡对朗费罗的指责过了头,并在1848年的《批评家的语言》中讽刺坡的文学批评素养为"五分之三是天才,五分之二纯粹胡扯"。然而,坡并没有因为这些可预见的后果而放弃其解构区域霸权和建构文学市场公平竞争的立场与初衷,他不仅仅要破除民族主义、区域主义和名流身份对艺术价值鉴赏造成的不利影响,让优秀的语言艺术作品跨越国界更是其文学批评的终极愿景。于坡而言,抨击代表着新英格兰文化霸权的名流朗费罗,彰显出了他对公平竞争原则的坚守和对美学原则的捍卫,也为他批驳美国19世纪主流文学唯民族主题的狭隘提供了契机。

第三节　跨越国界:"民族的普罗米修斯"

就民族与文学孰重孰轻这一问题而言,坡展现出了鲜明的立场和直言不讳的态度。在1842年1月《格雷厄姆的杂志》上的《批评见解序言》一文中,坡写道:"现在的口号是'民族文学'!——似乎任何真正的文学都可以是'民族的'——似乎整个世界并不是文学的唯一合适的舞台。"(1027)由此观之,坡深刻地意识到,民族主义的狂热带来了文学创作唯

① Barbara Cantalupo: *Poe and the Visual Arts*, The Pennsylvania State University Press, 2014, p. 16.

民族主题的局限性，而文学并不仅仅是为民族服务的。此外，坡也看出了自负的民族情结钳制了文学的健康发展："过分的虚荣和滥用的爱国主义导致了文学创作上出现了许多丢人现眼的失败作品，我们目前却竟然没有因此而感到羞耻"，"这种愚蠢就是美国"(506)。在坡看来，文学民族主义带来的井底之蛙式的短见和毫无文学批评底线的偏袒，将会使文学批评失去应有的功能，导致美国文学处于持续的平庸状态："在美国文学的所有先驱中，无论是散文还是诗歌，没有一个作家的作品不被他的同胞们过高评价。"(404) 于"渴望获得国际声誉"①的坡而言，"整个世界"(1076)才是文学创作者"合法"的创作素材和创作舞台，而不应该仅仅为某一个民族或国家。

爱默生对新英格兰超验主义领军人物钱宁的过高评价，就是将民族情结凌驾于文学审美价值之上的典型例证。钱宁在其著作《论民族文学》中指出美国本土文学的匮乏，号召美国作家齐心协力建构美国的民族文学，倡议美国诗人将民族热情投入诗歌创作中。爱默生虽然对钱宁的诗歌水平不敢恭维，但考虑到钱宁在建构民族凝聚力方面的努力与贡献，还是在超验主义杂志《日晷》上刊发了钱宁的一些诗歌作品，并帮助钱宁出版了他的《诗集》。在坡看来，爱默生对钱宁诗歌的刻意吹捧，完全无视后者诗歌中独创性的匮乏，这就是一种文学民族主义激情对审美判断的不良干预。有鉴于此，坡在 1843 年 8 月的《格雷厄姆的杂志》上直截了当地以"我们的业余诗人"(459)为标题，尖刻地讥讽了这个民族主义诗人在作品中对英国诗人丁尼生和卡莱尔的拙劣仿效。

虽然坡在纽约的"屈膝阶段"对文学民族主义的批判有所收敛，但是我们从坡对"青年美国"骨干成员和文学民族主义倡导者马修斯两次天壤之别的评价中，仍然可以窥见坡对作品中的民族因素与艺术因素孰重孰

① Jonathan H. Hartmann: *The Marketing of Edgar Allan Poe*, Routledge, 2008, p. 17.

轻的态度。《瓦孔达》是马修斯在宣传美国民族主题方面的代表性诗集，坡在 1842 年 2 月的《百老汇杂志》上从艺术创作论的角度毫不留情地批判了马修斯在诗歌创作上的粗糙和模仿，并给出了“该诗集从头至尾都是一部垃圾”(824)的定论。1845 年，马修斯出版了小说《大阿贝尔和小曼哈顿》，而此时的坡已经开始与“青年美国”结盟。为了展现出忠诚的盟友形象，坡不得不做出一定的妥协，甚至违背了其一贯以来公平正义的批评原则，称赞它为一部“独创的”和“具有鲜明美国特色的优秀作品”(837)。很明显的是，坡为了迎合“青年美国”违心地恭维了马修斯，为五斗米而折了腰。然而，同坡第一次评价马修斯的文章相比，该文很少对马修斯的作品进行引证，任何一位合格的批评家都能看出该篇文学批评的牵强附会，透露出坡不得已而为之的批评困境。

坡将“整个世界”视为“唯一合法”的创作舞台，而不仅仅局限于某一个民族或国家，正如他在 1828 年写给养父爱伦的信中所说，“里士满和美国太狭窄，世界将成为我的舞台”①。然而，在美国建国初期，美国民族主义更多地表现为一种对于欧洲旧大陆的厌恶，表现为一种迫切希望摆脱欧洲影响的世界观。② 美国作为一个以移民为主的共和制国家，其民族身份和文化特质无法从继承中获得，美国本土素材和美国主题成为 19 世纪美国民族文学复兴与建构的关键性因素。在民族主义文学家马修斯的《大角星》和早期的《民主评论》中，“实现文学独立就是要改变文学作品的内容”③，书写美国变成了实现美国文化和文学独立的必要条件。在这种

① Edgar Allan Poe: *The Letters of Edgar Allan Poe*, in John Ward Ostrom et al., eds.: *The Collected Letters of Edgar Allan Poe* (Vol. I, 3rd edition), Gordian Press, 2008, p. 17.

② 付宇:《美国民族主义传统的起源与演进——约翰·亚当斯、亚伯拉罕·林肯、林登·约翰逊》,天津人民出版社 2010 年版,第 36 页。

③ Meredith L. Mcgill: "Poe, Literary Nationalism, and Authorial Identity", in Shawn Rosenheim et al., eds.: *The American Face of Edgar Allan Poe*, The Johns Hopkins University Press, 1995, p. 285.

弥漫着文学民族主义建构浪潮的大环境下，非美国题材成为批评家构陷一些优秀文学作品的罪名，影响了文学的健康发展。在创作题材方面，坡并不反对作家援用异域题材，因为"整个世界"而不仅仅是美国，才是"合法"的创作素材。为此，坡强烈反对美国的评论界督促书商们"要恪守'美国主题'的必要性"这一狭隘论调，因为对于一位优秀的本土作家而言，"异域主题在当下将会成为一种沉重的负担，足以把他拖入一个批判诅咒的泥潭"(1027)。与此同时，坡叹惋美国的文学批评在民族主义的渗透下变得泾渭不分，并"拒绝参与仅仅因为它是美国作品，就'吹'捧其价值"[①]的行为。依坡之见，这种不知羞赧的沙文主义批评手段只会让本土文学的发展局限在一个封闭的环境里，犹如井底之蛙，既愚蠢又褊狭，最终得不偿失。

坡于 1836 年通过其友人托马斯·怀特和波尔丁的关系想让美国哈珀兄弟出版公司出版他的《对开本俱乐部的故事》，但遭到了拒绝。波尔丁在给怀特的回信中说哈珀公司拒绝出版的原因是坡的部分故事已经在《南方文学信使》杂志上发表过，再次出版会缺乏新颖性，而且坡的故事中存在一定程度的"晦涩"因素，普通读者无法欣赏到那些精妙的讽刺。哈珀公司希望坡能够放低姿态以满足本国大众市场的品位，而波尔丁则建议坡把他最擅长的辛辣讽刺置于美国人身上的缺点和瑕疵以及特有的习惯和举止之上，尤其是"我们用如此令人钦佩的成功和奴性复制出的当下时髦英国文学中滑稽的装腔作势和艳丽文风"[②]。波尔丁直接要求坡去调侃美国人曾经依赖和崇拜的英国文学，以讽刺、揭露和批判的方式来唤

---

① Justin R. Wert: "Poe's Early Criticism of American Fiction: *The Southern Literary Messenger* and the Fiction of Robert Montgomery Bird", in James M. Hutchisson, ed.: *Edgar Allan Poe: Beyond Gothicism*, University of Delaware Press, 2011, p. 178.

② Benjamin F. Fisher: *Poe in His Own Time: A Biographical Chronicle of His Life, Drawn from Recollections, Interviews, and Memoirs by Family, Friends, and Associates*, University of Iowa Press, 2010, p. 8.

起美国读者的爱国心,从而赢得市场。然而,对于坡来说,能否唤起美国读者的爱国心并不重要,重要的是在竞争激烈的图书市场中赢得一席之地,从而让自己的作品走向全世界。

如果说坡在文学批评中直言不讳地批判美国19世纪主流文学唯民族主题这一狭隘的论调,那么他在文学创作中则采用"暗度陈仓"的方式揭露和讽刺美利坚民族在领土扩张中所犯的种种罪行。坡深谙出版市场的黑暗,但他依然偏爱异域风情,甚至在文学生涯的最后阶段仍坚持外国题材的优越性。在当时的美国,政党之间互相倾轧,选择任何与美国相关的主题都可能暴露出一定的政治立场,从而失去那些持不同政见的读者群体。此外,坡对唯民族主题这一狭隘的文学民族主义论调的否定根源于他对作品艺术性的推重。作为一名倡导用审美的标准替代功利准绳的艺术家,坡"尝试控制他们的民族主义热情"[①],提出了"把文学批评局限于对艺术的评论"(1032)这一批评理念。与此同时,坡拒绝帮助政府建构民族叙事和帝国叙事,甚至在小说创作中对民族前景表现出一种微妙的怀疑主义色彩。尽管坡"反对文学民族主义、偏爱'异国主题'和警惕区域主义"[②],但是从1842年创作《金甲虫》开始直至其离世这段时间里,坡的大部分小说都或多或少地涉及美国本土。事实上,坡的美国转向始于1839年短篇小说《被用光的人》,这一年也是坡的创作从异域或者欧洲场景转向美国本土的一个分水岭。不论是始于1839年还是1842年,坡的这一转向常被一些评论家误认为是其建构美国民族叙事的证据,尤其是坡于1844年再次来到纽约后同文学民族主义团体"青年美国"的联盟与互动。

---

① Jonathan W. D. Murphy: "The American Dream Elucidated by Edgar Allan Poe", *The Edgar Allan Poe Review*, Vol. 13, No. 2, 2012, p. 27.

② J. Gerald Kennedy: *Strange Nation: Literary Nationalism and Cultural Conflict in the Age of Poe*, Oxford University Press, 2016, p. 374.

从题材来看,短篇小说《金甲虫》直接采用了美国本土背景,这也被一些批评家认为是坡建构美国民族文学的关键理据。然而,事实并非如此。创作于1842年的《金甲虫》同泰勒总统执政期间的银行战争有着千丝万缕的联系,后者甚至是坡创作这篇故事的政治背景。除此之外,《金甲虫》的创作背景还有着更为重要的个人因素。从1841年6月坡与在美国财政部工作的好友托马斯通信询问政府机关职位开始到1842年底其费城海关面试失败为止的这段时间里,坡试图通过讨好泰勒总统的方式在政府谋得一个可以解决生计的职位,从而创立自己的《铁笔杂志》。坡在1841年6月写给托马斯的回信中表达了对自己是否能够在泰勒政府中申请到一份公职的焦虑,虽然他的"政治原则一直是尽可能地与现有的政府保持一致"①,但相对而言他还是支持故去的哈里森总统。坡深知美国政府有着雇用文人墨客的传统,比如欧文、库珀、霍桑等都曾在政府部门获得过一官半职,历届政府都需要捉刀之人为其政治主张服务。此外,坡自认为他和泰勒总统有些私交,而且他看到了政府重视文人的倾向,因此觉得获得一份政府工作的可能性较大。然而,坡在信中告诉托马斯,他觉得这个世界上最难受的事情就是,在主子的点头示意下,把自己的思想变成金币。可见,坡骨子里尚存"高眄邈四海,豪右何足陈"的豪情。为了能够解决全家的生活问题和创办一份独立自主的杂志,坡特地从费城来到纽约,但是由于酗酒的问题,在泰勒政府申请职位的机会与他擦肩而过。

在《金甲虫》的故事中,除了涉及得克萨斯州淘金热的事件,还有着更为重要的密码学,也与坡在政府谋得一官半职的想法密切相关。坡在给托马斯的信中宣称,他有着西点军校的学习经历,觉得自己在美国军方获得职位的可能性比较大。依坡之见,他在《金甲虫》中展现出的高超的密

① Benjamin F. Fisher: *Poe in His Own Time: A Biographical Chronicle of His Life, Drawn from Recollections, Interviews, and Memoirs by Family, Friends, and Associates*, University of Iowa Press, 2010, p. 11.

码破译能力将是他得到政府重用的核心因素。由此可见,坡创作《金甲虫》主要是为自己在泰勒政府获得一份稳定工作的可能性增加砝码,并非其主观建构美国民族文学的重要证据。创作于《金甲虫》之后的故事《气球骗局》直接以新闻报道的形式发表,虽然《太阳报》的标题明确表示这是一个虚构的故事,但坡把新闻报道的真实性和故事的虚构性用伪科学的方式拼接得天衣无缝。坡戴着艺术的镜片来看待真实,他在评论英国作家狄更斯时明确指出:“我们不把一个物体画成真实的,而是让旁观者看起来是真实的。”(215)然而,虽然《太阳报》因坡的这个故事提高了一定的订阅量,但最终读者发现该故事就是一场骗局。就坡一贯的讽刺文风而言,该故事在某种意义上是坡对美国自恃拥有技术优势的民族虚荣心所做出的辛辣讽刺,也可以说是坡在通过自己特有的方式转移美国人对领土扩张的注意力的同时,提醒国人反思恣意侵犯他国主权的恶行。

坡在短篇小说《瓶中手稿》的开篇就写道:“关于国家和家人我没有多少话可说。”[①]在看待19世纪美国以“天定命运说”为神圣使命的领土扩张方面,坡对这种通过屠杀印第安人以达到目的的血腥行径是持否定态度的。短篇小说《被用光的人》在刚出版时还有一个醒目的副标题——“一则关于近期柏格普和吉卡普人战役的故事”。故事创作于美国第二次塞米诺尔战争期间,主人公约翰将军的形象,是坡对在美国领土扩张中通过屠杀印第安人而获得荣誉的军事领袖们的无情讥讽。关于这个“民族英雄”的原型到底是美国历史上的哪一个政客的问题,美国学者杰拉德·肯尼迪认为是被誉为“普莱茨堡英雄”的亚历山大·麦科姆少将,学者贝

① Edgar Allan Poe: *Complete Stories and Poems of Edgar Allan Poe*, Doubleday & Company, 1966, p. 148.

琪·厄吉拉却认为该故事与《四不像》中的讽刺矛头共同指向了杰克逊总统[①]，因为杰克逊因做法强硬在第一次塞米诺尔战争中脱颖而出，被称为"老胡桃木"和"印第安人杀手"，而且坡一直反对杰克逊式的民主，美国学者威廉·惠普尔则认为是马丁·范布伦的副总统理查德·琼森[②]。事实上，头戴美国民族英雄光环的杰克逊总统、琼森副总统、哈里森总统和泰勒总统都是靠着血腥的军事行动逐步走向权力宝座的。因此，故事中的"妖怪"将军为谁都有一定的可能性，但非常确定的是，坡在故事中对沾满鲜血的民族英雄形象进行了讥讽和鞭挞。

讽刺故事《凹凸山传说》《气球骗局》和《长方形箱子》均创作于美墨战争前夕，也正值美国国内关于是否采取武力措施吞并得克萨斯州争论的高峰期。《凹凸山传说》记录了主人公贝德罗在凹凸山峡谷中的一次奇妙经历，催眠、复活、恐惧等坡作品特有的主题在晦涩的内容中展现。如果结合国家领土扩张的创作背景来看待该故事，《凹凸山传说》中的主人公贝德罗的前身奥尔德布先生在 47 年前因参加当地的一次暴动而中毒箭身亡的情节，则暗示着美利坚民族征服肤色黝黑、土生土长的他者民族而招致的致命后果，这一天谴式的结局又在其后创作的另一则故事中得到了印证。在《长方形箱子》中，一艘名为"独立号"的轮船最终在海上沉没，救生艇上的成员除了船长夫妇、叙述者"我"、主人公怀亚特外，还有"一位墨西哥官员"和"一个黑人仆从"[③]。"故事中微妙的时间安排暗示着怀亚

① Betsy Erkkila: "Perverting the American Renaissance: Poe, Democracy, Critical Theory", in J. Gerald Kennedy et al., eds.: *Poe and the Remapping of Antebellum Print Culture*, Louisiana State University Press, 2012, p. 83.

② William Whipple: "Poe's Political Satire", *The University of Texas Studies in English*, Vol. XXXV, 1956, p. 81.

③ Edgar Allan Poe: *Complete Stories and Poems of Edgar Allan Poe*, Doubleday & Company, 1966, p. 243.

特于7月4日这一天”[①]把自己与装有他妻子腐烂尸体的箱子捆绑在一起沉入大海，而7月4日正是美国的独立日。“独立号”、死亡与沉没、黑人仆从和墨西哥官员这些充满暗示的信息，明显都在指涉敏感的政治事件和美利坚民族的不祥前景。

全方位质疑和否定美国19世纪民族主义中盲目的文化自信的当数短篇小说《与一具木乃伊的谈话》，其中最为醒目的主题指向了美国民族自负感、“乌合之众”式的民主和对印第安人以及其他民族领土的暴力侵占恶行。读者可以从几个现代美国人同一具被电击而复活的木乃伊之间的对话中得知，不管美国已经取得了什么样的成就，埃及人在很久以前就已经做得同样好或者更好了。通过比照美国文明与古代文明，所谓美国文明的优越性在木乃伊口中遭到了全方位的质疑和否定。目击者们为了贬抑木乃伊的自豪感，故意把话题转向了“无与伦比和无比重要的民主”，而木乃伊却说当年十三个埃及州决定实行自由的民主制度，为人类树立一个绝好的榜样之后，却实行了“这个世界上所能听说过的、最令人作呕的、最不能忍受的专制”，那个统治者的名字就叫作“乌合之众”。[②] 故事中的木乃伊是个埃及人，埃及人与墨西哥人以及美国的印第安人和黑人都属于有色人种，他们在美国白人眼中均被视为“低劣人种”，而“天定命运说”就是要使美国国民坚信他们自己是最优秀的种族，美利坚民族具有征服和帮助其他“劣等民族”的天职。杰克逊总统于1830年签署的《印第安人迁移法》，成为美国人屠杀印第安人和侵占其领土的法律保障，甚至导致了美国历史上臭名昭著的三次塞米诺尔战争。在1846年爆发的美墨战争中，美国夺取了墨西哥几百万平方公里的土地，一跃成为地跨大西

① J. Gerald Kennedy: "'A Mania for Composition': Poe's Annus Mirabilis and the Violence of Nation-building", *American Literary History*, Vol. 17, No. 1, 2005, p. 18.

② Edgar Allan Poe: *Complete Stories and Poems of Edgar Allan Poe*, Doubleday & Company, 1966, p. 461.

洋和太平洋的大国。我们有理由说,“天定命运说”粉饰之下的美利坚民族的野蛮侵略行径,正是坡在该故事中否定和嘲讽的暗流。

由此可见,坡在其美国主题的小说中并没有主动建构民族认同,而是以“暗度陈仓”的方式批判美利坚民族在领土扩张中的种种罪行,走向了否定的一面,甘愿成为其“民族的普罗米修斯”。[①] 这也是坡在离世后相当长的一段时间内甚至时至今日仍不被那些致力于建构美国民族主义的批评家所认可的原因。由于坡不符合他们的“民族主义设计”[②],美国著名评论家马锡森在其代表作《美国文艺复兴:爱默生和惠特曼时代的艺术及其表述》一著中,毫不犹豫地把他置于美国文艺复兴主流作家的庙堂之外。

第四节 小结

总而言之,坡在 19 世纪 40 年代赢得了美国文学民族主义团体“青年美国”组织和《民主评论》的青睐,两部代表作也得以在“美国书库”系列中顺利出版。批判朗费罗既符合“青年美国”打压新英格兰波士顿文化霸权的战略,也契合坡讥讽虚假名流的一贯作风。但是,坡与前者的交好和与后者的交恶并非以铸造美国性、凝聚民族认同和构建民族叙事为鹄的,而是源自个人利益的驱使、对公平竞争的坚守和对美学原则的捍卫。于坡而言,整个世界而不是某一个民族或国家,才是他崇尚的创作素材和创作

① 哈罗德·布鲁姆:《批评、正典结构与预言》,吴琼译,中国社会科学出版社 2000 年版,第 71 页。

② Betsy Erkkila: “Perverting the American Renaissance: Poe, Democracy, Critical Theory”, in J. Gerald Kennedy et al., eds.: *Poe and the Remapping of Antebellum Print Culture*, Louisiana State University Press, 2012, p. 65.

舞台。然而,由于作家或艺术家均有着一定的民族身份,他们都或多或少、或明或暗、或主动或被动地参与了民族文学的建构。尽管坡不迎合书写美国的号召,但是他对待趾高气扬的英国文坛的态度从未卑躬屈膝,在诗歌创作上也“相对独立于英国先辈”①,具有一定的民族自觉性。由是,我们也不能过于极端,因其对民族主义的批判和讥讽,就认定其为民族的叛徒或者民主的敌对分子甚至美国文学的颠覆者。坡的民族性与罗克登·布朗、亨利·詹姆斯和艾略特的类似,他们把美国文明理想化同时又加以批判。② 尽管坡没有以铸造美国性和构建民族凝聚力为己任,但他的作品在全世界传播、被接受和被认可为美国的民族文学做出的贡献也是不容置疑和否定的。到了 20 世纪初,坡在国际上已享有了很高的声誉,是“欧洲唯一认可的美国作家” ③。余光中的文集《李白与爱伦·坡的时差:余光中美学评析》将李白和坡视为两位代表性民族诗人。

相较于那些致力于建构民族文学的文学家,坡超前地意识到了文学民族主义的片面性和局限性对文学创作的掣肘,倡导文学自律和艺术自主的创作理念,这与英国的柯勒律治、济慈和法国的戈蒂耶崇尚作品艺术价值的观念不谋而合。这种“艺术效果至上”的精神犹如雪莱笔下解放了的普罗米修斯,砸碎了民族主义和爱国主义的锁链,让优秀的作品走向全世界,这也是坡被视为第一个将美国小说带到全世界的人的原因所在④,正如歌德所言,“并不存在爱国主义艺术和爱国主义科学这种东西。艺术

---

① M. H. Abrams, Geoffrey Galt Harpham: *A Glossary of Literary Terms* (10th edition), Cengage Learning, 2011, p. 274.

② Robert E. Spiller:《美国文学的周期》,王长荣译,上海外语教育出版社 1990 年版,第 57 页。

③ Harry Lee Poe: *Evermore: Edgar Allan Poe and the Mystery of the Universe*, Baylor University Press, 2012, p. 21.

④ 王涛:《行旅中的建构与喻辞:埃德加·爱伦·坡在中国的传播与接受研究》,中国社会科学院出版社 2018 年版,第 30 页。

和科学,跟一切伟大而美好的事物一样,都属于整个世界"[1]。而"把整个世界视为作者的真正读者"(1025)正是坡在他梦寐以求的《铁笔杂志》中的核心宣传标语。坡的"整个世界"但不是某个民族的世界文学观念正是19世纪浪漫主义思潮所拥有的跨文化、跨民族、跨语种的"世界性"效应及其"世界文学"之特征与意义。[2] 坡所关注的是人类共通的情感、普遍的人性,他清楚地看到并坚定地指出了人的天生的凶恶[3],这反映出他对人类共同命运与世界文学的思索。如今,坡的影响早已从美国走向了整个世界,足以证明其当初的高瞻意识。他独树一帜,怀抱世界文学的理想;他既是美国的坡,也是法国的坡,更是世界的坡。

---

① 歌德:《歌德的格言和感想集》,程代熙、张慧民译,中国社会科学出版社 1982 年版,第 84 页。

② 蒋承勇:《"世界文学"不是文学的"世界主义"》,《文学评论》2018 年第 3 期,第 26 页。

③ 波德莱尔:《波德莱尔美学论文选》,郭宏安译,人民文学出版社 2008 年版,第 176 页。

| 第四章 |

爱伦·坡的小说批评与绘画

由于交汇融通的审美共性，文字与图画在追求艺术效果方面呈现出了诸多的一致性。中国古代文艺美学就有“诗画同源”和“诗画一律”的说法，北宋文学家、书画家苏轼提出了“诗画同一说”，称赞王维的诗为“诗中有画，画中有诗”。诗画在宋徽宗赵佶的工笔花鸟画中达到了完美的统一效果，而在倪瓒、徐渭和八大山人的文人画中又互相印证、互为表里。韦勒克在《文学理论》(与沃伦合著)的“文学和其他艺术”一章中指出，“文学有时想要取得绘画的效果，成为文字绘画”①。卡勒同样认为“带有感官形式(颜色、声音)和精神内容(思想)的审美对象具有将物质和精神结合在一起的可能性”②。诗画之间的亲缘关系在西方可以追溯到古希腊和古罗马时代。古希腊诗人西摩尼德斯宣称诗是有声的画，画是无言的诗，柏拉图认为画家与诗人一样都是模仿者③，古罗马文艺理论家贺拉斯在《诗艺》中也明确指出，诗歌就像图画。到了文艺复兴时期，柏拉图轻视

① René Wellek, Austin Warren: *The Theory of Literature*, Lowe & Brydone, 1954, p. 125.

② Jonathan Culler: *Literary Theory: A Very Short Introduction*, Oxford University Press, 1997, p. 33.

③ 柏拉图:《柏拉图文艺对话集》，朱光潜译，人民文学出版社 1959 年版，第 66—76 页。

视觉艺术的观念遭到了达·芬奇的反驳。在达·芬奇看来,绘画并不是一门机械的技艺,而是一门科学,这一观点为启蒙时期的德国戏剧理论家莱辛对诗画关系的讨论提供了启发。然而,德国18世纪新古典主义美学家文克尔曼继承了西方古典文艺理论中的“诗画一致说”,指出两者在理想、内容、形式和题材方面的交融互释性。针对文克尔曼的观点,莱辛在达·芬奇艺术理论的基础上从时空的维度将诗歌和绘画这两种再现现实的模仿媒介分疆划界,批驳了西方古典文艺理论中的“诗画一致说”,论述了诗画之间的异质性差异,肇始了新的诗画之争。在浪漫派先驱瓦肯罗德和蒂克的不懈努力之下,绘画和音乐这两种未被耶拿派学者重视的艺术形式投入了德国早期浪漫主义理论的怀抱。坡对德国浪漫派文艺美学思想的了解主要来自英国的《布莱克伍德的爱丁堡杂志》。在德国浪漫派总体艺术的影响下,坡的诗歌理念极其崇尚听觉艺术(音乐),小说则指向了视觉艺术(绘画)。

坡的 *Tales of the Grotesque and Arabesque*(《怪诞与阿拉贝斯克故事集》,也有人译为《怪异故事集》或《奇异故事集》),后两种译法忽视了坡在书名中对阿拉贝斯克绘画意象的指涉。从词源学来看,阿拉贝斯克是一种以缠绕植物和抽象的曲线图案为特点的艺术风格,意指“绘画或素描中由构图的主要线条所描画的图形”①。歌德在《论阿拉贝斯克》一文中试图捍卫遭受艺术批评家诟病的怪诞与阿拉贝斯克艺术风格。德国文艺理论家施莱格尔就把阿拉贝斯克艺术形式运用于他的反讽理念,称赞德国早期浪漫主义小说家蒂克的作品为“富有诗意的”②阿拉贝斯克艺术。需要指出的是,“grotesque”一词的词源也与绘画艺术密切相关,指的是

① L. Moffitt Cecil:“Poe's ‘Arabesque’”, *Comparative Literature*, Vol. 18, No. 1, 1966, p. 57.

② Friedrich von Schlegel: *Friedrich Schelgel's Lucinde and the Fragments*, Peter Firchow, trans., University of Minnesota Press, 1971, p. 231.

古罗马时期绘画和雕塑的装饰风格，“最初用于描述马赛克和湿壁画风格”[①]。这种艺术风格把阿拉贝斯克艺术与花卉、动物和人的元素进行融合，展现出了一种异想天开的装饰模式。后来，拉斐尔和意大利文艺复兴时期的一些画家把这种风格元素用来填充绘画的边缘空间，或者覆盖天花板和壁柱。在 15 世纪到 18 世纪之间，怪诞、阿拉贝斯克和哥特这三个词常被混淆使用，艺术理论家罗斯金就认为怪诞是一种想象力错乱的表现，是哥特风格的重要组件。

如果说标题翻译上的疏漏在一定程度上反映出坡尝试赋予小说视觉审美向度的初衷有被忽视之嫌，那么他在小说中展示出的构图旨趣不应仅仅被视为营造恐怖场景的低俗伎俩。美国学者伯曼指出，当这些阿拉贝斯克的艺术形象出现在坡的小说中时，他们产生的“不是愉快的梦境，而是噩梦般的恐怖”[②]。汤普森同样认为阿拉贝斯克暗示着欺骗性的视角和我们通常所谓口是心非，而怪诞则意味着荒诞和恐怖情感的强力融合。[③] 一些现代小说批评家甚至把坡视为一个营构可怕场景的恐怖大师：洛奇声称坡属于哥特式恐怖传统流派[④]；布鲁姆甚至毫不客气地指责坡所造成的令人讨厌的、反复出现的噩梦至今仍在延续[⑤]。这种把坡的故事仅仅视为刻意营造恐怖场景的阐释，既是片面的，也违背了坡尝试赋予其故事集绘画艺术向度的初衷。本章将以考察坡的小说批评和小说创

---

① M. H. Abrams, Geoffrey Galt Harpham: *A Glossary of Literary Terms* (10th edition), Cengage Learning, 2011, p. 155.

② Jacob Rama Berman, "Domestic Terror and Poe's Arabesque Interior", *English Studies in Canada*, Vol. 31, No. 1, 2005, p. 129.

③ G. R. Thompson: *Poe's Fiction: Romantic Irony in the Gothic Tales*, University of Wisconsin Press, 1973, p. 108.

④ David Lodge: *The Art of Fiction: Illustrated from Classic and Modern Texts*, Viking Penguin, 1993, p. 214.

⑤ Harold Bloom: *Edgar Allan Poe's "The Tell-Tale Heart" and Other Stories* (*New Edition*), Infobase Publishing, 2009, p. 5.

作中的绘画审美特征为理据，揭橥坡在19世纪为提升不受重视的散文体虚构故事的艺术地位所做出的努力与贡献，希冀改变人们仅将他视为一名多俗少雅的小说家的偏见，也希望能够为人们重新审视其小说的艺术价值提供一个新的路径。

第一节 赋魅：幽暗的色调

1838年，一位匿名批评家在《伦敦评论》上评价坡的中篇小说《皮姆述异》中描画彩色水面的一段文字时指出，“除了采用文字和类比作为对绘画艺术的力量和技巧的考验手段外，我们看不出这种描写有什么好处”。坡离世之后，波德莱尔在其美术批评《现代生活的画家》一文中向读者问道：“你们还记得那一幅由本世纪最有力的笔触写出的、题为《(投入)人群中的人》(那的确是一幅画呀！)吗？”[①]在波德莱尔看来，坡的故事不仅是虚构的叙事作品，更是描摹现代生活的画卷。与波德莱尔类似的是，本雅明宣称该故事就是一张“X光射线”照片[②]。美国宾夕法尼亚州立大学教授芭芭拉·坎特卢珀在《坡与视觉艺术》一著中指出，坡的视觉美学理念始于他在费城期间受到宾夕法尼亚美术学院绘画展览的影响，这种艺术意识甚至“标志着坡的美学从重视崇高的力量到欣赏美之和谐的转向”[③]。事实上，早在《南方文学信使》杂志从事文学批评工作期间，坡就已在鉴赏散文虚构作品的文评中展示出了强烈的视觉审美意识。

---

① 波德莱尔：《波德莱尔美学论文选》，郭宏安译，人民文学出版社2008年版，第479页。

② Walter Benjamin: “The Flaneur”, in Graham Clarke, ed.: *Edgar Allan Poe: Critical Assessment* (Vol. Ⅳ), Helm Information Ltd., 1991, p. 207.

③ Barbara Cantalupo: *Poe and the Visual Arts*, The Pennsylvania State University Press, 2014, p. 52.

尽管坡在评价美国南方作家西姆斯的历史小说《党徒——一个革命的故事》的文章中指摘西姆斯屈膝式的献词暴露出小说家为了讨好具有一定社会地位之人的卑微立场，背离了作家应有的尊严和真诚的态度，但他依然指出："结尾的场景描画得很好。有些描写沼泽风光的段落很优美。西姆斯先生很显然有着画家的眼光。"(902)换言之，坡称赞了西姆斯在小说构思方面对绘画技法的借鉴，即西姆斯的小说彰显出优美的绘画性。在1836年10月评价英国小说家道尔顿的《彼得·斯努克》的文章的结尾处，坡总结道：

> 优点就在于明暗对照法——在于光与影的交融，其中没有什么是太明显的，但思想完全表达了出来——在于没有僵硬的轮廓和微型画——在于没有不适当的温暖色彩——也在于没有普遍存在的轻微夸张的色调，但还没有达到漫画的程度。我们敢说，任何一位能够被称为画家的人，读完《彼得·斯努克》都会同意我们所说的，都会完全意识到造型艺术的主要规则就建立在对美的真实感知之上，他们将把这一规则最充分地运用到每一种文学创作中去。(200)

在上述引文中，坡把他对《彼得·斯努克》的价值判断聚焦于传统绘画技巧光与影的交融和意大利绘画术语明暗对照法(又称明暗对比法或明暗法)之上。明暗对照法与线性透视法是西方传统绘画中的两大表现手法，都与光影有关，而明暗对照法则是光影在绘画艺术造型方面的主要手段。

作为绘画布光风格的意大利绘画术语"chiaroscuro"(明暗对照法)一词源自意大利语中的"chiaro"和"oscuro"两个词，分别表示"明亮"和"黑暗"，抑或"光"和"影"的意思。艺术批评家贡布里希在《艺术的故事》中指出,荷兰 17 世纪著名画家伦勃朗享誉盛名的明暗对照法指的就是“意大利的专业术语光与影”①。事实上,明暗对照法最早出现在欧洲 15 世纪早期高度精细的绘画中。被文艺复兴时期意大利艺术理论家瓦萨里视为“绘画之父”的佛罗伦萨画派创始人乔托在 14 世纪就开始用投影手法来塑造坚实的形体,而马萨乔和早期佛兰芒画派代表人物扬·凡·克将这一技法提升到了新的高度。达·芬奇的渐隐法(又称晕涂法)在某种意义上被视为明暗对照法的典范,美术史家海因里希·沃尔夫林就将达·芬奇奉为“明暗对照法之父”。然而,这一技法真正意义上的确立源自意大利画家卡拉瓦乔之手。卡拉瓦乔高度的写实主义风格和对强烈光线的运用肇始了欧洲写实主义绘画艺术的盛行,特别是在西班牙和尼德兰地区。与卡拉瓦乔的酒窖光线法类似的是,伦勃朗的聚光法采用不同的光影对照构建出一张张展现现实世界的画布。

绘画艺术中的光与影、明与暗的二元对立,折射出阴与阳、显与潜的物质存在方式,而修辞学中的潜性修辞和显性修辞、语言学中的表层结构和深层结构②、心理学中的意识与潜意识等,在某种意义上都是这种二元对立的衍生。如果说绘画中的图像符号与文学的语言符号均为艺术家再现和表现世界意象的艺术手段,那么语言艺术中潜在的抑或隐在的意义所对应的是绘画艺术中暗色调的阴影,而正所谓无“暗”不显“明”,无“影”不显“光”,阴影在西方绘画的明暗关系中起着更为重要的主导作用。于坡而言,语言文字的意义可以划分为上层和下层两个维度,即“意义的显流”和“意义的潜流”,而语言艺术的技巧就蕴藏于后者之中。如同小说叙事学中的“隐性进程”③和海明威“冰山理论”的“犹抱琵琶半遮面”式的留白,坡更为注重语言的隐在的意义。坡在《创作哲学》中指出,为了避免所

---

① E. H. Gombrich: *The Story of Art*, Phaidon Press, 1961, p. 18.

② Roger Fowler: *Linguistics and the Novel*, Routledge, 1989, pp. 6-10.

③ 申丹:《西方文论关键词 隐性进程》,《外国文学》2019 年第 1 期,第 81—96 页。

选的题材产生生硬或赤裸裸的感觉，避免让艺术的眼光产生厌恶，有两个因素非常重要——一定程度的复杂性和暗示的潜流，"特别是后者，赋予了一件艺术品我们经常喜欢将之与理想混为一谈的丰富性"(24)。然而，"坡作品中诸多'意义的潜流'"①也是其作品的复杂性和争议性之所在。在评价霍桑的《故事重述》和《古屋青苔》的文章中，坡高赞霍桑的短篇故事在"意义的潜流"建构方面表现出的精湛技巧。巧合的是，霍桑在小说《七角楼》的序言中也声称传奇作家可以"加深和丰富画面的阴影"②来营构故事的基调。

在绘画中，光与影抑或明与暗之间的比例关系是影响画面色调的一个重要因素，因为色调意味着图像的相对明暗程度，在彩色图像上则表现为不同的颜色。在歌德《颜色论》的启发下，黑格尔指出，颜色比光较暗，所以它和光不同，是一种昏暗化，其中光与暗混为一体。③ 坡在文学批评中经常提及颜色，尤其是指向暗色调的黑色，透露出他对颜色的关注。坡在评价美国小说家塔克的《乔治·巴尔科姆》的文章中说道："也许，正如真理的效果会引起错误抑或说黑色的颜料会把画布涂成白色一样，我们所有的优秀品质都是从它们的对立面获得的！把这个教条推广开来，我们立刻就可以从邪恶中找到美德。"(977)在《五十条建议》的第一条中，坡指出：魔鬼有蓝色的也有黑色的，"在所有的国家中，泛光色白色被视为纯洁的象征，而无彩的黑色却从来没有被普遍认为是不纯洁的象征"，颜色之间的差异比简单的黑色和白色之间的差别要大得多。当我们认为一个女人很坏，并打算抹黑她的品格时，我们就叫她"女学究"(1297)。纵观坡

① Alexandra Urakova: *Deciphering Poe: Subtexts, Contexts, Subversive Meanings*, Lehigh University Press, 2013, p. xi.

② Nathaniel Hawthorne: "Preface to The House of the Seven Gables", in J. Donald Crowley, ed.: *Nathaniel Hawthorne: The Critical Heritage*, Routledge, 1970, p. 187.

③ 黑格尔:《美学》(第三卷上册)，朱光潜译，商务印书馆 1995 年版，第 236 页。

的小说和诗歌,我们几乎看不到明媚阳光的色彩,似乎坡只有在孤寂的夜色中才能找到灵感,创作出震撼心灵的篇章。美国19世纪小说家塔克在评价坡1839年的《怪诞与阿拉贝斯克故事集》时宣称,坡用奇异的力量描绘可触摸的隐晦的事物,他的画面"图像幽暗,但清晰可见,界限明确"①。究其缘由,坡对幽暗色调的偏爱乃他对德国早期浪漫派美学思潮的承袭,因为"坡是一个真正的浪漫主义者"②。

从美学的角度来看,伴随着资产阶级工业主义高歌猛进而来的浪漫主义思潮,是对资本主义工具理性"祛魅"世界的反抗,激励人们不顾一切地重新"赋魅"这个世界,黑色调的黑夜和峡谷的幽暗因而成为浪漫派的"掌上明珠"。③ 正如卢卡奇所言,对浪漫主义思潮产生重大影响的哲学家康德的星空现在只是更多地在纯认识的黑夜里发光,不再照亮任何一位孤独漫游者的小路。④ 德国作家蒂克著名的言论"'月明魔夜',几乎可以被视为浪漫主义的哲学和精神纲领"⑤。可以说,蒂克的话含蓄地表达出他对现代世界的批判态度。在蒂克看来,这个被祛魅了的世界被照耀在工具理性的强光之下,而理性化是现代资产阶级文明的核心,它根据工具理性和官僚理性的需求来组织各类经济、社会和政治生活。由是,直觉、预感、本能、情感等这些与浪漫主义正统形象密切相关的术语重装上阵。德国浪漫主义理论家施莱格尔也认为人类的心灵就像外部世界一样,分为光明和黑暗,而在"理性的阳光"中,我们受制于"现实的钳制",但

---

① Beverly Tucker: "Personal and Editorial Opinions", in I. M. Walker, ed.: *Edgar Allan Poe: The Critical Heritage*, Routledge, 1986, p.117.

② Vincent Buranelli: *Edgar Allan Poe*, Twayne Publishers, 1977, p.28.

③ 勃兰兑斯:《十九世纪文学主流(第二分册):德国的浪漫派》,刘半九译,人民文学出版社1981年版,第127页。

④ 卢卡奇:《小说理论》,燕宏远、李怀涛译,商务印书馆2012年版,第27页。

⑤ Michael Löwy: "The Current of Critical Irrealism: 'A Moonlit Enchanted Night'", in Matthew Beaumont, ed.: *Adventures in Realism*, Blackwell Publishing Ltd., 2007, p.198.

这种羁绊在夜间得到了悬置，被一层“仁慈的面纱”所笼罩。[①] 在施莱格尔的影响下，“黑夜诗人”诺瓦利斯试图在“黑夜”中洞悉光明。正如阿恩海姆所说，“黑暗并不是一种无光的表现，而是作为一种张扬自身权力的阳性实体”[②]。

在坡看来，幽暗的色调就可以让故事披上一层神秘的外衣，对读者颇具吸引力，“这种对‘神秘’的强调体现在他的文学创作和理论作品中”[③]。坡将他崇尚的神秘性归功于以施莱格尔为代表的德国批评家，并指出“秘密写作”就是“一种创作类型，在这类创作中，在透明的上层含义之下，有一个下层含义或暗示性含义”(337)。坡在《边页集》中继续指出，文学拥有通过在某一时刻混合不同的精神内容和条件而产生狂喜的能力，凸显于“那些清醒时分和梦幻时刻的交界点”(1383)。坡在《批评见解序言》一文中指出，德国杰出批评家文克尔曼、诺瓦利斯、谢林、歌德和施莱格尔兄弟与英国批评家凯姆斯、琼森和布莱尔的迥异之处，就在于“前者更仔细地阐述和更彻底、更深刻地分析和应用这些原则本身”(1030)。在1846年4月《民主评论》上的《边页集》中，坡专门引用了诺瓦利斯关于艺术的思考：“艺术家属于他的作品，而不是作品属于他自己。”(1391)尽管坡承袭了德国早期浪漫派对暗色调的崇尚，但美国批评家威廉·豪威尔斯和亨利·詹姆斯则带着美国上层资产阶级的乐观主义，批判屠格涅夫的忧郁，否定福楼拜对资产阶级的痛恨，倡导艺术家把他们对生活的想象指向光照的一面。

如果说德国早期浪漫派对暗色调的推崇又在后世的现代主义艺术洪

---

① Ernst Behler: *German Romantic Literary Theory*, Cambridge University Press, 1993, p. 84.

② Rudolf Arnheim: *Art and Visual Perception: A Psychology of the Creative Eye*, University of California Press, 1974, p. 317.

③ R. E. Foust, “Aesthetician of Simultaneity: E. A. Poe and Modern Literary Theory”, *South Atlantic Review*, Vol. 46, No. 2, 1981, p. 19.

流中得到了延续，那么坡则在某种意义上起到了承上启下的作用。在现代主义绘画流派的作品中，我们经常可以看到坡和他诸多弥漫着幽暗色调的短篇故事的影子。19 世纪印象主义奠基人之一的马奈和坡之间最明显的相似之处似乎是对现存美学形式和实践的一种反抗态度，一种自觉的现代主义。虽然坡试图通过精心策划的手段达到先前想象的心理效果，而马奈则建议直接观察自然，抵制想象的干扰，但“他与坡一样，喜欢使用非色彩——黑色”①，同时也对死亡主题颇感兴趣。坡的诗歌《乌鸦》由波德莱尔和马拉美翻译之后，许多法国知名画家争相为之作插图，比如马奈和古斯塔夫·多雷。马拉美和马奈共同参与完成的作品《乌鸦》就囊括了坡的《乌鸦》的英文版、马拉美翻译的法文版和马奈的插图。由于坡在法国文坛具有较大的影响力和较高的名望，马奈希冀用坡的名望来推广他自己前卫的视觉美学理念，从而让他的艺术作品更容易被大众接受。作为艺术家，坡和马奈都强调艺术形式高于主题的重要性，因此他们在同时代人的眼中都显得非常现代。

被德尼誉为“画坛马拉美”的法国 19 世纪末象征主义画派领军人物和超现实主义先驱的雷东在坡的充满幽暗色调的故事中找到了灵感。尽管雷东本人声称他使用坡的名字的初衷只是想利用坡在法国的知名度来扩大自己作品的影响力，否认了坡对他的影响，但雷东把他的平版画作品集的出版归功于坡，并将之命名为《献给埃德加·坡》②。在雷东看来，写实派缺乏想象力，而印象派完全是感性的，因此他既反对写实派，也反对印象派。雷东尤为欣赏伦勃朗版画对光影的表现力，而且在其职业生涯的前二十年他几乎全部致力于黑白作品的单色绘画，这些作品被他称为

① Louis Marvick: “M. Manet Declines to Illustrate the Invisible”, *The Edgar Allan Poe Review*, Vol. 19, No. 1, 2018, p. 34.

② H. Harvard Arnason, Elizabeth C. Mansfield: *History of Modern Art: Painting, Sculpture, Architecture, Photography* (7th edition), Pearson Education, Inc., 2013, p. 52.

“黑色”或“黑色作品”。此外,雷东用木炭和黑粉笔创作的画作《牙齿》,描绘了坡的短篇小说《丽姬娅》中主人公对丽姬娅牙齿的病态迷恋的主题,画面中的白色牙齿与黑色的空间形成了强烈的明暗对比。雷东的另一画作《泄密的心》则是对坡的同名小说《泄密的心》的想象式再现。“雷东的画集《在梦中》的标题模仿了坡的《我发现了》的前言。”①与坡类似的是,雷东尝试在一个缺乏光照、没有时间的黑夜王国中寻找自我。

前身为达达主义的超现实主义视觉艺术家也将坡奉为楷模,特别推崇坡的短篇小说中的幽暗的色调,因此超现实主义绘画中充斥着阴森黑暗的自我邪恶形象。超现实主义运动产生于第一次世界大战后的法国,主要盛行于两次世界大战之间的欧美国家。该美学思潮的领袖布雷东在《超现实主义宣言》中就宣称:“坡是具有冒险精神的超现实主义者;波德莱尔是道德上的超现实主义者。”②超现实主义画家恩斯特的画作《贝蕾妮丝》采用了坡的同名小说中的贝蕾妮丝牙齿的主题,再现了坡的短篇小说《贝蕾妮丝》中主人公埃加尤斯对贝蕾妮丝牙齿的病态爱恋和凝视。对于比利时超现实主义画家恩索来说,除了巴尔扎克的小说,坡的短篇故事也是其绘画灵感的重要源泉。

产生于20世纪初期的德国表现主义绘画与坡的短篇小说中的幽暗的色调同样有着密切的关联。由于表现主义绘画重视主体的内心情感,鲜有充满阳光的作品,坡的散文体叙事作品中指向的个体情感的阴暗面和现实扭曲主题因而受到了表现主义画家的青睐。格奥尔格·爱德华在1909年坡的百年诞辰发表了题为《坡在德国》的演说,爱德华宣称坡在德国读者眼中是一个彻底的现代作家。不久之后,坡的作品就被翻译成德

① Kevin J. Hayes: “One-man Modernist”, in Kevin J. Hayes, ed.: *The Cambridge Companion to Edgar Allan Poe*, Cambridge University Press, 2004, p. 229.

② André Breton: *Manifestoes of Surrealism*, Richard Seaver, Helen R. Lane, trans., University of Michigan Press, 1969, p. 27.

语，对当时处于鼎盛时期的德国表现主义视觉艺术产生了重要的影响。奥地利表现主义画家库宾为坡的故事《人群中的人》作了黑白插图。库宾的画作《人群中的人》描画了一个走在拥挤街道上的男人，他黑脸，蓄着胡子，鹰钩鼻。在人群中，他就像个巨人，远远高出其他人的头和肩膀，但他与人群中的其他人一样，面无表情，而离他近的人都有清晰的面部特征，但从他向外辐射，人群中其他人的脸部轮廓就无法区分，有些看起来几乎就是人的头骨。需要指出的是，库宾为坡的故事所作的插图，"多维度地影响了德国的表现主义"①。德国表现主义绘画中的题材大多与爱情、疾病和死亡有关，这也是表现主义绘画与坡的短篇故事在主题方面的共性。德国表现主义代表人物蒙克的代表作品《病孩》和《呐喊》在黑暗的色调之中凸显和表现死亡与恐怖，同样再现了坡的短篇小说的核心主题。

我们可以说，坡诸多故事中色调幽暗的美学表征，源自他对早期浪漫主义反抗资本主义工具理性"祛魅世界"的承袭，对后世的现代主义绘画流派产生了重要影响，投射出他在绘画艺术方面的审美旨趣。坡在 1836 年 8 月评价美国小说家英格拉姆的小说《拉菲特——海湾的海盗》时再次提及了明暗对照法，但批判英格拉姆把"画面中的每一个小人物都赋予了明暗对照法中光和影的高贵"(611)，缺乏描绘人物轮廓的技巧。依坡之见，小说家的人物塑造没有必要把故事中所有次要人物的个性都毫无保留地描绘出来，因为这种布局缺乏类似绘画艺术中有所显、有所隐的虚实技巧，破坏了作品印象统一的构图效果。

① Kevin J. Hayes: *The Cambridge Companion to Edgar Allan Poe*, Cambridge University Press, 2004, pp. 233-234.

第二节　短篇小说的艺术性:印象统一的构图效果

塞万提斯创作于17世纪初的《堂吉诃德》通常被视为欧洲第一部现代小说,而作为一种创作体裁和文学形式,西方文学中的小说这一概念直到18世纪下半叶才得到正式的确立。在此之前,"散文体虚构故事"一直是该文学体裁的传统称谓。小说尽管与浪漫主义有着密切的联系,但在19世纪依然被视为大众消遣的低俗文类,被排除于传统艺术的舞台之外。英美浪漫主义巨擘华兹华斯、柯勒律治和爱默生都不屑于小说创作。柯勒律治将小说视为一种"消遣"读物。爱默生在《论艺术》一文中就指出:"一本流行小说,一个剧院,或者一个舞厅,会让我们觉得我们都是这个世界上救济院里的贫民,没有尊严,没有技能和勤奋。"就小说理论而言,西方文学理论一直以诗歌和戏剧为主要研究对象,这一传统甚至从亚里士多德的时代延续到了20世纪。到了20世纪20年代,小说美学才迎来了前所未有的高峰期。卢伯克的《小说技巧》、福斯特的《小说面面观》、缪尔的《小说结构》的相继出版,代表着小说美学的首次崛起。韦恩·布斯的《小说修辞学》则被视为20世纪小说美学的里程碑。

事实上,关于小说理论和小说美学方面的探究,坡和詹姆斯在19世纪就已开启了先声,先后尝试从绘画的角度赋予小说艺术性特质,尽管二者偏爱不同的色调。坡在其文学批评中,多次提及"如画"的效果。可以说,坡将小说与绘画艺术融合和比照的一个重要原因就是他受到了席卷欧美的"画意风景运动"的影响。肇始于18世纪的"如画"概念较少关注艺术作品对观众的外在或道德影响,而是更多地关注作品本身内在的组成品质。美学家伯克于1757年指出,在崇高与优美两种美之外,还有另一种风景,即如画风景。美国文化从一开始就带有崇尚自然的倾向,如画的风景园林因而在美国大受欢迎，许多文学家如欧文、库珀、梭罗和坡都是表现出这方面审美兴趣的标志性人物①。詹姆斯在《小说的艺术》一文的开篇就指出，小说如同绘画，正如图画之于现实，小说就是历史，二者的目标都是表现人的生活："一部小说……也就是我们在画家的画布上看到的那种意图……而画家的艺术和小说家的艺术……两者之间，具有全面的相似之处。"②相较于詹姆斯，坡则更早地在文学批评中把小说的艺术指向绘画中的构图设计，但坡将视觉艺术的运用局限于短篇小说。

如果说坡的诗歌理念高扬音乐性和理想之美，那么他在小说批评和小说创作方面所倡导的是一种印象统一的构图效果。坡在 1842 年 5 月第二篇评霍桑的《故事重述》的文章中写道：

> 一位技艺娴熟的艺术家创作了一则故事。如果明智的话，他不是将自己的想法纳入他的事件，而是事先进行策划，构思出某种与众不同的效果，再杜撰出这样的事件——他紧接着把这些事件加以组合，让它们最大限度地帮助他实现那个预先设想的效果。如果他在第一句话中没有产生这种效果，那么他的第一步就犯了错。在整个创作的过程中，每一个字，不论是直接的还是间接的，都应该趋向于这个预先的设计。采用这样的方法，通过这样的精心设计和创作技巧，一幅画终于被画出来了，当一个人怀着同样的艺术眼光注视这幅画的时候，他的心中会留下一种心满意足的感觉。(572)

---

① Catherine Rainwater: "Poe's Landscape Tales and the 'Picturesque' Tradition", *The Southern Literary Journal*, Vol. 16, No. 2, 1984, p. 31.

② 亨利·詹姆斯:《小说的艺术:亨利·詹姆斯文论选》,朱雯等译,上海译文出版社 2001 年版,第 5—6 页。

批评家经常用这段话的前半部分来阐释坡的"效果美学"抑或"效果统一说",但他们忽略了坡在后半部分中把这一效果指向与绘画艺术相关的构图设计的审美旨趣。艺术创作在文学上,指的是文字创作或谋篇布局,在音乐中则指作曲,而在绘画艺术中则意味着构图或布局。抽象派绘画先驱康定斯基在1910年开始策划一系列名为"作曲"的绘画作品。对康定斯基而言,当他看到色彩时,他就仿佛听到了音乐,视觉艺术可以拥有与音乐一样的情感力量,产生出震撼心灵的效果。由上述引文观之,坡所谓故事的艺术创作手法就如同绘画艺术中的构图设计,小说家在动笔之前应该像画家那样先开始画面设计,从而在故事中达到一种构图效果。如此,故事在读者心中所唤起的画面就如同观赏者在绘画作品面前看到的一般,充满了视觉冲击力和震撼力,这种创作理念类似于我国"意在笔先"的绘画理论。贡布里希在《艺术与错觉》一著中指出,画家所探究的不是物质世界的本质,而是我们对它反应的本质,他不关心原因,只关心产生某些"效果"的机制。后世的美国小说家海明威几乎完全接受了坡的"效果说","他对短篇小说艺术的许多看法似乎都怪异地与他的前辈在情节、单一效果和效果统一方面的观点相呼应"①。

关于坡的"效果说"的理论来源问题,阿尔特顿在《爱伦·坡批评理论溯源》一著中指出,坡在文学批评中反复强调的"效果说"源自德国美学家施莱格尔所说的"舞台效果"或"戏剧效果"。在阿尔特顿看来,坡在评价霍桑的《故事重述》时就已经开始强调技术娴熟的艺术家都应该遵循这种戏剧效果,而且"批评家坡在他的全部作品中都不断重复同样的戏剧原则",因为"戏剧和短篇小说或短诗在所要产生的印象的本质上是一致的,

① Robert Paul Lamb: *Art Matters: Hemingway, Craft and the Creation of the Modern Short Story*, Louisiana State University Press, 2010, p. 16.

而且印象必须是独特的和单一的效果”①。尽管坡在《美国戏剧》一文中坦陈他的“舞台事物和舞台效果”观念得益于施莱格尔的戏剧批评理论(364),但他在文学批评中将其“效果说”的主要兴趣和目光指向了“美的艺术”,而不是戏剧艺术。于坡而言,戏剧是一种模仿的艺术,其目的就是反映自然。但是,自然和艺术在坡看来却不是等同的,戏剧作品既不是也不代表自然本身,它是人为虚构出来的,遵守着一定的艺术礼仪和必要的舞台制作规范。由是,对于崇尚独创和创造性的坡来说,戏剧并不是他理想的艺术形式。坡在《美国戏剧》中指出:“我们所称的戏剧的精神性正是它的模仿部分,而这正是它区别于模仿艺术的主要部分之一。”(358)纵然坡的“效果统一说”的另一个重要的源头是亚里士多德强调的戏剧情节中的三种统一观念,即行动的统一、时间的统一和地点的统一,但坡对这种统一的观念进行了改造,将之运用到“美的艺术”的审美观念之中。此外,阿尔特顿所谓“坡在他的整个批评作品中继续使用画家的统一观念作为优秀文学的标准”②这一观点也失之偏颇,因为坡主要在评判小说的艺术价值和小说创作方面指向了绘画性的构图艺术,而在诗歌批评和诗歌创作中更多地表现出他对听觉艺术即音乐的崇尚。

将构图艺术融入小说创作的意识的坡在19世纪中叶的美国并非个例。霍桑同样把这一标准运用于他的小说创作中,指摘那些称霸美国小说界的女作家为“乱涂乱画的女性群氓”,说她们缺乏更为重要的艺术性特质。美国画家尤金·本森在评价坡和霍桑时指出,坡和霍桑都在努力描画非凡的事物,但相形之下,“坡的作品比霍桑的作品更加寂寥,也更加

---

① Margaret Alterton: “Origins of Poe’s Critical Theory”, *Humanistic Studies*, Vol. II, No. 3, 1925, p. 71.

② Margaret Alterton: “Origins of Poe’s Critical Theory”, *Humanistic Studies*, Vol. Ⅱ, No. 3, 1925, p. 71.

纯粹”[①]。尽管汤普森宣称坡和霍桑代表了从19世纪早期到20世纪晚期美国“短篇小说”的两种不同形式的主要发展路线,即坡式的和霍桑式的[②],但从短篇小说与绘画艺术的关联来看,二者所倡导的小说的艺术形式殊途同归,都以构图艺术效果作为小说价值的核心鉴赏标尺,从而推动短篇小说创作的良性发展。美国学者梅伊就自豪地宣称“短篇小说是美国文学对世界文学的独特贡献”[③]。尽管坡并没有开创短篇小说的先河,但他被誉为“西方第一位短篇小说评论家”[④],“第一位认真地把短篇小说视为一种文学形式和独立艺术形式的批评家”[⑤]。

如果说霍桑以想象力为由褒扬传奇而贬抑小说,那么坡则带着极端的美学立场以篇幅和单一的效果为由否定小说的艺术性。在坡看来,短篇故事能够唤起一种黑格尔和莱辛美学观念中的“某一顷刻”,一种瞬间性的整体画面,因而在印象统一的构图效果方面比篇幅较长的小说更具优势。黑格尔在《美学》中指出,绘画不能像诗或音乐那样把一种情境、事件或动作表现出先后承续的变化,而是只能抓住某一瞬间,所以画家就必须找到这样的一瞬间。[⑥] 莱辛在《拉奥孔》中也同样指出,绘画在它的同时的并列的构图里,只能运用动作中的某一顷刻,所以就要选择最富于孕育性的那一顷刻,使得前前后后都可以从这一顷刻中得到最清楚的理解。[⑦] 在某种意义上,坡从读者心理反应时间的角度将这一绘画美学中

---

① Eugene Benson: “Hawthorne and Poe”, in J. Donald Crowley, ed.: *Nathaniel Hawthorne: The Critical Heritage*, Routledge, 1970, p. 439.

② G. R. Thompson: “Literary Politics and the ‘Legitimate Sphere’: Poe, Hawthorne, and the ‘Tale Proper’”, *Nineteenth-Century Literature*, Vol. 49, No. 3, 1994, p. 171.

③ Charles E. May: *Edgar Allan Poe: A Study of the Short Fiction*, Twayne Publishers, 1991, p. 108.

④ 王腊宝:《怪诞、奇想与短篇小说》,《当代外国文学》2001年第1期,第117页。

⑤ Edd Winfield Parks: *Edgar Allan Poe as Literary Critic*, University of Georgia Press, 1964, p. 227.

⑥ 黑格尔:《美学》(第三卷上册),朱光潜译,商务印书馆1995年版,第289页。

⑦ 莱辛:《拉奥孔》,朱光潜译,人民文学出版社1979年版,第83页。

的核心因素与短篇小说艺术相结合。他首先在诗歌的篇幅方面提出了一种独特而又狭隘的美学观，发起了对篇幅较长的叙事史诗的批判。依坡之见，对一部和谐艺术品进行整体建构是异常困难的，而且无论是作家还是读者都无法在心中长时间保持住超凡之美的强烈情感。

除了《诗律阐释》，坡在其四篇最具代表性的文学批评文章的三篇中都提及了他对文学作品篇幅的看法。早在《致 B. 的信》一文中，坡就从读者心理反应的角度论证了长篇文学作品的局限性。坡宣称，没有人会喜欢史诗，因此当我们读弥尔顿的作品时，会因为对《复乐园》感到厌倦，而无法从《失乐园》中获得乐趣。(6)坡在《创作哲学》中再次论述说，任何文学作品的长度都有个明确的限定，那就是能让人一口气读完，然而“《失乐园》至少有一半篇幅本质上是散文——一连串诗的激情不可避免地与相应的沉闷相间——由于篇幅太长，结果通篇就失去了那种非常重要的艺术要素，即失去了效果的完整性，抑或说统一性”(15)。在之后的批评文章《诗歌原理》中，坡继续论述了篇幅过长的诗歌所带来的美学问题。坡在该文的开篇就谈及了诗歌的篇幅问题。他不仅提及了弥尔顿的叙事史诗，更是把批判的矛头指向了古希腊著名诗人荷马及其史诗《伊利亚特》。在坡看来，诗的情感刺激在任何鸿篇巨制中都不可能保持长久，读者至多读上半小时，这种刺激的强度便会减弱、衰竭，一种厌恶感会随之产生。(71)荷马的史诗就是一种不完美的艺术形式，而现代史诗则是对古代史诗模式的“一种轻率、盲目的模仿”(72)。

尽管坡在《南方文学信使》杂志刚开始从事文学批评工作时，评价小说作品的机会比短篇故事更多，因为相对于短篇故事，“小说更受欢迎，也更容易出版”①，但坡仍然不欣赏小说这一篇幅较长的散文体文学形式。

① Edd Winfield Parks: *Edgar Allan Poe as Literary Critic*, University of Georgia Press, 1964, p. 25.

为此,坡将他对诗歌批评中的篇幅观念原封不动地移植到他的小说批评之中。总体而言,坡在小说批评中主要称赞心理因素,而非行动,而行动与故事的情节有着密切的关联性,这也是坡更加偏爱短篇故事的原因所在。然而,为了避免被贴上极端主义的标签,坡甚至为笛福《鲁滨孙漂流记》的篇幅进行了开脱。坡理性地指出,文学作品并不是越短越好,一百零八行的诗歌最佳,只有在这个限度内,真正的诗歌才能达到最高的境界,而散文叙事短篇的长度让读者能够保持半个小时到两个小时的阅读时间最佳。坡写道:

> 一首长诗就是一个悖论。没有统一的印象,就不会产生最深刻的影响。史诗是不完美的艺术观念的产物,其统治地位已经不复存在。一首过于简短的诗可能会制造出生动的印象,但绝不会给人留下深刻或持久的印象……过于简洁的诗歌会沦为警句……因为它不可能一次读懂,这当然就剥夺了它自身从整体中衍生出来的巨大力量。世俗的利益或多或少地在阅读、修改、取消或抵消这本书的印象时介入其间。然而,不管怎样,在简短的故事中,作者能够实现其意图的丰富性。在阅读的这段时间里,读者的灵魂处于作者的控制之下。没有因疲劳或中断而产生外部或外在的影响。(571—572)

从上述引文观之,坡从读者心理反应的角度论述了文学作品篇幅的问题。坡不仅反对长篇叙事作品,也同样反对过于简短的诗歌抑或故事,因为如果作品过于简短就不会有统一的效果抑或整体效果,所产生的画面也不会给读者留下足够深刻抑或持久的印象。可以说,尽管坡在文学作品篇幅方面的观点有偏激之嫌,但也不乏洞见。

坡甚至尝试将他对文学作品篇幅的看法与他的效果美学进行勾连。

在评价利顿的小说《夜与晨》时，坡从他对整体情节观的论述转向了“整体效果说”(或称“效果统一说”)。在谈及情节与篇幅的问题时，坡指出：“我们绝不能把任何价值观念仅仅抽象地与篇幅联系起来。在我们看来，一个长篇故事并不一定比一个只有其一半长的故事好一倍。”(152)为了证明短篇作品的优越性，坡提出了“单一效果说”，抑或说一种构建一幅图画的效果。在坡看来，小说《夜与晨》根本不需要达到一种统一的效果，该作是经典散文作品中的例外。事实上，坡在1842年第二次评价霍桑的短篇小说集《故事重述》的文章中首次提及“单一效果”(586)，并在1846年评价霍桑的《古屋青苔》的文章中对其再次强调。尽管坡在连接篇幅和“效果说”方面所做的论证颇具推理性和心理学因素，但他贬抑史诗、长篇和中篇小说等文学作品艺术性的观点是褊狭的，这也是一些批评家诟病他没有撰写长篇作品的能力的原因。值得肯定的是，坡从构图效果的角度将绘画技巧与短篇小说的艺术性建构进行了关联，尝试提升在19世纪不受重视的小说的艺术地位。

早在1836年，坡就以构图效果为目标尝试建构他的短篇小说批评理论。在评价狄更斯的《沃特金斯·托特和其他札记》[①]的文章中，坡从整体画面效果的角度把狄更斯的《当铺》与他不久前评价的美国小说家斯通上校的小说《一位苦恼绅士的大起大落》进行了比照：

> 在这个英国人的札记中，我们没有看到任何趣闻轶事——《当铺》吸引着我们的注意力——我们追随着故事的悲惨和敲诈勒索的氛围——我们在每句话前都要停顿，不是为了细想这句话，而是为了对逐渐完善的画面有更全面的了解——心中只有《当铺》里的事情。为了在插图中达到这一目的，画中所有的组

① 在英国出版时名为 *Sketches by Boz*(《博兹札记》)。

> 合元素和填充物都呈现出次要的角色——当我们的目光从画布上移开时，我们记得素描中的人物根本不是独立存在的，而是作为我们所见证的一个主题的本质——作为当铺的一部分。这样完美的、永远不会被人遗忘的一幅画，是不可能通过任何蹩脚的努力，或者更蹩脚的努力才能刻画出来的，正如我们发现斯通上校的故事中那种毫无效果的涂抹。(206—207)

可见，坡所赞赏的故事描绘出当铺的整体画面效果，而且故事中的其他所有的元素均为这一构图效果服务，这就是一种艺术作品的整体性和印象统一的原则。在坡看来，小说家不应该过多着墨于角色故事或行动故事，因为过分强调人或事会造成故事所唤起的画面在结构上的不平衡。由是，坡所谓蹩脚艺术家的“毫无效果的涂抹”与霍桑所批判的“乱涂乱画的女性群氓”类似，都在指摘美国小说家在小说的艺术性上尤其是在小说创作中构图效果和设计技巧上的匮乏，这种艺术性的匮乏导致了美国的流行小说堕入低俗作品和消遣读物的深渊。

对于坡短篇小说中的构图艺术技巧，甚至连在坡刚离世不久就诋毁他声誉的格力斯伍德也在《讣告》中坦陈：“我们普遍承认，作为一个故事作家，他在构思才华或绘画效果方面几乎没人能超过。”①坡对画面构图效果的推崇和躬身实践让他成为现当代银幕界最受欢迎的人物之一。如果在因特网电影数据库(www. imdb. com)中输入“Edgar Allan Poe”，就会发现有141部电影和电视剧与他的文学作品相关。而与坡同时代的小说家麦尔维尔相关的影视作品只有25部，与后世的美国小说家詹姆斯和马克·吐温相关的分别为67部和83部。尽管这些数据尚未得到充分证

① Rufus Wilmot Griswold: “Death of Edgar Allan Poe”, in I. M. Walker, ed.: *Edgar Allan Poe: The Critical Heritage*, Routledge, 1986, p. 301.

实,但可以肯定的是,坡是美国19世纪小说家中作品被搬上银幕最多的。[①] 然而,在故事中要唤起什么样的整体画面,是坡的小说批评必须要回答的核心问题。

第三节 棱镜式的改造:逼真的画面

莱辛在《拉奥孔》中从时空的维度将文学与绘画分疆设界,宣称文学是时间的艺术,而绘画是空间的艺术:"绘画由于所用的符号或模仿媒介只能在空间中配合,就必然要完全抛开时间,所以持续的动作,正因为它是持续的,就不能成为绘画的题材。"[②]与莱辛的时空观类似的是,坡指出:"准确地说,空间与时间是类似的。我们仅通过物体来判断空间;而且我们可以理性地把空间定义为'物体的连续',将时间定义为'事件的连续'。"(326)诗歌的终极目标在坡看来是一种"美之有节奏的创造",他不认可诗歌与绘画之间的审美共性,因为"相较于雕塑,绘画具有更低等的模仿性"(357)。然而,坡却认为小说与绘画有着密切的亲缘关系,因为"'真'经常在很大程度上是短篇故事的鹄的"(573),而作为再现现实的摹仿手段,绘画艺术中的视觉符号比抽象的语言符号所产生的图像更具有视觉逼真性。换言之,坡认为诗歌的终极目标是"美",而小说的则为"真"。如此看来,坡以"真"为由试图勾连小说与绘画艺术,从而尝试赋予在19世纪不受重视的小说以艺术性。由于日常生活充满了时间性和空间性,文学作品中的时空感让读者体验到一种类似现实生活的真实,但坡

---

① Paul Woolf: "The Movies in the Rue Morgue: Adapting Edgar Allan Poe for the Screen", in R. Barton Palmer, ed.: *Nineteenth-Century American Fiction on Screen*, Cambridge University Press, 2007, p.43.

② 莱辛:《拉奥孔》,朱光潜译,人民文学出版社1979年版,第82页。

所谓"真"并非真实的现实生活，而是一种艺术真实，一种逼真的画面。为了让读者在阅读进程中浮现出"可视的"抑或"可观的"逼真画面，坡在小说批评和小说创作实践中强调故事在内容方面的空间性的同时，倡导小说家采用线性布局和细节描绘来弥补故事中时间性的弱化。

如果一个故事被看作一幅画，那么故事的重心就在于空间上的延伸，而不是时间上的运动。由是，指向绘画艺术的小说必然要弱化时间性，这便在某种程度上意味着戏剧化情节叙述的消失和事件描绘手法的凸显。福斯特在《小说面面观》中指出，故事是小说的基础，而故事叙述的是按照时间顺序排列的事情，小说因此充满着蠕动着的、没完没了的赤条条的"时间绦虫"①。然而，指向时间的戏剧化情节在坡的小说理论中就没有那么重要了，因为坡的故事的核心叙述手法在于"用描写代替叙事"②，而情节的重点在于事件的因果关系。坡倡导故事能够在读者心中激起"激荡灵魂的兴奋"，小说家因此应尽量使用逼真的词语刻画人物的经历和心理，并在读者的心目中再现真情实景。坡在评价美国小说家罗伯特·蒙·伯德的《谢泼德·李》的文章中开篇就称赞道："这部小说至少也是美国纯文学的原作。"(389)在坡看来，伯德小说的成功之处就在于"作者的精力不是倾注于离奇事件的解释之上，而是集中在对这些事件真实而又透彻的描述中"。这种方法在为读者"留下宽广的想象空间"的同时，促使"人类头脑中一些最为形象的事物在不知不觉中诞生"，也能够让读者"轻易地感知和体验到作者的心境，从而能一直坚持读完全文"(403)。

小说美学家缪尔在《小说的结构》中把小说的类型划分为情节小说、人物小说、戏剧小说和纪年小说："戏剧小说的想象世界是在时间，人物小

---

① E. M. Forster: *Aspects of the Novel*, Harcourt, Inc., 1955, p. 85.

② 托多罗夫：《巴赫金、对话理论及其他》，蒋子华、张萍译，百花文艺出版社 2001 年版，第 108 页。

说的想象世界在空间。”[①]按照缪尔的划分，坡的代表性小说大多属于人物小说的范畴。譬如，在《丽姬娅》中，只有两个事件的静态的断续排列：罗威娜的死亡和丽姬娅的重生。这种类似绘画中的静态排列甚至呈现于充满行动表象的《红死魔的面具》之中，正如托多罗夫所说，《红死魔的面具》“如若不是舞会、令人不安的面具和死亡景象这三个画面的静态排列，又会是什么呢”[②]。1846年坡在写给杜伊金克的信中就明确指出，收录于《怪诞与阿拉贝斯克故事集》中的短篇小说《丽姬娅》绝对是他写过的最好的故事[③]。由此可见，人物小说对于坡来说相当重要。坡的著名短篇故事《贝蕾妮丝》《厄舍屋的倒塌》和《人群中的人》都基本上没有多少戏剧化的情节，这也是它们被后世画家用作绘画素材的原因。甚至在坡的推理故事和侦探故事中，情节逻辑也被求知逻辑代替，读者所看到的不是因果连贯，而是事后的因果演绎和场景描绘。

然而，事件发展中时间性的弱化必然会给故事带来一种非真实感。为此，坡在小说中模糊故事发生的时间并让故事的发展摆脱现实生活中线性时间的羁绊的同时，强调小说的线性谋篇布局，在小说形式上隐射出故事发展的整体时间性，呈现出一种逃离式的回归。坡在《创作哲学》中谈及情节时说道：“最明显的是，在动笔之前，每一个名副其实的情节都必须详细阐述到它的结局。只有在不断考虑结局的情况下，并通过使事件特别是基调在各方面都趋向于意图的发展，我们才能让情节具有不可缺少的后果或因果关系的氛围。”(13)在评价朗费罗的传奇故事《亥伯龙神》的文章中，坡毫不客气地指摘该小说的谋篇布局：“没有设计，没有形状，

① Edwin Muir: *The Structure of the Novel*, Harcourt, Brace & World, Inc., 1929, pp. 62-63.

② 托多罗夫：《巴赫金、对话理论及其他》，蒋子华、张萍译，百花文艺出版社2001年版，第108页。

③ Edgar Allan Poe: *The Letters of Edgar Allan Poe*, in John Ward Ostrom et al., eds.: *The Collected Letters of Edgar Allan Poe* (Vol. I, 3rd edlition), Gordian Press, 2008, p. 550.

没有开头、中间和结尾。”(670)此外，坡通常在小说的开篇就预示或隐射故事的结局，让故事的开端和结局成为一种共时性的存在，同时又强调故事在形式上的整体时间性。譬如，在坡的第一篇公开发表的短篇小说《梅岑格斯泰因》中，故事的情节以骏马离开壁毯画为开端，以骏马回归壁毯画为结局。短篇故事《人群中的人》以第一人称叙述者离开咖啡馆走到大街去解读一位看似罪恶深重的老人为开端，以其失败回到原地而告终。

除了在小说形式上隐射故事发展的整体时间性外，坡在其短篇故事中刻意描画封闭的空间，从而让整个故事在布局结构上看起来像一个封闭的画框。坡的故事《红死魔的面具》《陷阱与钟摆》和《一桶白葡萄酒》在某种意义上均为发生在密闭空间的故事，正如坡在《创作哲学》中所言，“一个封闭的空间范围对于隔绝事件的效果是绝对必要的，它具有一幅画框的力量”(21)。故事《红死魔的面具》的发生场所为一座典型的哥特式建筑，室内布满了富丽堂皇的陈设，氛围阴森可怖，死亡的气息在这个密闭的城堡中四处蔓延，高墙之内奢侈逸乐的场面与高墙之外瘟疫肆虐的景象形成了鲜明的比照。在《陷阱与钟摆》中，故事的主人公孤身一人被关在一个紧闭的、黑暗的、狭小的地牢里，无处逃遁、无从反抗。短篇小说《一桶白葡萄酒》中的主人公“我”在一个狂欢节的傍晚，谎称自己弄到了一大桶白葡萄酒，遂以鉴定酒的真伪为名，将仇人福吐纳托骗至地下室的酒窖之中，然后用事先准备好的泥刀、石块和灰泥在“墓穴”入口处砌起一道墙将其活活埋葬。

坡的小说中所蕴含的空间结构感让结构主义理论家拉康、德里达和托多罗夫颇感兴趣。坡的“侦探三部曲”中的最后一部《被窃的信》的内容和情节并没有多少独特之处，但故事的结构引起了拉康的注意。拉康于1956年在其研讨班上汇报了他的《关于〈被窃的信〉的研讨报告》。拉康认为该小说中存在着两个三角形框架，而且在故事之外还有着另一个固定的结构，这个结构预先决定了小说的结构，该小说因此在某种意义上就是一个原在的语言结构的再现。然而,结构主义理论家德里达对拉康的解读进行了驳斥与批判。在德里达看来,“在故事的周围有一个边框,尽管它是不可见的,但也是不可简化的”①。虽然德里达所谓“边框”是一种形而上学的概念,但它与托多罗夫强调的“界限”有着一定的关联。托多罗夫在《爱伦·坡的界限》一文中指出,坡不是波德莱尔所谓“生活的画家”,而是一位“形式的创造者”,他“异乎寻常地强调结构”,展现“空间的严密性”②。尽管三位结构主义理论家的观点无法走向统一,但他们都注意到了坡故事中强烈的空间性。

如同绘画中的细部,坡倡导小说家用细节性描绘的方式来弥补故事因线性时间的弱化而失去的真实感。坡以英国小说家笛福《鲁滨孙漂流记》的细节描绘而非激动人心的情节作为小说创作的优秀案例来批驳小说家对情节力量的追求。在坡看来,该小说中的逼真画面是通过细节的多重化来实现的,小说家甚至采用了一些与情节不相关的细节描绘来增强故事的“逼真性”和读者的“认同能力”(202)。瓦特在《小说的兴起》中也同样指出:“我们对他(笛福)的小说的记忆主要是由他笔下人物鲜明逼真的生活片段组成的,这些时刻被松散地串联在一起,构成了一幅令人信服的传记式全景图。”③值得注意的是,在评价英国作家利顿的小说《夜与晨》的文章中,坡用亚里士多德的整体情节观来驳斥情节的复杂化论调,并指出完美的情节是不可能的,甚至情节在故事叙述中根本不是必要的。于坡而言,“没有情节,也能写出好的故事”(151),譬如班扬的《天路历程》

---

① Jacques Derrida: “The Purveyor of Truth”, in John P. Muller et al., eds.: *The Purloined Poe: Lacan Derrida, and Psychoanalytic Reading*, The John Hopkins University Press, 1987, p. 180.

② 托多罗夫:《巴赫金、对话理论及其他》,蒋子华、张萍译,百花文艺出版社 2001 年版,第 104—105 页。

③ Ian Watt: *The Rise of the Novel: Studies in Defoe, Richardson and Fielding*, University of California Press, 1959, p. 24.

和笛福的《鲁滨孙漂流记》,而利顿却"为了使情节臻于完美,付出了过度的努力,从而导致在逼真性上做出了荒唐的牺牲"(154)。如此看来,在坡的小说理念中占据着核心位置的并不是戏剧化的情节,而是故事在读者心中所唤起的逼真画面和构图效果。此外,坡所谓小说拥有比诗歌更为优越的"评论的功能"在某种程度上可以理解为第一人称叙述者的描绘性功用。然而,现代小说中作者声音的缺失和隐匿以及戏剧化手法的凸显,是坡没有预料到的。

"真实"的问题一直困扰着艺术创作者,而坡在小说艺术方面的真实观指向了一种类似视觉艺术中真实的画面感,这种真实不是产生于对自然之物的精确复制,而是来自一种对自然进行改造的艺术变形和重塑,正如坡所说,"'真实比虚构更奇怪'……读书人从不引用这句话,因为纯粹的真理从来不值得引用"(1328)。需要指出的是,坡所偏爱的逼真画面并不是镜像的和具象的,而是一种融合"现实主义"和"理想主义"的棱镜式改造。换言之,"坡既对强调可信性的现实主义小说叙事表现出某种认同,又重视超自然想象的力量"①。现代意义上的现实主义源自笛卡儿和洛克对认识论中个体价值的强调。小说史家们常用"现实主义"来区分18世纪早期小说家作品与之前的小说之间的差异性特质。代表小说创作崛起的英国小说家笛福、理查逊和菲尔丁的小说作品就与法国的现实主义绘画密切关联。从词源上来说,"现实主义"一词首次公开使用于1835年,而作为一种美学表达方式,该词本身指称伦勃朗绘画的"人的真实",并有着反对新古典主义画派"诗性理想"的意味。笛福笔下的摩尔·弗兰德斯就是一个窃贼,理查逊笔下的帕梅拉乃一个伪善者,菲尔丁笔下的汤姆·琼斯则是一个私通者,这也是"现实主义"逐渐被视为"理想主

① 申丹等:《英美小说叙事理论研究》,北京大学出版社2005年版,第80页。

义”反义词的原因所在①。

在评价狄更斯的《老古玩店及其他故事集》一文中，坡试图为狄更斯小说中那些被误认为“漫画”式的人物形象做出辩护，因为坡认为狄更斯对传统的人物形象进行了艺术性的改造。坡指出：“要想正确地描述真实本身，一定程度的夸张是必不可少的。我们不是要把一个对象描画得真实，而是要让观看者觉得是真实的。倘若我们精确地复制自然，那么被复制之物就会显得不自然。”(215)借此，坡称赞狄更斯的小说艺术是“一种对自然的愉快的改造”(214)，这种改造本身并不违反自然规律，而是在主体精神驱使下对生活的创造性“改造”②。举例来说，坡在短篇故事《椭圆形画像》中没有对相框中少女的容貌诸如脸庞和眼睛的形状做出精确的描绘，而是采取虚写的方式进行了创造性的改造，从而赋予读者无穷的想象。法国批评家福尔格在 1846 年评价坡的《怪诞与阿拉贝斯克故事集》的文章中高赞坡移植法国巴黎的场景的创造性改造手法是在遵循自然规律的基础上进行的一种艺术手法的变形和重塑，描绘出了另一幅类似于但又不完全等同于现实生活的逼真画面③。霍桑在小说《七角楼》的序言中同样批判美国小说创作表现出了对现实生活的精确式忠诚，缺乏传奇文类充满想象力的改造。

坡的小说美学强调的逼真但非忠实精确的画面，可以从他对佛拉芒画派的态度中窥见一斑。法国艺术批评家托多罗夫指出，文艺复兴时期的佛拉芒绘画展现出“一场精神革命的特性”，即“尘世间的生活本身便值

① Ian Watt: *The Rise of the Novel: Studies in Defoe, Richardson and Fielding*, University of California Press, 1959, pp. 10-11.

② 蒋承勇：《十九世纪现实主义“写实”传统及其当代价值》，《中国社会科学》2019 年第 2 期，第 165 页。

③ E. D. Forgues: “Studies in English and American Fiction: The Tales of Edgar A. Poe, *La Revue des deux mondes*”, in I. M. Walker, ed.: *Edgar Allan Poe: The Critical Heritage*, Routledge, 1986, p. 214.

得被观察、被描绘”，它的三个特征之一就是“可见的忠实的”再现。[①] 丹纳在《艺术哲学》中从历时性的角度诠释了文艺复兴时期弗兰德斯（佛拉芒）画派与意大利绘画艺术之间的差异性：植根于拉丁民族的意大利绘画艺术承袭了古希腊艺术的传统，他们为了追求美而简化现实，把细节淘汰、删除，鉴赏、追求一个“理想的世界”，而弗兰德斯艺术家认真细致地照抄现实，照抄所有的现实[②]。黑格尔在比较意大利画派和荷兰画派时就指出，意大利画派充满了“想象的隽永”，而荷兰画派在“心灵的深刻方面”以及“对世俗的日常生活的透彻认识”方面更胜一筹[③]。尽管坡称赞了道尔顿的小说《彼得·斯努克》“是一部佛拉芒画派风格的室内景观画，并且有资格得到该画派中最优秀的作品所应得到的那种赞美”（200），但事实上坡并不欣赏佛拉芒画派的精确性画面。坡在 1845 年 8 月《戈迪淑女杂志》中说道：“几年前，在一群拿着显微镜的吹毛求疵的批评家之间，反对原创的可怜的叫骂声和虚伪言论十分流行，而且曾经一度要把整个美国文学降低到佛拉芒艺术的水平，看到这一趋势的衰落，所有真正的人一定会高兴的。”（1364）据汤普森的收录，坡在文学批评中提到佛拉芒绘画艺术总共有四次。除了上述引文外，另外两次同时出现在他评价美国艺术批评家布里格斯的小说《哈利·弗兰科》的文章中：“如果说布里格斯先生有什么长处的话，那就是一种佛拉芒画派式的精确，无论令人愉快的还是令人不快的，什么也不遗漏；但我不能把这种长处称为美德”，“他对艺术的品位就像他对文字的品位一样，都是佛拉芒式的”（1133）。

此外，坡在小说批评中经常直言他对西方历史上著名画家的态度，透露出他反对艺术忠实模仿生活和自然的美学立场。17 世纪荷兰油画家

---

① 茨维坦·托多罗夫：《个体的颂歌：论文艺复兴时期的佛拉芒绘画》，苗馨译，华东师范大学出版社 2013 年版，第 239—241 页。

② 丹纳：《艺术哲学》，傅雷译，生活·读书·新知三联书店 2016 年版，第 215—225 页。

③ 黑格尔：《美学》（第三卷上册），朱光潜译，商务印书馆 1995 年版，第 322—333 页。

扬·斯丁特别善于描绘普通平凡的日常生活,他的绘画因而充满了浓郁的生活气息,这与画家对现实生活的真切体验密切相关。相较于扬·斯丁,15世纪的米开朗琪罗的艺术创作受到了深刻的人文主义和宗教改革运动的影响,他的诸多绘画作品则融现实主义再现和浪漫主义幻想于一体,展示出一种在写实基础上的理想式加工,抑或说一种棱镜式的改造,这让他的作品成为整个时代的典范。坡在评价英国小说家利弗的《查尔斯·奥马利,爱尔兰龙骑兵》时就明确指出,一个安杰洛(坡这里指的是米开朗琪罗)相当于500个扬·斯丁(314)。在之后评价朗费罗作品的一文中,坡再次提及了持迥异画风的扬·斯丁和米开朗琪罗,并关联到自己对艺术与真实问题的美学立场:如果"'真'是绘画或诗歌的最高目标,那么扬·斯丁就是比安杰洛更伟大的艺术家,克拉布就是比弥尔顿更高尚的诗人"(695)。

第四节　小结

综上所述,营造和渲染恐怖的氛围并非坡小说理念唯一的核心旨趣。可以说,坡在《怪诞与阿拉贝斯克故事集》标题中选用"怪诞"和"阿拉贝斯克"这两个指向绘画艺术的词语,是为了避免读者和出版商仅仅把该故事集视为一堆低俗恐怖故事的大杂烩。为此,坡在该故事集的前言中写道:"人们将会发现,怪诞和阿拉贝斯克这两个单词将准确地指出此次出版的故事的普遍基调……在这些故事中,没有一个是学者们所看到的那种被我们称为独特的日耳曼式的伪恐怖。"①固然坡的故事不乏恐怖因素

① Edgar Allan Poe: "Preface", in I. M. Walker, ed.: *Edgar Allan Poe: The Critical Heritage*, Routledge, 1986, p. 115.

和哥特表征,但它们与传统绘画艺术的交汇融通,更是该故事集的重要旨归。故事集中毫无恐怖色彩的散文作品《装饰哲学》和风景散文故事《兰多的小屋》就是例证。正如雅各布斯所言,“坡所谓‘阿拉贝斯克故事’,也可称为‘如画’的故事,因为它代表的是一种空间设计,而不是戏剧化的动作,坡的这种艺术在《丽姬娅》和《厄舍屋的倒塌》中走向了成熟”①。更为重要的是,坡在小说批评中多次使用西方传统绘画术语,提及绘画艺术史中的相关流派和重要代表人物,而他在语言构图方面所偏爱的黑暗色调,既是对早期浪漫主义文学思潮反叛资本主义工具理性“祛魅”世界的应和,也深刻影响了后世诸多现代主义绘画流派。为了在故事中描画出一幅“可观的”逼真画面,坡在强调故事中密闭的空间性和弱化小说的时间性及戏剧化情节的同时,倡导艺术家采用线性布局和细节描绘来弥补故事中线性时间的缺失。就坡的真实观而言,他所崇尚的是对自然做出的融合现实主义严谨和浪漫主义想象的棱镜式改造。

从整体艺术的角度来看,如同德国早期浪漫主义理论在瓦肯罗德和蒂克的带领下融入绘画和音乐一样②,坡、霍桑和詹姆斯先后在小说的艺术不受重视的19世纪的美国倡导在散文体虚构语言艺术创作中融入绘画审美原则,试图将小说提升到传统艺术的层面,并为后世的文学创作提供理论向导。坡在美国这一开创性的尝试其实是受到了早期德国浪漫派作家打破“美的艺术”界限的启发,这种融通主要表现为语言艺术与听觉艺术(音乐)和视觉艺术(绘画)的融合。如果说文字用所指表征世界,图

① Robert D. Jacobs: *Poe: Journalist & Critic*, Louisiana State University Press, 1969, p. 214. 霍夫曼同样指出,绘画、建筑和装饰这些更适用于怪诞和阿拉贝斯克风格的艺术形式,与情节或动作无关,它们与空间元素的排列相关。

② 关于坡对德国早期浪漫主义文学思潮批判性承袭的探究详见于雷:《“厄舍屋”为何倒塌?——坡与“德国风”》,《外国文学评论》2018年第1期,第75—93页。

像用能指表征世界，这是二者最重要的区别之一①，那么使用不同的媒介方式来“表征世界”又是二者的共同目标。坡在散文诗《我发现了》中就认为上帝是最完美的策划者，并以融通诗歌和散文的艺术方式来呈现美与善的统一。由是，艺术家在坡心中就是一位连接现实世界和“理念”世界的天使，艺术的终极目标乃美与善的融合和统一。当代小说家米兰·昆德拉在《小说的艺术》中将小说的艺术形式与音乐加以类比和融合：“一章就是一个旋律。一节就是节拍段。这些节拍段或长，或短，或不规则持续。”②可见，不论是语言艺术还是视觉抑或听觉艺术，它们都可以与指向艺术外部的教谕、科学、道德伦理等领域相融合，各门艺术之间也会同样因审美共性而具有交汇融通的可能性。然而，坡却以模仿为由否认诗画之间的相似性，从“真”的角度把小说与绘画进行了勾连。在诗歌批评中，坡又以音乐性为由宣称只有抒情诗才是真正的诗歌。整体而言，坡以“效果说”为美学原则，抵制篇幅较长的文学作品，否定史诗、长篇和中篇小说等文学作品的艺术性，这种美学立场在今天看来既是极端的也是狭隘的。究其缘由，坡在其诗歌理念中融合了音乐美学。将小说理念与绘画相融合的动机来自他对独创性的浪漫式痴迷。坡深信“只要思想的宇宙还能为新奇组合提供素材，真正的天才的精神就会有独创性，永不枯竭”(319)。

---

① 赵炎秋：《艺术视野下的文字与图像关系研究》，中国社会科学出版社 2021 年版，第 105—106 页。

② 米兰·昆德拉：《小说的艺术》，孟湄译，生活·读书·新知三联书店 1992 年版，第 85 页。

| 第五章 |

爱伦·坡的诗歌批评与音乐

音乐与诗歌的关系自古以来就是相辅相成、密不可分的，宛如一对孪生姐妹。从艺术展现时空的角度来看，诗歌是流动的文字音乐，音乐则为律动的诗歌。作为传递思想和情感的艺术媒介，诗歌与音乐共享声音的媒介。换言之，音乐和诗歌皆为声音的艺术，但作为最为抽象的艺术，音乐完全依赖声音的振动，而诗歌对声音只是部分依赖。中国古代诗歌追求声律美，诗歌与音乐相得益彰，诗乐结合的传统历史悠久。《尚书》云："诗言志，歌咏言，声依永，律和声。"我国最早的诗歌总集《诗经》就是可以歌唱的诗，正所谓诗三百皆可歌、可颂、可舞和可弦。在《文心雕龙》中，刘勰提出了诗为乐心，声为乐体，凡乐辞曰诗，诗声曰歌。我国战国之前的诗歌大多可以配乐歌唱，但诗与歌的正式分离肇始于哪个朝代尚待深究。值得注意的是，我国历史上诗的每次繁荣均与指向音乐的歌密切相关，譬如古乐府诗、宋词、元曲以及现代新诗。反观西方，真正提出诗歌音乐美学并做出相关理论建构的是早期象征主义流派，因为象征主义诗学试图通过借鉴音乐艺术中含蓄、暗示和流动的美学特质来丰富和引领语言艺术。事实上，象征主义流派对诗歌音乐美的推崇在某种意义上乃早期德国浪漫主义流派视音乐为最高艺术形式的观念的延续，正如韦勒克和沃伦所说,“浪漫主义和象征主义试图将诗歌与歌曲和音乐等同起来”[①]。

“音乐性”成为浪漫派诗学中重要的美学标准,与音乐艺术在西方文艺美学中的演进是分不开的。柏拉图认为音乐可以培育人的美和善,亚里士多德则继续发扬音乐的伦理学说。新柏拉图主义创始人普洛丁指出,音乐是神秘玄妙的力量,来自理念的世界。普洛丁的音乐美学观又直接影响了圣·奥古斯丁,后者提出了“美根源于上帝”的观点,将音乐提升到了神圣的层面。到了17世纪,由于文艺复兴的推动和自然科学的迅速发展,以“和谐”为共同特质的音乐与天体运动以及数学产生了密切的关联。毕达哥拉斯、开普勒和荷尔德林都把音乐的和谐特质运用到“天体和谐”的假说中,而莱布尼茨和笛卡儿则将音乐的根基指向了数学。虽然康德为早期浪漫主义的三个基本要素创造了必要的条件——向自我意识的转向、审美范畴的提升和艺术美的形式主义观念[②],但他在《判断力批判》中把诗艺置于至高无上的地位并轻视音乐,认为音乐在美的艺术中处于最低的位置,因为它仅仅以感觉来做游戏[③]。与康德类似的是,在黑格尔看来,只有在代表着古典艺术的雕塑中,才实现了理念与感性形象的互相渗透和完美契合,而在浪漫型艺术如绘画、音乐和诗歌中,理念与感性形象之间的和谐统一又被破坏了。[④] 针对康德和黑格尔轻视音乐的观念,叔本华视音乐为全部艺术的最高形式,将音乐置于艺术中最高的地位。于叔本华而言,世界的核心和本质乃意志,大多数艺术都是表象的象征,只有音乐能够彰显意志。在这一哲学背景下,德国早期浪漫派作家瓦肯罗德和蒂克倡导艺术理论以音乐和绘画但不以诗歌的美学理念进行建

---

① René Wellek, Austin Warren: *The Theory of Literature*, Lowe & Brydone, 1954, p. 161.

② James H. Donelan: *Poetry and the Romantic Musical Aesthetic*, Cambridge University Press, 2008, p. 14.

③ 康德:《判断力批判》,邓晓芒译,人民出版社2002年版,第175页。

④ 杨冬:《文学理论:从柏拉图到德里达》,北京大学出版社2015年版,第151页。

构。由是,霍夫曼将音乐定义为最浪漫的艺术,宣称贝多芬为最浪漫的作曲家,认为纯器乐最能展现浪漫派的崇高美学理念。

在音乐走向浪漫派神坛的历史背景下,坡在美国做出了积极的回应。他在诗歌批评中强调音乐艺术对诗歌创作的重要作用,并在诗歌创作中躬身力行。然而,坡对诗歌中音乐性的过分强调,成为他备受诟病的主要根由。美国超验主义哲学家爱默生尽管称赞被坡经常颂扬的英国诗人丁尼生,但同时指摘丁尼生的诗歌过于华丽,缺乏本·琼森诗歌的力量和真实。而对于本土诗人坡,爱默生则直接讥讽其为"叮当汉"。英国批评家赫胥黎在其著作《夜之音与其他散文》中专门探讨了坡诗歌中的音乐性。然而,赫胥黎认为"坡的作品内容精致,形式庸俗"①,品位低下,就是因为其"太过于音乐化"。也正是因为坡的诗歌中明显的音乐性,美国批评家兼诗人温特斯认为坡的诗歌美学带有强烈的"蒙昧主义"②色彩。美国学者卡比-斯密斯对坡同样颇有微词,他认为美国最具原创性的诗人是惠特曼、迪金森和朗斯顿·休斯。卡比-斯密斯甚至指出:"法国象征主义的整个美学(虽然不是实践)都不稳定地建立在诸如诗歌音乐性的必要性这样的假设之上。这种不稳定部分是由象征主义者对坡的诗歌和思想的过分崇敬造成的。"③然而,坡对音乐艺术的态度及其对诗歌音乐性的强调既是我们深刻理解其诗歌美学的核心因素,也能够帮助我们窥见音乐性在

---

① Aldous Huxley: "Vulgarity in Literature", in Robert Regan, ed.: *Poe: A Collection of Critical Essays*, Prentice-Hall, Inc., 1967, p. 31. 认为坡的作品庸俗的还有批评家亨利·詹姆斯和诗人叶芝,参见 Graham Clarke: *Edgar Allan Poe: Critical Assessments* (Vol. I), Helm Information Ltd., 1991, p. 210, p. 214。

② Yvor Winters: "Edgar Allan Poe: A Crisis in the History of American Obscurantism", in Graham Clarke, ed.: *Edgar Allan Poe: Critical Assessments* (Vol. IV), Helm Information, 1991, p. 125. 温特斯明确指出坡在评价美国诗人艾米莉亚·威尔比的诗歌批评中所表现出的音乐观与坡自己"对音乐的体验是截然不同的"。

③ H. T. Kirby-Smith: *The Celestial Twins: Poetry and Music Through the Ages*, University of Massachusetts Press, 1999, p. 4.

从浪漫主义诗歌到意象主义诗学的演进与流变中的印记。本章将以坡的诗歌批评文本为主要论据，尝试昭示坡对诗歌音乐性如此重视的个人原因、历史因素以及坡的音乐诗学的具体表现及其对后世诗人的影响。

第一节　界定诗歌："美之有节奏的创造"

坡的诗歌悦耳，节奏流畅，措辞考究，这种充满音乐性基调的声音效果与其家族遗传和后天的教育不无关系。坡的外祖母伊丽莎白·阿诺德是科文特花园皇家歌剧院最著名的歌手之一，坡的外祖父塞缪尔·阿诺德也是英国著名的作曲家。被爱伦夫妇收养之后，坡在英格兰和苏格兰游学期间不仅可以聆听伦敦爱乐乐团的创作，还能得到充满音乐特质的苏格兰民谣的熏陶。成年后的坡对音乐的热情也未减弱。他在西点军校学习的时候，曾担任一个乐队的指挥。与弗吉尼亚喜结连理之后，坡在纽约的家中为弗吉尼亚置办了一台钢琴和一架竖琴，夫妇二人经常用钢琴和竖琴二重唱来"款待来访的客人"①。坡对塔克教授为自己诗歌韵律做出的负面评价感到异常的惊讶和沮丧。于是，坡在1835年写给塔克教授的信中宣称，他把他所学过的各种语言的韵律学作为一个特别的研究课题。坡在信中坦陈，随着他对音乐与日俱增的热爱，他终于对蒲柏后来的诗作以及托马斯·穆尔的诗作中的所有旋律有了亲切感，他本人也尝试在诗歌创作中采用半音阶实验。坡在1845年发表在《奥珀尔杂志》上的《建议》一文倡导诗人融通诗歌与音乐之间的审美共性："从钢琴键上发出的各种悦耳的声音，经由合适人之手，可以构筑成一部杰出童话的根基。就

① Harry Lee Poe: *Evermore: Edgar Allan Poe and the Mystery of the Universe*, Baylor University Press, 2012, p. 49.

让诗人把手指稳定地按在每一个键上吧，把它按下去，想象每一组音符的振动，都是由被囚禁其中的善恶灵魂讲述的悲欢历史。”(1295)

坡的音乐诗学观念的形成不仅仅来自他个人的音乐兴趣，英国浪漫主义诗人柯勒律治的艺术理念的影响也是一个重要的因素。早在《致 B. 的信》中，坡就尝试用音乐来区分诗歌与散文：“音乐与令人愉悦的理念结合起来就是诗歌；没有理念的音乐就是音乐；非常确定的是，没有音乐的理念就是一篇散文。”(11)坡在之后更为成熟的文论《诗律阐释》中则更进一步也更为深刻地讨论了诗歌中的音乐性：“在声音的平等性中感知快乐是音乐的原则。”(33)很明显的是，坡在其早期的文论《致 B. 的信》中提出的“诗歌作品的直接目标是愉悦而不是‘真’”(11)这一观点源自柯勒律治的《文学传记生涯》，后者在该著的第十八章中就详细探讨了诗歌的格律问题。美国批评家克鲁奇在《埃德加·爱伦·坡：天才的研究》一文中毫不客气地据此指摘坡对柯勒律治音乐诗学理念的挪用①。需要指出的是，克鲁奇在没有仔细对比二者文本异同的情况下所做出的仓促定论失之偏颇。事实上，尽管坡与柯勒律治都认为诗歌的直接目的不是“真”，但柯勒律治坚信“真”才是诗歌的终极目标，而坡将这个终极目标指向了“至上美”(又称超凡美)。我们有理由说，坡只是部分承袭了柯勒律治的诗学理念，并做出了相关美学修正。

柯勒律治的诗歌理论并非坡音乐诗学观的唯一理论来源，19 世纪德国早期浪漫派的整体艺术观念为坡音乐诗学理念的建构提供了启发和理论向导。德国浪漫派的文艺理论在一定程度上是欧洲近代以来资本主义工业化进程的产物。在卢梭看来，代表着工具理性的科学甚至文明并不能给人类带来福祉，这种所谓的智慧反而会带来更多的灾难。卢梭率先

① Joseph Wood Krutch: “Edgar Allan Poe: A Study in Genius”, in Graham Clarke, ed.: *Edgar Allan Poe: Critical Assessments* (Vol. III), Helm Information Ltd., 1991, p. 25.

提出了近代文明的危害性,他的返璞归真的哲学观念为早期浪漫派的美学理论建构提供了精神养料,卢梭因此被德国早期浪漫派奉为先驱。与卢梭类似的是,德国文艺理论家弗·施莱格尔在《论希腊诗研究》一文中指出,现代诗的全部特点与长期以来的智性统治息息相关,而理智不完善的洞察力不可避免地会伤害自然、歪曲自然的单纯性,把自然美妙的组织肢解成基本的碎块,加以毁灭。① 施莱格尔在康德哲学与美学的基础上指出,美是一个无利害关系的充满快感的对象,它完全独立于需求和法则的强制之外,美因此既是自由的,又是必然的,既是完全无目的的,又是无条件合目的的。在这一历史背景下,早期浪漫派诗哲施莱格尔、诺瓦利斯和蒂克充满激情地追求着诗化的世界,拼命反抗功利化、机械化的世界。②

坡在其诗歌批评和小说批评中特别强调的艺术的"整体效果说",在某种意义上乃德国浪漫文学的整体主义和总体艺术(又称整体艺术)的另一种诗学表达。面对被工业文明日益分割的残缺不全的世界,德国早期浪漫派坚持认为世界以及人应该是一个整体,因为"几乎所有的浪漫作家都崇尚整体主义"③。在"无限性"美学观念的指引下,浪漫派作家尝试建构出和谐统一的整体和完整无缺的个人这种乌托邦式的图景。究其缘由,在此之前的漫长的西方文学艺术历史上,诗歌、舞蹈和音乐以及建筑、雕塑和绘画一般都是以一种整体的面貌出现的,"而经过理性主义和启蒙运动的洗礼之后"④,它们开始分离,各自追寻独立自主的领域,从而导致

---

① 施勒格尔:《浪漫派风格——施勒格尔批评文集》,李伯杰译,华夏出版社 2005 年版,第 16—22 页。

② 刘小枫:《诗化哲学——德国浪漫美学传统》,山东文艺出版社 1986 年版,第 9 页。

③ 范大灿:《解读〈一个热爱艺术的修士的内心倾诉〉——代译序》,瓦肯罗德:《一个热爱艺术的修士的内心倾诉》,谷裕译,商务印书馆 2016 年版,代译序第 5 页。

④ 龙迪勇、杨莉:《"总体艺术"与西方浪漫主义文学的图文一体现象》,《文艺争鸣》2018 年第 11 期,第 125—139 页。

了这一整体面貌分崩离析。按照施莱格尔的说法，文艺内部固然分属不同的领域，但不应彼此隔绝。他在《雅典娜神殿断片集》中宣称，他所谓“浪漫诗”是一种进步的整体文艺，也就是一种“总汇诗”。在浪漫派先驱瓦肯罗德和蒂克的不懈努力下，绘画和音乐这两种从未被耶拿派重视的艺术形式投入了早期浪漫主义理论的怀抱，浪漫派的文艺理论从整体主义走向了总体艺术，而整体主义在某种程度上就是总体艺术的表达方式。在瓦肯罗德和蒂克的批评文章中，艺术的整体观不再以诗为中心范式而是以音乐和绘画的美学理念为中心范式进行建构。虽然坡可能没有听说过瓦肯罗德，但对他而言蒂克这个名字绝不会是陌生的。在坡的短篇小说《厄舍屋的倒塌》中，蒂克的作品出现在主人公罗德里克·厄舍的书房之中，坡在故事《故弄玄虚》的开篇处也提及了蒂克①。

德国早期浪漫派所崇尚的也是一种艺术化的文学，他们尝试在不改变文学自身媒介特质的表达中，跨越并追求另一媒介的效果或境界。18世纪伟大的作曲家海顿、莫扎特和贝多芬均为德国人，音乐因此在19世纪的日耳曼体系中被赋予了异常高尚的地位。叔本华就宣称音乐是全部艺术的最高形式，是全部意志直接客体化的写照。克尔凯郭尔不认同无语言的音乐是最高艺术这一流行观点，但尼采依然直接承袭了叔本华的音乐观，并指出古希腊的酒神精神就是用音乐艺术表现如痴如醉的艺术的，而古希腊文化中的日神精神则是用造型艺术表现梦幻般的仙境。反观美国，从德国唯心主义哲学中汲取养分的美国先验论者必然会承袭类似的艺术等级观。相较于德国、英国和法国，美国的浪漫主义思潮出现得晚一些，直到19世纪二三十年代以爱默生为代表的美国超验主义者涌现后，其方在世界的舞台上崭露头角。尽管坡在文学批评中以波士顿的超

① Edgar Allan Poe: *Complete Stories and Poems of Edgar Allan Poe*, Doubleday & Company, 1966, p. 185, p. 335.

验主义哲学为批评对象，爱默生甚至谑称坡为“叮当汉”，但从诗学理念的源泉来看，坡与爱默生所代表的超验主义都从德国哲学和美学那里汲取养料，他们也都崇尚诗歌中的音乐性。坡所代表的美国南方诗人就是以高度重视旋律为标志的。如果说北方的诗人追随汤姆森或华兹华斯的话，南方诗人则倾向于模仿拜伦或托马斯·穆尔，他们最好的作品便是歌曲。① 超验主义者德怀特、爱默生和富勒均强调音乐之于诗歌创作的重要性，这也是他们视自己不同于纽约派的重要艺术品质。虽然迪金森的诗歌问世较晚，但我们依然能够清楚地感受到她的诗作中显示的她对音乐的超验兴趣，以及她对诗歌中“不和谐”韵律的厌恶感。于迪金森而言，诗歌本身是建立在一种整体的联觉（又称通感）之上的，这种联觉发挥了语言的听觉与写作的视觉形式的对照功能，从而产生新的感觉。

坡对德国浪漫主义思潮的了解和研究主要来自他偏爱的英国的《布莱克伍德的爱丁堡杂志》，而德国浪漫主义对整体艺术的关注为坡的文学批评提供了重要的理论参照。坡在评价纽约《镜报》杂志的编辑费伊的小说《诺曼·莱斯利》的文章开头就以讽刺的口吻写道：“由此我们可以推断，费伊先生觉得自己就像拉斐尔、莫扎特和卡诺瓦三者一样高贵。”(540) 拉斐尔、莫扎特和卡诺瓦乃绘画、诗歌和雕塑艺术领域中的佼佼者，坡在文章中对他们的谈论在一定程度上隐射出他对各门艺术抑或说总体艺术的关注。换句话说，坡尝试把语言艺术与视觉和听觉艺术相勾连，并把它们总称为“美的艺术”。现代艺术的审美观念，源自法国神父夏尔·巴图于 1746 年提出的“美的艺术/纯粹的艺术”概念。巴图把音乐、诗歌、绘画、雕塑和舞蹈五类艺术定性为“美的艺术”。坡在其刊物《铁笔杂志》的创刊宣言中也明确指出：“它不仅要讨论美文，而且要非常全面地讨论美

① 芭芭拉·派克：《美国诗歌传统，1800—1855》，萨克文·伯科维奇主编：《剑桥美国文学史 第四卷》，李增主译，中央编译出版社 2010 年版，第 88 页。

的艺术。”(1034)

在德国浪漫主义整体艺术的熏染下，坡的诗歌批评以音乐(听觉艺术)为美学内核，将诗歌界说为“美之有节奏的创造”。于坡而言，诗歌的主要目标就应该是创造美，而正是在音乐中，人类的灵魂才能最接近超凡脱俗的美的境界，因为诗歌或音乐是帮助人类瞥见理念世界，实现灵魂不朽的艺术手段。这也正是坡在《诗歌原理》中所强调的那个“短暂而难以捉摸的一瞥”(77)。反观英国，华兹华斯将诗歌定义为“强烈情感的自然流露”①，把诗歌创作视为创作本体内心世界的外化，认为诗歌创作是一种创造性活动的想象力的展现。雪莱虽然尝试捍卫诗歌在弥漫着功利主义气息的社会中的伟大价值，但夸大了语言艺术的社会功用，他在《为诗辩护》一文中高呼诗人是世间“未经公认的立法者”。英国著名批评家赫兹列特则把诗歌定义为“想象和激情的语言”，陷入了情感主义和印象主义的窠臼。相较于华兹华斯、雪莱和赫兹列特，坡从创造美的艺术角度来界定文学中的诗歌，尽管有过于宽泛和混淆艺术界限之嫌。如果说坡在《致 B. 的信》一文中的诗歌定义尚带有柏拉图和柯勒律治的影子，那么“美之有节奏的创造”的诗歌界定则是一种从审美的角度出发的以听觉艺术(音乐)和美的创造为内核的融合式定义，既摒弃了柏拉图式的理念和柯勒律治所强调的愉悦，也建构出了坡自己的音乐诗学理念。在坡看来，诗歌的唯一目的就是美，但这种美所触及的是耳朵而不是头脑和眼睛，即一种听觉艺术之美。然而，这个定义在某种程度上存在着一定的歧义。如果说音乐艺术本身就可以创造美，那么这个定义就把语言艺术视为音乐艺术的附属了。有鉴于此，坡不能只对诗歌做出音乐性和艺术化的界定，他更需要在诗歌批评实践和创作中将音乐诗学的内容与形式具体化。

---

① William Wordsworth: “Preface to *Lyrical Ballads, with Pastoral and Other Poems*”, in Stephen Gill, ed.: *William Wordsworth*, Oxford University Press, 2010. p. 60.

第二节 重复与暗示：诗歌中的音乐结构与音乐美学

长期以来，批评家常常批判坡的诗歌缺乏智慧的魅力，以及对社会问题漠然。坡的诗歌似乎印证了他的诗歌《梦境》中的那句脍炙人口的名言："超越了空间/超越了时间。"[①]坡也因此被奉为"为了艺术而艺术"唯美流派的先驱和美国第一位倡导艺术独立于外部世界的诗人。在坡看来，倘若诗歌的唯一目的就是美，而且这种美应该是能触及耳朵而不是头脑的，那么这种美既与"真"无关，更无法与"真"融合，正如坡在评价朗费罗的《民谣及其他诗》时所说，诗歌与"真"的关系犹如油和水，很难调和(292)。而坡在之后的《诗律阐释》一文中把诗歌与"真"之间的类比调换为眼睛与耳朵(54)，分别指向了视觉艺术和听觉艺术，在某种意义上修正了之前油水难调的极端说法。与19世纪末期的唯美主义文学思潮所不同的是，坡的唯美思想没有像戈蒂耶、佩特和王尔德那样彻底。在坡看来，指向艺术外部的教谕、道德可以以"意义的潜流"的方式存在于文学作品中，只要它们不显得不和谐，不与"意义的显流"产生冲突，抑或说不影响艺术美的展现。可以说，坡在某种意义上乃一位温和的唯美主义者，抑或说不彻底的唯美主义者。

尽管坡不能被称为彻底的唯美主义者，但他的唯美诗学理念激励着他不顾一切地批判说教诗。坡在《致B.的信》中对说教诗的厌恶已初见端倪。带着诗意的激情，坡在该文中把他一生抵制和批判的宣教罪名指向了英国浪漫主义巨擘华兹华斯和英国玄学派诗人。如果说坡借鉴并改

---

① Edgar Allan Poe: *Complete Stories and Poems of Edgar Allan Poe*, Doubleday & Company, 1966, p. 751.

造了柯勒律治的诗学思想,从而建构了自己的诗学理念的话,那么他给华兹华斯则直接贴上了“玄学”和“宣教”的标签。坡认为华兹华斯因袭了亚里士多德所谓“诗歌是所有作品中最富有哲理的”这一错误理念,从而把“诗歌视为最玄妙的”(7)艺术。在18和19世纪,以约翰·多恩为代表的诗人被视为“好弄玄虚”之流,“玄学诗”一词也是作为贬义词使用的。玄学派诗人在抱团之初就被古典主义者作为贬义术语而加以讽刺,英国诗人德莱顿在17世纪末使用“玄学”一词,就带有明显的贬低色彩。玄学派的“巧智”一词,在塞缪尔·约翰逊的《考利传》中被首次定义和阐释,用于彰显玄学派诗人追求和展现渊博学识的共同特征,而英国玄学派诗歌最为突出的重要特色就是“巧智”和“深邃的智性”。[①] 坡则承袭了柏拉图的理念,批判亚里士多德与华兹华斯的诗学观[②],把诗歌定义为“音乐与令人愉悦理念的结合”,并公开反对把“哲理的”和“玄学的”作为诗歌的首要特质,这也在一定程度上透露出浪漫主义诗人非理性的反智主义美学倾向。

坡在之后的诗歌批评中将他对说教诗人的讥讽转向了以朗费罗和布莱恩特为代表的美国著名本土诗人。在坡的创作时代,以新英格兰诗人为代表的美国文学主流,在北美清教徒文化的影响之下,把文学视为道德教谕的工具,过度看重文学外部的社会功能,贬抑诗歌本身的审美功能。坡在评价朗费罗的诗集《民谣及其他诗》的文章中开门见山地批判其诗歌中的“宣教主义”色彩,同时顺带批评了纽约著名诗人布莱恩特的说教诗。坡认为朗费罗的诗歌中强烈的道德主义源自他对德国歌曲中道德灌输传统的承袭:“说教是他们歌曲的普遍基调。”(684)此外,朗费罗的诗歌不仅

---

① 吴笛:《英国玄学派诗歌研究》,中国社会科学出版社2013年版,第123页。

② 事实上,坡对华兹华斯也是一种批判性继承,他甚至在诗歌创作中借鉴了华兹华斯的诗歌形式,参见 Michael Hinden: “Poe's Debt to Wordsworth: A Reading of ‘Stanzas’”, *Studies in Romanticism*, Vol. 8, No. 2, 1969, pp. 109-120。

仅充满了道德说教,而且更多地指向了“真”,而坡认为诗歌中所有核心的要素都与“真”无关。在坡看来,倘若要传达“真”,就必须抛开一切无关紧要的东西,就必须清晰、准确、简洁,情感上保持冷静。概言之,诗人必须处于一种特殊的心境之中,而这种心境与诗情诗意是截然相反的。需要指出的是,朗费罗的诗歌与坡的作品一样都以悦耳的音乐性为特色,前者被配以音乐出版并在音乐书摊上被兜售①,而音乐也是朗费罗的主要乐趣和消遣手段。坡所批判的是朗费罗诗歌的说教内容,而非其诗歌的音乐性形式。朗费罗研究专家赫什也同样指出:“朗费罗的主要思想在他的诗歌整体上得到了清晰的反映;他一再明确地提及它们,并沉迷于以它们为根基的公然教导。”②美国文学理论家布鲁克斯和沃伦也愤然指摘朗费罗把诗歌视为一种错误的“信息狩猎”,认为朗费罗的诗歌《人生礼颂》为人生“似乎给出了诸多好建议”③。朗费罗的诗歌《盲人巴蒂梅乌斯》和《生命之杯》遭到了坡的批判,因为坡认为诗歌中的“意义的显流”的唯一旨趣就在于它与“意义的潜流”之间的明确关系。坡指出,倘若我们没有明显地感受到道德说教的意味,那么这首诗就会变得空洞无物。坡虽然不赞同布莱恩特诗歌中的说教意味,但仍然认可其诗歌的音乐性,称赞布莱恩特在诗歌创作中借鉴那些彰显英雄气概、特色鲜明的器乐幻想曲式,给予了读者感知视觉美和听觉美的体验:“在布莱恩特的所有与大自然的美丽和庄严有关的狂想曲中,都有一种最清晰、最激动人心的爱和狂喜的基调。”(441)

为了给批判说教诗寻求理论支撑,坡将那些与音乐艺术密切相关的

---

① Thomas Wentworth Higginson: *Henry Wadsworth Longfellow*, Houghton, Mifflin and Company, 1902, p. 8.

② Edward L. Hirsh: *Henry Wadsworth Longfellow*, University of Minnesota Press, 1964, p. 25.

③ Cleanth Brooks, Robert Penn Warren: *Understanding Poetry: An Anthology for College Students*, Henry Holt and Company, 1938, p. 11.

美学术语如重复、叠句、变奏和暗示运用到诗歌批评和诗歌创作之中。就音乐结构而言,“最重要的就是重复,变化,对比,层递发展,平衡,等等”①,重复可以说是音乐中最重要的结构要素,正如美学家帕克所说,“重复是音乐展开的重要创作原则”②。苏珊·朗格在《情感与形式》一著中也指出:“重复是另一个结构原则——与节奏紧密相连,因为所有基本原则都是相互关联的——使音乐作品的外观生机勃勃。”③在韵律诗中,与韵律相关的头韵、元韵和尾韵均通过声音的重复和变化助力诗歌获得音乐效果,而在乐曲中,重复在结构上主要表现为再现,尤其是奏鸣曲中的再现部。奏鸣曲作为一种器乐体裁,其概念在 16 世纪得到了确立,但大约在 18 世纪中叶,奏鸣曲开始发生了变化,特别是钢琴作为一种新式键盘乐器出现了,这使得原来处于主导地位的弦乐最终让位于键盘器乐,钢琴最终成为奏鸣曲的主角。而古奏鸣曲式经过普拉蒂、巴赫等音乐家的实践,到维也纳音乐流派海顿时期发展为由 3 个部分组成的奏鸣曲式。活跃于 18、19 世纪的古典音乐作曲家海顿和莫扎特以及已初具浪漫色彩的贝多芬对奏鸣曲的发展做出了巨大的贡献。奏鸣曲式常为三或四乐章的大型套曲结构,通常表现为:(引子—)呈示部—展开部—再现部(—尾声)。再现部是呈示部的重复,表示已经呈示的主题或其他音乐素材在新的乐段之后的重新出现,其特征主要可以分为完全再现、部分再现和变奏式再现。坡在诗歌批评中并没有直接使用奏鸣曲的再现这一音乐美学术语,而是采用了与之相对应的文学术语——重复和叠句。坡明确指出:“重复就是一种音乐效果,是全人类的共同财产。”(745)

叠句经常出现在民谣和劳动诗中,同时也是伊丽莎白时代歌曲中常

---

① 叶纯之、蒋一民:《音乐美学导论》,北京大学出版社 1988 年版,第 93 页。

② H. 帕克:《美学原理》,张今译,商务印书馆 1965 年版,第 147 页。

③ Susanne K. Langer: *Feeling and Form: A Theory of Art*, Charles Scribner's Sons, 1953, p. 129.

见的元素。这种特殊的语言艺术形式在诗中被称为叠句,在歌曲中则被叫作副歌,在一首诗中重复一行,或一行的一部分,或好几行,有时带有轻微的变化,通常出现在每一节的结尾。徐志摩的《再别康桥》将指向再现的听觉艺术的重复和叠句运用得炉火纯青,既适合朗诵也可以吟唱。美国文艺理论家艾布拉姆斯在界说叠句时就提及了坡的著名诗歌,“叠句可以只包含一个单词‘nevermore’,譬如坡的《乌鸦》”①,甚至可以是整个诗节。在《创作哲学》中,坡明确指出,他的诗歌《乌鸦》就采用了这种类似于歌曲的叠句形式结构,不仅表现在词汇选择方面,而且这种重复不只会“产生持续的新奇效果”,甚至读者或听众的愉悦感就是“从重复的认同感中推导出来的”。(17)英国著名女诗人巴雷特在给坡的信中谈及《乌鸦》时写道:“我的一些朋友被它的恐怖震慑,而另一些则被音乐吸引。”②

然而,于坡而言,重复抑或叠句不能过于单调,而应该具有变化,类似于音乐中的变奏。在音乐美学中,变奏指的是通过和声、节奏、旋律变化和修饰等方式对一个主题进行的一套或一系列的变换,而作为一种变化的重复,“在音乐中最能体现重复与变化相结合特点的是变奏”③。就坡的诗歌作品《以色拉费》《闹鬼的宫殿》《梦境》《乌鸦》《尤娜路姆》《钟》《安娜贝尔·李》和《黄金国》在形式上均呈现出诸多的变化式重复。在评价朗费罗的诗集《奴役篇》中的第五首诗歌《午夜歌唱的奴隶》的文章中,坡在称赞了朗费罗诗歌中新奇的韵律之后,直言不讳地指出了其中的单调重复,如“Angel”和“Evangel”就像“Excision”和“Circumcision”一样让人不能接受,因为从听觉的角度来看,听众由于没有能够在声音的变化中得

---

① M. H. Abrams, Geoffrey Galt Harpham: *A Glossary of Literary Terms* (10th edition), Cengage, 2011, p. 142.

② Elizabeth Barrett, "Comments on 'The Raven' in Letters to (a) Richard Hengist Home, and (b) Poe", in I. M. Walker, ed.: *Edgar Allan Poe: The Critical Heritage*, Routledge, 1986, p. 144.

③ 叶纯之、蒋一民:《音乐美学导论》,北京大学出版社1988年版,第94页。

到满足，反而在这种单调的重复中产生不悦，而声音的变化就是韵律的基本规则(763)。在评价美国知名诗人布雷纳德的诗歌时，坡讥讽其诗歌中每一节都有“单调的重复”(410)，但也肯定了其诗歌的确有一定的韵律。于坡而言，押韵词的开头或押韵词的押韵部分的开头，必须是不同的。换言之，这种由语言产生的音乐性抑或音乐结构，不能是简单的重复，而应该是一种类似音乐的变奏手法。正如黑格尔所说，“诗的音律也是一种音乐”，但应该避免“同一时间尺度的毫无变化的复现”①。

爱尔兰裔日本作家拉夫卡迪奥·赫恩(归化日本后改名为小泉八云)在《坡的诗歌》一文中高赞坡将数学上称为“循环节”的数字排列现象作为“一种新的旋律理念引入诗歌”②。在赫恩看来，坡的诗歌的语言特色与我们常说的“重复”有所不同，它不是一种单调的重复，而是一种“变化式重复”。坡在《纽约的文人墨客》一文中对纽约女诗人休伊特诗歌中的变奏手法称赞不已。在坡看来，休伊特诗歌中变化的效果，传达出了抒情诗或军歌的思想，她那带有音乐性的耳朵，给读者带来了短暂的幸福(1213)。然而，美国批评家克鲁奇不以音乐性为鉴赏标尺而是从性别的视角指摘坡对休伊特等美国女诗人的正面评价。克鲁奇以坡“对女性的理想化致使他在评判她们时特别宽容”③为理据质疑坡诗歌批评中的公正性，透露出强烈的性别政治色彩。

尽管坡宣称诗是“一种更为低劣抑或说低能的音乐”(34)，但他又指出诗歌创作在借鉴、利用甚至模仿音乐的手法方面不应该仅仅是诸如重复、变奏和叠句等形式上的，更是美学意义上的。绘画和雕塑以再现空间

---

① 黑格尔：《美学》(第三卷下册)，朱光潜译，商务印书馆 1995 年版，第 76 页。

② Lafcadio Hearn: “Poe’s Verse”, in Graham Clarke, ed.: *Edgar Allan Poe: Critical Assessments* (Vol. III), Helm Information Ltd., 1991, p. 2.

③ Joseph Wood Crutch: “Edgar Allan Poe: A Study in Genius”, in Graham Clarke, ed.: *Edgar Allan Poe: Critical Assessments* (Vol. III), Helm Information Ltd., 1991, p. 19.

的方式表现和再现现实，诗歌则运用语言文字通过概念的生成使现实转化为文学形象。舞蹈艺术使用人体动作来模拟或说明现实，戏剧电影通过使用科学技术手段直接表现生活中的场景，而音乐既不能像诗歌那样直接生成概念，也没有视觉意象，只能以乐音的运动或通过象征、模拟、暗示、抽象等概念间接地反映现实。因此，音乐的认识功能相较于其他艺术是弱的，甚至可以说是最弱的。然而，正是音乐这个与现实相距最为遥远的艺术，成为坡和"喜好'幻想'与'想象'的浪漫主义"①者反叛和革新传统的重要媒介。坡在诗歌批评中倡导语言的模糊性和暗示性（又称启示性）等指向音乐的核心美学特质。作为一种文学表达方式，暗示是一个源于19世纪的美学批评术语，而作为一种理想的美学写作范式，暗示这个词在一定程度上要追溯到浪漫主义时期，"在19世纪中叶约翰·罗斯金和埃德加·爱伦·坡等人的作品中出现"②。坡在1844年12月《民主评论》的《边页集》中评价英国诗人丁尼生时写道：

> 我知道不确定性是真正音乐的一个要素——我指的是真正的音乐表达。给予它任何不适当的确定性——给它注入任何非常明确的语气——你就立刻剥夺了它的空灵、理想、内在和本质的特性。你驱散了它奢侈的梦想。你溶化了它所浮在上面的神秘气氛。你吸尽了它的仙灵气息。现在它变成了一种有形的、容易理解的想法——一种尘世的、尘土的东西。事实上，它并没有失去取悦的能力，但在我看来，这正是这种能力的特殊性所在。对于那些没有教养的天才或缺乏想象力的人来说，这种对优雅气质的剥夺往往是一种可取之处。表达的确定性被视为美

---

① 蒋承勇：《"现实"与"浪漫"：矛盾中的勾连？》，《浙江社会科学》2021年第6期，第147页。

② Noel Jackson: *Science and Sensations in Romantic Poetry*, Cambridge University Press, 2008, p. 34.

> 而被追求——通常被那些本应更为明智的作曲家——而不是作为一种缺陷而被拒绝。因此，即使作为权威人士，我们也试图完全模仿音乐……拉巴特·格拉维纳说(也会这么说器乐)："声乐应该模仿人类感情和激情中的自然语言，而不是金丝雀的歌声，而我们现在的歌手却用他们的颤音和自吹自擂的节奏来大肆模仿这种歌声。"……倘若音乐必须模仿什么，那就像格拉维纳建议的那样，限制模仿肯定会更好。(1331—1332)

从上述引文可知，坡对声乐和器乐模仿人类感情语言的说法嗤之以鼻。坡所看重的是音乐美学中不确定性的特质，并希望把这种不确定性运用到诗歌创作之中。坡在《创作哲学》一文中就曾指出，在处理诗歌题材时，两件事情必不可少：一是一定程度的复杂性；二是一定程度的暗示性，即一些潜流性的、不明确的意义(24)。这种不确定性与暗示性，正是坡的诗歌与那些同样具有音乐性的诗歌(譬如美国当时著名的新英格兰诗人朗费罗和奇弗斯的诗歌)之间的核心美学差异所在。

如果音乐不应该模仿现实，更不能模仿其他艺术，那么诗歌创作在坡看来却可以模仿音乐，尤其是音乐艺术中的不确定性特质。坡在《边页集》中评价布朗尼夫人的诗歌《一出流亡的戏剧》时论述道：

> 说到写歌，我的意思当然是，短诗的创作要考虑到它们对音乐在通俗意义上的借鉴。在这类正规歌曲的终极目标之中，存在着它的精髓——它的天赋精神。正是对音乐的精确参照——正是这种对音调表现手法的依赖——使得这一文学体裁具有了一种完全的独特性，并在很大程度上，以一种未被足够重视的方式，将其与普通的文学体裁区分开来；允许它，事实上是要求它，具备一个宽广范围的规范；强调某种绝对的狂野放纵和不确定

> 性，这种不确定性也被每一位不仅是小提琴手的音乐家视为其科学哲学中的一个重要观点——视为源自其实践的感觉的灵魂——这些感觉让人着迷也让人困惑，倘若不让人如此困惑也就不再如此让人着迷了。(1434—1435)

坡称赞了布朗尼夫人的诗歌《一出流亡的戏剧》，但同时依然批判了其中“既不恰当又夸张的寓意”(121)。坡对诗歌语言指向音乐美学核心特质“暗示性”的强调直接导致了他在诗歌批评中对象征的推崇和对寓意的抵制与批判。坡在评价英国小说家利顿的《夜与晨》时曾言：“纯粹的寓意在任何时候都是一种令人憎恶的东西，一种古代野蛮的残余，它只诉诸我们的比较能力，而对我们的理性和想象没有丝毫的兴趣。隐喻作为一种被软化了的形象，在被谨慎而巧妙地使用时，具有无可争辩的力量。”(159)然而，就像他对“宣教”的态度一样，由于其唯美的不彻底性，坡允许寓意的恰当使用。坡在评价英国诗人霍恩诗集《俄里翁》的文章中指出，俄里翁一词就是拥有上下两层意义的寓意，但是“诗人的适度感”(295)让这一寓意显得相对柔和，因而对美的显现的影响不是很大。坡在评价美国诗人赫斯特的诗集《猛犸象的到来》时判定其中的诗篇《时间的葬礼》《厄洛斯的葬礼》《心灵的海洋》为蹩脚的“寓意诗”，根本无法做到像班扬的《天路历程》和斯宾塞的《仙后》那样在“意义的潜流”之中“隐藏其中的寓意”(600)。需要指出的是，《天路历程》其实是一部小说，而《仙后》是史诗，坡将诗歌与小说和史诗等不同文体放在一起进行美学比照在某种程度上也是失之偏颇的。

坡在小说批评中对寓意的态度直接延续了他的诗歌批评观念。坡在1847年评价霍桑的小说时明确指出霍桑太过于偏爱寓意的使用，他从“效果说”的角度批评道：“它会妨碍那种效果的统一性，而这种统一性对艺术家来说值得世界上的一切寓意。”(583)坡进而指出，寓意因其与“真”

的密切联系，导致了其具有说教的特质，从而违背了诗歌创造美的终极目标。需要指出的是，坡对寓意的见解具有一定的深刻性和理论性，但是他同样直接采用诗歌美学主张来判断小说创作。此外，坡认为霍桑不能享有盛名的根本缘由在于其故事中过度的“寓意的张力”，这一判定带有一定的偏见，因为霍桑的作品“获得了当之无愧的声誉，正是因为它们成功地将寓意与新英格兰历史融合在一起，将清教教义从教条转移到心理学，将清教风格从宗教类型学转移到世俗象征”①。此外，坡本人的故事中充斥着寓意，正如托多罗夫所说，“坡的全部作品倾向了寓意”②。因此，坡用他的诗歌美学来评价散文故事是有失公允的，而且他自己也曾言散文故事比诗歌更适合表现“真”。坡对霍桑故事中的寓意的批判也成为美国著名批评家詹姆斯质疑他文学批评的价值和意义的借口③。

坡在诗歌批评中没有区别寓意和象征，但他经常使用形容词“象征的”，甚至将“象征的”与“暗示的”两个形容词视为同义词(303)。文学意义上的“象征”指的是“一个对象或事件的词或短语，而这个对象或事件反过来又表示超出其本身以外的某物或暗示的范围”④。在诗歌中，诗人通常使用一个物体、事件或行动与一个特定的概念共享意义的关联从而达到语言象征的效果。而寓意在诗歌或散文作品中常常“在字面意义或基本意义上建立连贯的意义，同时传达另一种相关的意指顺序”⑤。可见，

---

① David S. Reynolds: *Beneath the American Renaissance: The Subversive Imagination in the Age of Emerson and Melville*, Oxford University Press, 1988, p. 40.

② 托多罗夫：《巴赫金、对话理论及其他》，蒋子华、张萍译，百花文艺出版社 2001 年版，第 109 页。

③ Henry James: "Hawthorne", in Graham Clarke, ed.: *Edgar Allan Poe: Critical Assessments* (Vol. I), Helm Information Ltd., 1991, p. 210.

④ M. H. Abrams, Geoffrey Galt Harpham: *A Glossary of Literary Terms* (10th edition), Cengage Learning, 2011, p. 394.

⑤ M. H. Abrams, Geoffrey Galt Harpham: *A Glossary of Literary Terms* (10th edition), Cengage Learning, 2011, p. 7.

象征不仅仅具有超越性，还具有音乐美学上的暗示性，而寓意则是一种明确的、可以分析的意义模式。由此观之，象征是直觉的，并通过其自身唤起和暗示意义，而寓意是理性的，是人人皆懂的公共象征。黑格尔在《美学》中指出："寓意的意义尽管是抽象的，毕竟还是明确限定的，所以是容易认识的。"在黑格尔看来，"寓意所能给的只是散文气的普遍性和外在的标志，都和艺术不相干，诗最不易采用这种方式作为隐身之所"①。强调直觉艺术的克罗齐同样批判寓意：尽管它"有时是绝无妨害的"②，但寓意绝不是一种理想的艺术表现形式。依克罗齐之见，"凡是重视寓意的地方，就必然不重视诗，凡是重视诗的地方，就必然不重视寓意"③。

如同对幻想力和想象力的区分，柯勒律治也曾谈及寓意与象征之间的差异性。在柯勒律治看来，寓意不过是把抽象的概念转换成图画的语言，而图画的语言本身也不过是感官对象的抽象寓意，而象征的特点则是半透明的。由是，寓意只是一种空虚的回声，幻想随意地把它与物质的幻影联系在了一起。可见，依柯勒律治之见，寓意不仅没有把抽象的概念模糊化抑或不确定化，反而把它转化为更为真实的图像语言，因此它与超验的想象是对立的。整体而言，"柯勒律治和与他同时代的德国人，尤其是谢林和歌德，把这些思想集中在象征上，反对寓意"④。对于崇尚音乐美学中的不确定性和暗示性的坡来说，寓意必然也是不能接受的，这也是他在诗歌批评中抵制和批判寓意使用的原因所在。虽然寓意在 20 世纪的文学批评界继续遭受贬低和轻视，一些新近的文艺理论家却尝试挖掘其积极的文学价值，譬如詹姆逊和德曼。在文学创作方面，卡夫卡的作品就

---

① 黑格尔：《美学》(第二卷)，朱光潜译，商务印书馆 1979 年版，第 124 页。

② 克罗齐：《美学原理》，朱光潜译，商务印书馆 2012 年版，第 41 页。

③ 贝内代托·克罗齐：《美学或艺术和语言哲学》，黄文捷译，百花文艺出版社 2009 年版，第 223 页。

④ Theresa M. Kelley: "Romanticism's Errant Allegory", in Rita Copeland et al., eds.: *The Cambridge Companion to Allegory*, Cambridge University Press, 2010, p. 217.

蕴含了隐性的寓意，被批评家奉为寓意的典范。

第三节　音乐诗人的楷模：从惠特曼到意象派

"19 世纪诗歌本身的模式表明，诗歌主要是一种听觉艺术"①，诗歌的创新仍然是基于声音在头韵、谐音、多重和复杂的押韵方案以及不同的格律和其他节奏结构等形式上的革新。然而，美国超验主义哲学家爱默生在《诗人》一文中却对诗歌的音乐性做出了限定："诗不是由韵律构成的，而是由制造韵律的论证构成的。"于爱默生而言，尽管诗歌中的思想与形式在时间的顺序上并无差异，但从二者生发的顺序来看，思想（论证）先于形式（韵律）。此外，爱默生倡导语言的能指和所指之间呈现出直接的对应关系，从而产生视觉上的相似性，因此其诗学思想在本质上是认知的。由是，坡的音乐诗学与爱默生的认知诗学就是截然对立的，这也是坡在文学批评中多次批判爱默生及其波士顿超验主义团体，以及爱默生称他为"叮当汉"的原因所在。换言之，坡与爱默生的对立并不是政治的或者说南北方区域性的，而是美学上的。也正是由于二者的美学分歧，爱默生和坡才引领了美国诗歌的两大主流，正如加拿大学者亚当斯所言，"长期以来，美国诗歌一直处于批评的二元对立之中，但所有这些二元对立都归结为爱默生-惠特曼队列和坡的队列之间的对立"②。美国学者布鲁姆也划分出了美国的"唯我论诗人们——爱默生、惠特曼、迪金森、弗罗斯特、斯

---

① Cristanne Miller: "The Sound of Shifting Paradigms, or Hearing Dickinson in the Twenty-First Century", in Vivian R. Pollak, ed.: *A Historical Guide to Emily Dickinson*, Oxford University Press, 2004, pp. 207-208.

② Stephen J. Adams: *The Patriot Poets: American Odes, Progress Poems, and the State of the Union*, McGill-Queen's University Press, 2018, p. 59.

蒂文斯和克莱恩"[1]这一序列。然而,从诗歌与音乐的融合程度的角度来看,坡与惠特曼和迪金森并非亚当斯和布鲁姆所认为的对立抑或属于不同的队列。坡不仅是连接浪漫主义和象征主义的纽带,更是从惠特曼到意象派诗人的楷模。

在爱默生的影响和鼓舞下,美国民主诗人和"自由诗之父"惠特曼宣称,文学艺术应该具有制造意象的功能,从而将诗歌从韵律和格律中解放出来,使之进入感情和声音的灵活节奏中。然而,惠特曼的诗学理念并非与坡的对立,甚至在某种意义上来说,惠特曼尝试调和爱默生与坡对立的诗学观念。与坡类似的是,惠特曼同样认为音乐是唯一比诗歌更伟大的艺术。惠特曼在《民主展望》一文中明确指出,尽管文学在今天的文明中在所有艺术中占主导地位,"音乐……神一样的存在的,却又完全属于人类的……占据着至高的位置"[2]。惠特曼的诗歌标题中总共出现了 72 个不同的音乐术语,他的诗中提到了 25 种乐器,包括小提琴、钢琴、班卓琴、双簧管和鼓等。于惠特曼而言,音乐是提升和团结美国民族的重要力量,因为他窥见了国家分裂和腐败的趋势。与坡不同的是,作为美国的"民族歌手",惠特曼认为外国的音乐过于复杂,本质上是贵族式的,而他所偏爱的是简单、明晰、自然和民主的音乐。惠特曼的代表作《草叶集》就表现了对音乐的崇尚。此外,在惠特曼的诗歌创作中,"音乐对他来说是一种无处不在的力量,他认为自己与其说是一个诗人,还不如说是一个歌手或游吟诗人"[3]。如果说坡的诗学理念偏向于音乐中的歌,那么惠特曼则把其诗歌的音乐性指向了 19 世纪晚期更为流行的歌剧和交响乐。尽管惠特

---

① Harold Bloom: *The Anxiety of Influence: A Theory of Poetry* (2nd edition), Oxford University Press, 1997, pp. 132-133.

② Michael Warner: *The Portable Walt Whitman*, Penguin Books, 2004, p. 455.

③ David S. Reynolds: *Walt Whitman: Lives and Legacies*, Oxford University Press, 2005, p. 49.

曼在1882年批判坡的诗歌中的韵律过于刻意和缺乏温度，但是他依然肯定地指出，“坡的诗歌呈现出强烈的技巧美和抽象美的能力”，因而“明亮耀眼”。[①] 此外，惠特曼在其诗歌《走出永远摇晃的摇篮》中说自己“除了模仿歌剧，还自由地借鉴自然历史书籍和模仿其他诗人的作品”，而这些作品主要来自崇尚音乐的丁尼生和坡[②]。饶有趣味的是，诗中那只会说人话的知更鸟比坡笔下的乌鸦更善言谈。

如果说坡把诗歌的音乐性指向了超凡美，认为音乐是帮助人类瞥见理念世界和实现灵魂不朽的艺术手段，那么惠特曼则认为诗歌的音乐性可以帮助诗人完美地表达自然的神性。惠特曼先锋性的诗学原则不允许他过多强调音乐对其诗歌创作的影响，但他深知音乐是其诗歌灵感的重要源泉。就音乐家而言，贝多芬和意大利女歌唱家马里埃塔·阿尔博尼对惠特曼的影响最为深刻。贝多芬自称为诗人，惠特曼则自诩为歌手，称自己的诗歌为“歌曲”“赞美诗”和“圣歌”。自然、命运、战争、死亡和个人的胜利是贝多芬和惠特曼共同喜爱的主题，他们的艺术作品上都印有一幅英勇、宏大和乐观的图景。如果说贝多芬尝试赋予音乐更多的自由，那么惠特曼则解放了诗歌的传统形式，这种美学自由与美利坚民族所宣扬的自由民主精神完全契合。歌剧是惠特曼诗歌创作的另一重要源泉。惠特曼在晚年坦陈，他将永远铭记歌唱家阿尔博尼夫人和威尔第的启发。

相对而言，坡偏爱莫扎特，高赞纯器乐，反对标题音乐，惠特曼则更为欣赏声乐，确切地说，是歌剧音乐而不是器乐。就标题音乐和纯器乐而言，贝多芬与瓦格纳都认识到纯器乐的局限性，并指出只有在语言艺术的滋养下，音乐才能充分发挥它的潜力，从而不局限于纯器乐导致的模糊印

---

① Walt Whitman: “Edgar Poe's Significance”, in Harold Bloom, ed.: *Edgar Allan Poe (Bloom's Classic Critical Views)*, Infobase Publishing, 2008, p. 117.

② M. Jimmie Killingsworth: *The Cambridge Introduction to Walt Whitman*, Cambridge University Press, 2007, p. 53.

象。然而,在浪漫主义运动以前,器乐的地位不如声乐,因为虽然器乐可以表达情感,但它不能像声乐那样传达思想或理念。在古希腊,器乐被视为一种本质上不如声乐的艺术。于亚里士多德而言,声音只能存在于有灵魂的生物身上,故声乐优于器乐。作为一种与启蒙理性主义相抗衡的文艺思潮,浪漫主义文艺理念强调想象力的作用,重视超越理性和语言的思想,崇尚生活和艺术的精神,甚至刻意呈现出一定的神秘色彩。由是,纯器乐在浪漫主义时期超越了其材质本身的束缚进入了精神领域。蒂克就认为德国著名音乐家赖夏特用纯器乐演奏的序曲《麦克白》甚至比莎士比亚的原创剧本更有艺术价值。霍夫曼也宣称器乐是所有艺术中最为浪漫的,因为器乐艺术唯一的主题就是无限性,而浪漫派哲学的核心课题就是有限与无限的关系问题。在霍夫曼看来,海顿、莫扎特和贝多芬都是浪漫主义作曲家,尽管他们的音乐风格透露出强烈的古典主义特质,因为他们的音乐为人类提供了一个瞥见精神世界王国的瞬间。叔本华也曾指出,作为艺术最高形式的音乐是全部意志直接客体化的写照,犹如世界自身,“作曲家揭示了世界的内在本质,用他的理性无法理解的语言表达了最深刻的智慧”①,器乐由于不受语言的限制能够传达出比声乐更为深奥的思想和情感。如同坡所说的音乐不应该模仿确定性的歌声,叔本华认为音乐艺术不应该堕入语言艺术的领域。可见,从 19 世纪声乐与器乐之争的角度来看,坡的音乐观又是守旧的。然而,就音乐美学中的暗示性、神秘性和不确定性而言,惠特曼和坡的美学观是类似的,惠特曼的诗歌在形式上与坡的大不相同,但是前者的松散形式并不影响其诗歌中的音乐性,犹如坡美学思想中的“意义的潜流”。

值得注意的是,美国 19 世纪著名女诗人迪金森既重视诗歌的形式之

① Arthur Schopenhauer: *The World as Will and Idea* (Vol. 1, 7th edition), R. B. Haldane, J. Kemp, trans., The Ballantyne Press, 2008, p. 336.

美,也重视诗歌的音乐性。迪金森宣称:“把诗歌与耳朵联系在一起的最常见的形式就是把诗人与鸣禽联系在一起。”①然而,严格来说,迪金森的这种模仿自然声音的观点与坡的诗学理念是不同的,因为坡不希望音乐去模仿大自然中的任何生物,他更偏爱人工制品产生的悦耳音乐,譬如他在诗歌《钟》中的拟声则为其理想的象征型音乐。或许是因为惠特曼的诗歌中关于性的描写挑战了抑或说违背了传统的道德观,迪金森声称她没有读过惠特曼的作品。虽然迪金森最常提及的诗人是19世纪在国际上能够与丁尼生比肩的美国诗人朗费罗,但在诗歌唯美理念方面她与坡又是一致的,因为迪金森将美视为诗歌创作的核心要素,她甚至可以“为美而死”②。可以说,迪金森的诗歌美学主张完全应和了坡在美国19世纪上半叶独树一帜的唯美理念。

对于美国诗人兼音乐家拉尼尔而言,诗歌创作的灵魂源自他对音乐的热爱和崇敬,而“拉尼尔的理论一部分来自坡”③。拉尼尔在1875年评价其友人海恩的诗歌时,就称赞海恩的诗歌《火之画》可以与坡的《钟》相媲美。如同坡的《钟》,拉尼尔的诗歌《交响乐》因使用诸多拟声词在批评界备受赞赏。《交响乐》可以说是美国第一部将多乐章交响乐模式应用于诗歌的作品,这种音乐形式被后来诸多南方诗人以及斯蒂文斯在《彼得·昆斯》中和T. S. 艾略特在《四重奏》中竞相仿效。正如威尔逊所言,拉尼尔“是继坡之后唯一一位认真研究艺术结构和艺术传统的美国诗人”④。

---

① Cristanne Miller: “The Sound of Shifting Paradigms, or Hearing Dickinson in the Twenty-First Century”, in Vivian R. Pollak, ed.: *A Historical Guide to Emily Dickinson*, Oxford University Press, 2004, p. 207.

② Thomas H. Johnson: *The Complete Poems of Emily Dickinson*, Little, Brown & Company, 1960, p. 216.

③ Stephen J. Adams: *The Patriot Poets: American Odes, Progress Poems, and the State of the Union*, McGill-Queen's University Press, 2018, p. 143.

④ Edmund Wilson: *Patriot Gore: Studies in the Literature of the American Civil War*, Oxford University Press, 1962, p. 505.

此外,拉尼尔的重要文论《英诗科学》在某种意义上就是坡的诗学文论《诗律阐释》的延伸和拓展,尽管拉尼尔认为坡的文章存在着诸多谬误。虽然拉尼尔反对惠特曼诗学理念中的自由体风格,但这并不影响他称赞后者的诗情诗意。需要指出的是,在坡的《诗律阐释》和拉尼尔的《英诗科学》文论的推动下,20世纪美国学界迎来了探讨诗歌与音乐关系的理论高峰,譬如巴内的《诗歌的音乐基础》、奥蒙德的《格律研究》和安德森的《诗歌法则》。然而,拉尼尔诗歌中的说教意味与其抒情文风格格不入,甚至一度导致诗人的名声下滑,这也是拉尼尔与坡的核心美学分歧所在。

如果说坡和惠特曼从叔本华的思想中承袭了将音乐视为艺术最高等级的观点,那么这种音乐至上观又在唯美主义代表作家佩特和王尔德的美学观念中再次彰显。佩特高赞音乐之于其他艺术的重要性:"一切艺术都以趋近音乐的境界为旨归。"①于佩特而言,音乐艺术最彻底地实现了艺术的理想性,我们在音乐中而不是在诗歌中才能找到真正完满的艺术典范。坡被视为美国唯美主义第一人,一位"早期的美国奥斯卡·王尔德"②。在王尔德看来,"音乐是最完美的艺术形式",因为"音乐永远不会揭示它最终的秘密"。于王尔德而言,"从纯粹的艺术角度出发,耳朵才是艺术真正应当取悦的感官,艺术应当遵从耳朵的愉悦法则"③。在1886年1月写给《蓓尔美街报》编辑的信中,王尔德高赞坡是"一位非同凡响的节奏表现大师"④,表达了他对坡音乐诗学的崇敬之情。

坡诗学中的核心理念"要纯粹为了诗而诗"(75)以及"美是诗歌唯一

---

① Walter Pater: *The Renaissance: Studies in Art and Poetry* (The 1893 Text), University of California Press, 1980, p. 106.

② Emerson R. Marks: "Poe as Literary Theorist: A Reappraisal", *American Literature*, Vol. 33, No. 3, 1961, p. 300.

③ Oscar Wilde: *Complete Works of Oscar Wilde*, William Collins, 2008, p. 417, p. 394.

④ Oscar Wilde: *The Complete Letters of Oscar Wilde*, Henry Holt and Co., 2000, p. 277.

合法的领域”(16),让他成为引领诗歌在“19世纪走向纯诗运动的嚆矢”[①]。在艾布拉姆斯看来,法国象征主义诗歌的一个代表性艺术技巧就是“在充满暗示性的诗歌中采用一系列的个人象征,而不是明确的意指”[②],这种表达方式在19世纪90年代以后的整个欧洲产生了巨大的影响,尤其是对英美诗人如叶芝、庞德、E. E. 卡明斯、哈特·克莱恩和华莱士·斯蒂文斯等而言。而“坡关于诗歌与音乐关系的观点是法国诗人的基本观念”[③],法国象征主义承袭了坡对暗示性的、不确定性的美学主张及其对寓意的批判,走向了纯诗创作。具体而言,由波德莱尔开创,之后由马拉美、魏尔伦、兰波和瓦雷里等人赓续的法国象征主义诗歌流派极其强调诗歌与音乐的关联,崇尚诗歌中的暗示性和神秘性,希冀创作出一种如同流动音符般的精致而又妙不可言的纯诗。从“美的艺术”之间的美学共性的角度来看,法国象征主义没有在本土追随唯美主义先驱戈蒂耶的一个重要原因就是,戈蒂耶把诗歌创作与绘画等造型艺术进行了类比,追求一种视觉上精确、明晰的艺术效果。而在波德莱尔看来,“坡赋予韵律一种极端的重要性,他是带着同样的细心和精妙的分析精神从韵律中获得数学、音乐的愉快和一切有关诗艺的问题的”。对于坡和波德莱尔来说,由于音乐,同时也是通过音乐,灵魂瞥见了坟墓后面的光辉。马拉美在《埃德加·坡的坟墓》一诗中的“让他们部落的语言更纯净”[④]这句话可谓是其纯诗美学思想的缩影。于马拉美而言,词语在清除了与普通指涉相关对象的世界之后,分享了音乐的象征模式,诗歌如同音乐既有显露也

---

① D. J. Mossop: *Pure Poetry*, Clarendon Press, 1971, p. 47.

② M. H. Abrams, Geoffrey Galt Harpham: *A Glossary of Literary Terms* (10th edition), Cengage Learning, 2011, p. 397.

③ Lois Davis Vines: *Valéry and Poe: A Literary Legacy*, New York University Press, 1992, p. 33.

④ Stephané Mallarmé: “Le Tombeau d'Edgar Poe”, in Graham Clarke, ed.: *Edgar Allan Poe: Critical Assessments* (Vol. II), Helm Information Ltd., 1991, p. 383.

有隐藏,但从未完全显露。魏尔伦在其《诗艺》一文中除了赓续波德莱尔的美学思想外,还提出了自己的诗歌创作主张,即以"音乐高于一切"为口号来强调语言艺术的纯洁性。魏尔伦的音乐诗学思想又影响了中国19世纪二三十年代的新诗运动,特别是新月派和象征派。爱尔兰诗人穆尔在《纯诗集》中记载了他与友人德·拉·梅尔和弗里曼的对话。在他们要寻找他们观念中的纯诗时,德·拉·梅尔毫不犹豫地指出"我们可以在坡作品中找到许多"①。

音乐在诗歌中的重要性在20世纪上半叶随着诗歌的实验而显著增加,这与坡的音乐诗学理念和奉坡为灵魂人物的法国象征主义也有着千丝万缕的联系。艾略特指出,19世纪上半叶英国浪漫主义诗歌占据了主导地位,下半叶则让位于以波德莱尔和马拉美为代表的法国象征主义诗歌,而我们不能忘记的是,这一法国诗歌运动的鼻祖却是美国的坡②。艾略特在《从坡到瓦雷里》一文中指出,马拉美和瓦雷里"不仅仅是从波德莱尔那里学习坡,他们每个人都直接受到坡的影响",而且"就纯粹的诗而言,坡很容易就具备这种纯粹"③。艾略特在《诗歌的音乐》一文中宣称,"一些英语诗歌的美可能是由于诗歌中存在着不止一个韵律结构",而"音乐最接近诗人的属性,是节奏感和结构感"④,因此采用反复出现的主题在诗歌和音乐中都是很自然的。艾略特本人的诗歌《四个四重奏》就借鉴了诸如海顿、贝多芬等音乐大师的音乐结构模式,可谓是一部诗乐完美结合的现代主义经典作品。

---

① Gorge Moore: "Pure Poetry, an Anthology", in Graham Clarke, ed.: *Edgar Allan Poe: Critical Assessments* (Vol. III), Helm Information Ltd., 1991, p. 13.

② T. S. Eliot: "Notes Towards the Definition of Culture", in Graham Clarke, ed.: *Edgar Allan Poe: Critical Assessments* (Vol. I), Helm Information Ltd., 1991, p. 275.

③ T. S. Eliot: "From Poe to Valéry", in Graham Clarke, ed.: *Edgar Allan Poe: Critical Assessments* (Vol. I), Helm Information Ltd., 1991, p. 264, p. 273.

④ T. S. Eliot: *On Poetry and Poets*, The Noonday Press, 1961, p. 20, p. 32.

于意象派而言,一个基本原则就是意象派诗歌的诗行必须与音乐的乐句在美学形式上保持一致。意象派领袖人物庞德在1912年为诗歌艺术制定了一套规则,其中之一就是关于诗歌与音乐的关系问题。庞德指出:“至于节奏:按照音乐乐句的顺序创作,而不是按节拍器的顺序。”①由是,庞德在1918年将诗歌直接定义为“用歌词谱成的乐曲”②。普罗旺斯诗歌成了庞德的理想,这不仅是因为其准确的意象和语气,还因为其韵律的使用,这种诗歌是用来唱的,庞德后来把它称为“声美”,音乐显然是这种诗歌的基本要素。庞德与小提琴家奥尔加·鲁奇和作曲家乔治·安泰尔的合作,是其崇尚音乐的又一例证,而那部由他创作并在巴黎上演的歌剧《维庸的遗嘱》进一步加深了他对音乐的认识③。在庞德的影响下,“简洁但有乐感”④成为美国意象主义诗人巴纳德的美学口号。就印象主义歌剧而言,法国印象派歌剧大师德彪西对音乐能够改变现实和将艺术从世俗中解放出来的观念,“是在他与前拉斐尔派艺术、埃德加·爱伦·坡和象征主义诗歌的接触中形成的”⑤,德彪西与波德莱尔和马拉美一样对坡痴迷不已。

---

① Ezra Pound: “A Retrospect”, in T. S. Eliot, ed.: *Literary Essays of Ezra Pound*, New Directions, 1968, p. 3.

② Ezra Pound: “A Retrospect”, in T. S. Eliot, ed.: *Literary Essays of Ezra Pound*, New Directions, 1968, p. 437.

③ Ira B. Nadel: *The Cambridge Introduction to Ezra Pound*, Cambridge University Press, 2007, p. 40.

④ Sarah Barnsley: *Mary Barnard, American Imagist*, State University of New York Press, 2013, p. 4.

⑤ Leon Botsein: “Beyond the Illusions of Realism: Painting and Debussy's Break with Tradition”, in Jane F. Fulcher, ed.: *Debussy and His World*, Princeton University Press, 2001, p. 168.

第四节 小结

简言之,在德国早期浪漫派整体艺术观念的启迪下,坡以唯美为内核的诗歌批评自然而然地融入了音乐美学。这种跨艺术的美学倾向不仅助力坡批判那些以“真”为导向的说教诗和寓意诗,也同时折射出他试图在语言艺术中追寻一个纯粹美的诗意栖居之地,从而实现对理念世界和灵魂不朽的“暗示而又不确定的一瞥”(1313)。此外,坡在诗歌批评中倡导采用重复、叠句和变奏等音乐性的形式结构,推崇音乐艺术特有的暗示性和不确定性的美学标准,并在诗歌创作中躬身力行。坡对诗歌音乐性的着重强调既对后世的美国诗人和欧洲象征主义、意象主义等流派产生了深刻的影响,也引起了爱默生、赫胥黎、温特斯和卡比-斯密斯等文学批评家的苛责和指摘。尽管美国学者韦勒克和沃伦指出诗的“音乐性”(或“旋律”)这一术语应该被弃用,因为它具有误导性①,但他们依然认为诗歌中的音乐性也是一种美学形式,虽然不是指向诗歌意义的内容。与诗歌作品所不同的是,在音乐艺术中,音乐的内容就是乐音的运动形式②,抑或说内容与形式合二为一。需要指出的是,坡对形式的异常关注,让他成为现代主义诸多流派的鼻祖,因为现代主义作家所关心的是怎样写,而写什么并不是最重要的,而且他们往往都是有机形式主义者,认为内容即形式,形式即内容,离开了形式便

---

① René Wellek, Austin Warren: *The Theory of Literature*, Lowe & Brydone, 1954, p. 160.

② 爱德华·汉斯立克:《论音乐的美——音乐美学的修改刍议》,杨业治译,人民音乐出版社 1980 年版,第 50 页。

无所谓内容。[①]

坡的语言实验在某种程度上来说是直接诉诸感官的，他的语言艺术与其他指向感官的艺术形式产生了密切的内在关联。从“美的艺术”的角度来看，坡将诗歌批评理论指向听觉艺术(音乐)，把小说批评理论指向视觉艺术(绘画)，其目的不仅仅是希望语言艺术脱离其外部诸如道德、教谕等方面的影响和勾连，更希望强化艺术内部之间的联系。坡在离世之前曾尝试采用融合散文和音乐的方式撰写散文诗《我发现了》，试图在语言艺术中同时借鉴视觉与听觉艺术。然而，由于语言艺术的明晰性与音乐艺术的模糊性特质之间的差异，并不是所有类型的诗歌都适合与听觉艺术融合。譬如说，给那些体现复杂抽象观念的高度理智的诗歌谱上音乐性的曲调就不是一件容易的事情，即使能够谱上曲调，也会在一定程度上破坏了这类诗歌所要强调的明确性。在诗歌体裁中，抒情诗最适合与音乐融合，因为二者的目的相同，而在富于思考和戏剧性的诗歌中，音乐就成为一种陪衬。由此可见，“坡认为只有抒情诗才是真正的诗歌”[②]这一观点透露出坡在诗学理念方面一定程度的狭隘性，因为他将诗歌的价值和意义全部赋予了抒情诗。如果说诗歌是一种具有明确意义的音乐，那么坡用音乐来规制诗歌创作这一观念在某种程度上就是用一种艺术来限制另一种艺术，尽管音乐在坡看来只是一种手段。此外，坡一方面强调“为诗而诗”，另一方面把诗歌指向了音乐艺术，这种观念本身又是自相矛盾的，“为艺术而艺术”似乎更为合理。换言之，音乐可以作为诗歌创作的模范，但不能成为其展示自我特质的羁绊，除非把音乐视为诗歌本身的一部分抑或分支。由是，完美的诗歌应该既具有音乐的节奏又充满了思想

① 曾艳兵:《现实主义·现代主义·后现代主义小说辨析——以三部小说为例》,《外国文学》2006 年第 1 期,第 41—48 页。

② Edd Winfield Parks: *Edgar Allan Poe as Literary Critic*, University of Georgia Press, 1964, p. 67.

的节奏,合二为一,即诗歌既悦耳又悦心。但是,这一想法也是一种浪漫式的乌托邦,因为做到两全其美几乎是一个不可能完成的任务,这也是坡在诗歌批评和诗歌创作中因推崇音乐而遭到批判的根本原因所在。

| 第六章 |

爱伦·坡的文学批评与艺术的独创性

在鲁迅和周作人合著的译介作品《域外小说集》中,坡的故事《默》[①]是美国文学的唯一选本。坡的创作之所以被周氏兄弟、周瘦鹃、茅盾等甄选为外国经典作品并译介到我国,正是因为其破除陈规陋习的独创理念和别具匠心的创作风格。茅盾在 1922 年 1 月 4 日的《时事新报》上发展的《独创与因袭》一文开篇就指出,旧文学最明显的弊病是因袭与模仿[②],新文学的目标就是要革旧文学的命。在创新的旗帜下,进步文学社团诸如创造会、浅草-沉钟社和文学研究会等,尝试以译介外国经典作品的方式反叛以"文以载道""文以明道"和"文以贯道"为鹄的的文学创作传统,从而发起"为人生"的新文学潮流。王齐建在《首要目标是独创——爱伦·坡故事风格管窥》一文中,从坡的《椭圆形画像》《瓶中手稿》和《斯芬克斯》等故事在恶、死、梦等故事主题和风格方面的探索的角度审视坡的短篇小说,认为坡的故事"从内容到形式,都别具一格"[③],展示出独树一

① 今译为《静——一则寓言》。与坡同时代的作家霍桑的作品最早于 1913 年被介绍到中国,见孙毓修在《小说月报》上刊发的介绍性文章《欧美小说丛谈:霍桑》。

② 茅盾:《茅盾文艺杂论集》(上册),上海文艺出版社 1981 年版,第 71 页。

③ 王齐建:《首要目标是独创——爱伦·坡故事风格管窥》,《外国文学研究》1980 年第 4 期,第 91 页。

帜的创造性。

美国坡研究专家海耶斯指出,尽管坡疯癫落脱的形象在美国大众的心中已经根深蒂固,但是他勇于挑战美国主流文学传统和审美标准,彰显出了一位标新立异的独创者的光辉形象。然而,国内外学者尽管对坡的独创性深信不疑,但只捕捉到其独特的故事主题和独创的口号,对坡崇尚独创性的深层缘由、具体表现等问题仍缺乏深入、系统的探究。综观坡的文学批评,独创性是其褒贬英美作家文学地位和文学作品价值的重要标尺和基本准绳,而与独创性密切相关的“模仿”“剽窃”“庸才”和“天才”等词语也是坡批评文论中的关键词。在文学批评实践中,坡不仅严厉批判了英美作家笔下的模仿、剽窃,倡导独创的重要性,还提出了以否定和融合为策略的独创之法。他对独创性的推重顺应了浪漫主义思潮对个体价值的崇尚之风,为现代主义先锋文学诸多流派在反叛传统和教条方面奏响了先声。坡的独创理念规制并指引着其美学思想和作品风格的定位,为我们审视其文学批评向度及其作品的主题思想提供了重要路径。本章从坡对独创性的对立面——模仿和剽窃的批判出发,在关联独创性理念在欧美文学史中流变的基础上,观照出坡推崇独创性的缘由和创作实践,以期为更进一步审视坡独树一帜、离经叛道的作品风格和美学主张提供一个新的视角。

第一节　独创之敌:模仿与剽窃

文学创作的重心是作者独立的创造性,而与之对立的模仿和剽窃则被视为创作的污点和雷区。从古希腊的“模仿说”到文艺复兴时期的“镜子说”,自然一直被认为是艺术模仿的源泉。柏拉图以诗人是拙劣的模仿者为由,把他们驱逐出了“理想国”。对于艺术创作者来说,毫无创意的模仿类似于邯郸学步和照虎画猫，而剽窃则是把他人的思想或思想的表达据为已有从而窃取他人的智力成果，是一种“东抄西袭”和“潜窃阳剽”的可耻行径，应该受到道德的谴责和法律的惩戒。从词源学来看，“plagiarist”(抄袭者或剽窃者)一词源自拉丁语“plagiarius”，最初指的是“偷盗他人奴隶或奴役自由人的”[①]违规行为者。剽窃行为自古有之，剽窃通常被认为是现代的、对原创的浪漫主义式崇拜的产物，是一种“复制或模仿他人(思想家、艺术家、作家)的语言、思想和观点，并将其视为自己原创作品的行为”[②]。对于极其崇尚独创性的坡来说，如果“仅仅是对自然的模仿，无论多么准确，都不能让你享有‘艺术家’的神圣称号”(1458)，而创作中的模仿和剽窃均为艺术家缺乏独创性的证据，他甚至把二者归入罪恶的范畴，称之为“模仿的罪恶”(141)和“剽窃的罪恶”(1068)。

作为文学批评家，坡意识到英美文学传统中的模仿附庸、因循守旧和不思进取的陋习成为文学创作中的弊病，严重阻碍了文学的健康发展，也降低了文学作品的审美价值：“美国和英国作家最大的错误就是模仿前人独特的思想与措辞……于是，他们谴责所有的新奇都是标准规则的错误变体，认为所有的独创都是不可理解的。”(868)在评价肯尼迪的小说《马蹄罗宾逊》的文章中，坡就开门见山地指出：“在这本书中，模仿的思想是显而易见的，而且在很大程度上掩盖了它罕有的优点。”(648)坡从创作的意图角度重新审视荷马史诗《伊利亚特》的独创性，批判其“艺术感并不完美”，甚至宣称“现代史诗只不过是一种对假想的古代模式的不加考虑的盲目模仿”(72)，毫无创造性可言。尽管坡称赞狄更斯的小说《巴纳比·拉奇》颇具创意，但是同时他又叹息狄更斯“偶尔也会粗劣地模仿”(241)。对此，美国批评家洛威尔在《批评家寓言》中讽刺坡的诗歌《乌鸦》模仿了

---

① Richard A. Posner: *The Little Book of Plagiarism*, Pantheon Books, 2007, p. 49.

② Raymond Federman: “Imagination as Plagiarism [An Unfinished Paper...]”, *New Literary History*, Vol. 7, No. 3, 1976, p. 566.

狄更斯的《巴纳比·拉奇》。对于洛威尔的恶意指摘，坡同样以模仿作为反击手段，批判洛威尔模仿利·亨特的《诗人的盛宴》和拜伦的《唐璜》(809)，缺乏独创性。

坡把美国文学生搬硬套的模仿行为归因于国际版权法的缺乏。在坡看来，美国专门从事文字工作的本土文学家并不富裕，他们的创作不可能不收取任何报酬。国际版权法的缺乏让盗版的外国作品(尤其是英国作品)顺势成为美国作家仿效的模板，而美国的出版商“更感兴趣的是赚取利润”①，绝不会通过支付丰厚的稿费激励本土作家，这致使诸多美国本土作家陷入了贫困潦倒的境地。坡讽刺道：“我们的天才就这样被压抑着，只有我们‘优雅闲适的绅士’书写我们，而自古以来只有优雅闲适的绅士才会因作品的索然无味而被人注意到。”(1374)这些绅士的顽固和保守，导致他们效仿异邦文学，尤其是英国作品。坡觉得极具讽刺意味的是，美国国际版权法的反对者们甚至以所有的英国文学作品都是美国的为名“发起了更为有效的抵制请愿”②。依坡之见，殖民地具有模仿母国的倾向，美国也因此缺乏优秀的讽刺作品，他“把这一失败归咎于殖民地的模仿之罪”(815)。由于“模仿作为一种罪是不可原谅的”(594)，坡呼吁道：“即使是绝对的卓越，我们都不应该忍受其无限的重复。”(816)坡借此将矛头指向了新英格兰文人墨客，批判爱默生“只不过是恭敬地模仿卡莱尔”(1418)，而钱宁“似乎是同时接种了丁尼生和卡莱尔的病毒”(460)，并把善于模仿的作家讥讽为“一群没有大脑的模仿者”(531)。需要指出的是，在坡的年代，库珀被称为“美国的司各特”，欧文被称为“美国的艾迪森”，布莱恩特则被称为“美国的华兹华斯”，这些看似美誉的称号却从另

---

① Sidney P. Moss: *Poe's Literary Battles: The Critic in the Context of His Literary Milieu*, Duke University Press, 1963, p. 5.

② Aubert J. Clark: *The Movement for International Copyright in Nineteenth Century America*, Catholic University of America Press, 1960, p. 77.

一方面折射出美国文学对英国文学的低劣仿效，同时也成为坡在文学批评中反复抨击的素材。比如，坡在批评美国女诗人西格妮时讥讽道："她（西格妮）终于获得了'美国的赫尔曼斯'的称号。在坡看来，西格妮夫人的作品缺乏创造力和创新性，她获得这个称号完全依赖效仿，而'美国的赫尔曼斯'这几个字本身就是在大声斥责。"(875)

除了"模仿"，"剽窃"一词也是坡文学批评中的高频词语，甚至一度成为坡判定英美作家是否具备独创性的文学价值的另一重要参考标尺。坡在其诗集《阿尔阿拉夫、帖木儿及小诗》的脚注里首次提到了"剽窃"一词，而他在离世前准备撰写的《一篇评论的评论》和《美国克里比奇纸牌》的主题就是揭露与他同时代的美国作家们的剽窃行径。在坡的文学批评中，与其同时代的著名作家诸如朗费罗、霍桑和狄更斯等都被坡指摘过有抄袭他人的嫌疑，可见他对揭发文学剽窃行为有毕生的兴致。然而，坡也同样被一些同时代和后世的批评家贴上了剽窃者的标签。

相对于毫无创造力的仿效而言，坡更无法容忍"剽窃这样的罪行"(717)。在《诗集》的前言中，坡以"绞刑架上的小偷"(12)为喻来诅咒文学界鼠窃狗偷者的下场。坡认为剽窃行为比一般的盗窃行为还要恶劣，是"最卑鄙的盗窃行为"(1068)。在坡看来，剽窃者与一般的扒手不同，前者把他人的智力成果窃为己有，却不知羞赧，"如果被逮住，他就像一个被发现的偷鸡窝的贼一样悄悄地溜走；如果没有被逮住，他就会因自己的流氓行为得了手而窃喜不已，并享有他人智力为其赢得的声誉"(1076)。尽管坡对本土作家莫里斯·马特森的小说《保罗·乌尔里克》评价颇低，但他仍然对英国知名作家艾萨克·迪斯雷利抄袭前者小说的行为怒不可遏，并公开发文批判后者为"基督界最卑鄙无耻的剽窃者之一"(858)。

鉴于“文学剽窃是一种社会违法行为，受到公众的监督”[①]，坡在文学批评中试图化身为他的短篇故事《被窃的信》中的“剽窃猎手”杜宾，猎捕各类“剽窃罪犯”，并用公之于众的揭露方式让他们遗臭万年。如果说该故事中的那封异常重要的信件被看作是剽窃的文本[英文单词“letter”(信件)也有文字的意思]，那么主人公侦探杜宾就可谓是一名专业的“剽窃猎手”。他凭借高超的分析和推理能力，最终在文本盗窃者 D 大臣家里发现了被盗窃的文本。然而，坡的另一篇故事《人群中的人》却以失败的方式隐喻了那些未能揭露的(剽窃)罪行。虽然业余侦探(叙述者“我”)在故事中异常自信地告诉读者，“我”可以通过行人的面部特征来判断和解读他们的身份，但是当碰到了一个罪孽深重的老人时，“我”却以失败告终，回到了原地。如果从“剽窃猎手”的角度来解读该故事的隐含主旨，那么老人的神秘身份与故事的开篇题记——“据说有那么一部德文书不允许自己被别人读”则蕴含了作恶(剽窃)不愿意被他人揭发的暗指。在某种意义上，第一人称叙述者“我”瞥见藏匿于老人身上的匕首的刀光剑影，似乎是对揭发者将要受到报复性威胁的暗示。我们甚至可以说，坡的另一篇犯罪小说的标题《你就是那人》，暗含了他对泛滥于美国 19 世纪文学界的文本盗窃这一“犯罪行为”的愤怒和扼腕。

在立体印刷、造纸机、光刻术和摄影术等发明的助推之下，美国本土的报刊从 19 世纪初开始大批量地刊发各类文字作品，出版业的机械复制越来越容易。这种前所未有的批量生产和机械复制在文学领域继续上演，为那些与复制行为类似的剽窃行径提供了可能性和生存空间，“似乎

---

① Stephen Rachman: “‘Es lässt sich nicht schreiben’: Plagiarism and ‘The Man of the Crowd’”, in Shawn Rosenheim et al., eds.: *The American Face of Edgar Allan Poe*, The Johns Hopkins University Press, 1995, p. 52.

没有作者能够认识到,小说中的人物、事件甚至整个段落可以是个人财产”①。一些伪劣文人为了追求个人效益,把他人的思想或思想的表达据为己有,窃取他人的智力成果,违反了知识分子应有的职业伦理和操守。相较于拥有悠久的文学传统的欧洲国家,原创性的作品在这个新生的国度极为匮乏。直至19世纪20年代,美国本土小说的出版数量也只不过近百部,自国家独立以来平均每年只有3部。在缺乏国际版权法保护和制约的历史背景之下,美国期刊充斥着大量的劣质作品,而被文学民族主义侵蚀的美国文学批评却反向地助长了本土作家的剽窃和模仿之风。由于美国国会在1790年通过的《版权法案》只为美国作家提供版权保护,文学创作领域的偷盗行为,不但没有得到有效的制止,反而越发猖獗。为了抵制美国文学市场中盗版和剽窃行为的乱象,坡不仅加入了“青年美国”成员布里格斯于1843年组建的“版权俱乐部”,并成为125名准会员之一,还心怀知识分子的责任心对英美文学中的剽窃行为进行了无情的揭露和批判。在评价英国著名诗人托马斯·穆尔的诗集《阿尔西弗龙》的文章中,坡毫不顾忌地指出穆尔在第27页抄袭了古罗马作家阿普列尤斯。对本土作家的剽窃行为,坡同样毫不客气,他以文本对比的方式判定美国诗人赫斯特的诗歌《诗人的诞生》剽窃了美国诗人约翰·尼尔的同名诗歌。

美国的一些畅销书作家是徒有虚名的,他们的光辉形象之下藏匿着不光彩的挪用行为,美国19世纪上半叶最受欢迎的新英格兰诗坛翘楚朗费罗在坡看来也是如此。身为大学语言教授,朗费罗涉猎范围广泛,也善于翻译外国作品。尽管朗费罗在诗歌、小说和戏剧创作方面均表现出行家里手的才华,但坡却以批评家的慧眼窥见了他善于模仿和挪用他人作

① 萨克文·伯科维奇:《剑桥美国文学史》(第一卷),蔡坚主译,中央编译出版社2008年版,第598页。

品思想的行径，预言了“他(朗费罗)的作品基本上是派生的而不是创造性的”①这一后世判定。为了阐发他与美国主流文学截然不同的诗学理念和美学主张，坡不惜以引起纷争和骂名为代价批判全美最著名的新英格兰诗人，因而被贴上了“一个坏脾气的人嫉妒其他成功作家”②的负面标签。坡在 1839 年第一次评论朗费罗小说《亥伯龙神》时就一针见血地指出了朗费罗小说中“不可容忍的模仿”(670)。坡对朗费罗剽窃行为的揭露和指摘，发端于 1840 年他对朗费罗的第一部诗集《夜吟颂》的评论。在进行一番文本比对之后，坡毫不客气地指出朗费罗抄袭了英国诗人丁尼生。对此，朗费罗本人并没有公开提出任何异议，这在坡看来就是一种默认。于是，坡大胆地指出：“事实上，所有文学史都表明，至于最频繁和最明显的剽窃，我们一定要搜索最杰出的诗人的作品。”(759)其言下之意就是，像朗费罗这样的所谓文坛名流最善于明目张胆地盗用那些没有名气的作家的作品，违背了文学家应有的道德伦理和社会责任感。

5 年之后，在个人利益的驱使和“青年美国”组织的鼓动下，坡旧事重提，发起了他与朗费罗拥趸③之间的“小朗费罗之战”。在这场文坛纷争之末，坡以感性诗意作为区分剽窃的手段，将他对文学剽窃的批判提升到了美学的高度。难能可贵的是，坡没有止于揭露和批判，也没有陷入有失公允的印象主义批评，而是从公正公平的角度进行了阐发，体现出批评家在这一文学挪用现象中的理论建构和理性思维。坡在 1845 年 9 月的《戈迪淑女杂志》上的“旁注”中写道：

---

① 查尔斯·A. 比尔德、玛丽·R. 比尔德：《美国文明的兴起》(上卷)，许亚芬译，商务印书馆 2010 年版，第 829 页。

② Benjamin F. Fisher: *The Cambridge Introduction to Edgar Allan Poe*, Cambridge University Press, 2008, p. 114.

③ 虽然朗费罗没有正面与坡对质，但是他的友军如克拉克兄弟以及后来匿名为 Outis 的人组团与坡论战，参见：Eric W. Carlson: “Poe's Ten-Year Frogpondian War”, *The Edgar Allan Poe Review*, Vol. 3, No. 2, 2002, pp. 37-51; Sidney P. Moss: *Poe's Literary Battles: The Critic in the Context of His Literary Milieu*, Duke University Press, 1963。

然而，我很清楚地认为，在100篇这样性质的剽窃中，有75篇不是偶然的，而是无意的。诗意意味着一种对卓越诗作的异常敏锐的欣赏，无意识地将其融入诗性实体，以至于一段令他钦佩不已的文字段落，在被遗忘和通过极其模糊的联想而再现之后，让剽窃的诗人认为是他自己的大脑杜撰出来的。然而，一个无情的世界将永远无法理解这一切，而剽窃的诗人纵然不是罪犯，至少也是不幸的；在这两种情况下，批评的正义都要追索所有权的源头。在两个人之中，一个必将受遭罪，这并不重要，谁是受害者是毫无疑问的。(1373—1374)

从上述引文可知，坡把剽窃者二分为有意识和无意识的剽窃者。依坡之见，批评家应对前者进行无情的揭发和鞭挞，而对绝大多数的后者应给予一定的同情和宽容，坡甚至从与审美相关的诗意角度来消弭无意识挪用的罪行。于坡而言，通过这种理性的区分，批评家就不会冤枉无辜的借用者，而那些有意为之的文字盗窃者也不会"逍遥法外"。

现代意义上的模仿和剽窃在某种意义上都源自"对独创的浪漫主义式崇拜的产物"①，这种浪漫主义式的独创意识在19世纪的美国文学界尤为凸显。与坡同时代的爱默生同样鄙薄模仿，把艺术的独创性置于一个崇高的地位。爱默生劝诫美国学者和作家放弃模仿欧洲巨擘，因为"模仿无异于自杀"②，而且"艺术的目的并不在于模仿，而是创造"③。在爱默生的感召之下，霍桑聚焦于清教徒社区，惠特曼开创了自由体诗。然而，坡的艺术自律的美学主张迫使他与同时代的爱默生和朗费罗所代表的主

① Richard A. Posner: *The Little Book of Plagiarism*, Pantheon Books, 2007, p.49.
② 爱默生:《爱默生散文精选》,程悦译,长江文艺出版社2010年版,第66页。
③ 爱默生:《爱默生散文精选》,程悦译,长江文艺出版社2010年版,第159页。

流文学分道扬镳,但也正是这个在美国具有独创性的美学原则确保了他经久不衰的地位。坡没有成为一些学者所认为的剽窃辩护者,更没有放弃对原创性作品审美诉求的呼吁,他依然在文学批评中执意推崇艺术独创的可能性。除了强调以批评的正义去追踪那些有意为之的文学剽窃者外,坡以“感性诗意”这一审美判断来消解无意识剽窃行为的“罪行”。换句话说,坡认为无意识的挪用只是继承了他人的卓越思想,仍然是以创造美为鹄的的,因为“诗意的前提是对美之敏锐的欣赏和对美的融入诗意的渴望”(1164)。由是,坡抨击朗费罗的深层缘由在于二者在诗歌理念上的分歧,尤其是在诗歌审美功能方面。朗费罗在 1841 年 5 月 19 日写给坡的信中说道:“我认为你注定要成为这个国家最优秀的传奇作家之一,如果这就是你的目标。”[①]尽管朗费罗在表面上对坡的评价不乏溢美之词,但很明显的是,他所称赞的是坡的散文创作天赋,并不是坡的诗歌价值及其诗学理念。鉴于此,坡在回应朗费罗的拥趸乌提斯的文章中宣称自己对朗费罗的批判既非个人攻击也无妒恨之心,而是在“捍卫一套创作原则”(742)。虽然坡没有明确指出这套创作原则到底是什么,但是从他评论朗费罗的诗集《民谣及其他诗》所阐发的唯美理念中可以窥见一斑。

在坡看来,感性“诗意的原则深藏于人的不朽本性之中,与他周围的世俗环境几乎没有必要的关联”(549),感性诗意在坡的诗学理念中成为抵制诗歌艺术社会功能的屏障,并最终指向了无功利性的审美内涵。坡在 1842 年评论朗费罗的诗集时,提出了一个与美国主流文学截然不同的诗歌美学理念。坡在《致 B. 的信》中以审美愉悦和音乐性来界定诗歌,而在评价朗费罗的《民谣及其他诗》时将诗歌定义为“美之有节奏的创造”,并在其重要的文论《诗歌原理》中将其作为核心观点再次强调。坡把创造

① Harold Bloom: *Edgar Allan Poe* (*Bloom's Classic Critical Views*), Infobase Publishing, 2008, p. 136.

美视为诗歌艺术内质的这一唯美主张与18世纪末19世纪初在欧洲极具影响力的莱辛和黑格尔的美学思想几乎一致。莱辛在《拉奥孔》中宣称“美”是艺术的最高目标，黑格尔则在《美学》中指出，诗的艺术作品却只有一个目的：创造和欣赏美[①]。鉴于此，坡对朗费罗剽窃的指控的本质原因在于二者审美范式的冲突，坡的言外之意指向了朗费罗的诗歌严重缺乏创造美这一重要的艺术特质。坡在1844年评价新英格兰诗人和批评家洛威尔的《诗集》时也毫不犹豫地指出，“真正的诗歌唯一合法的目的是创造美”(809)，重申了艺术以创造美为终极目标的诗学理念。

坡对有意识和无意识的文学剽窃者的划分启发了美国学者彼得·肖对现代社会中剽窃行为的研究。肖在《剽窃》一文中的开篇称赞坡最先注意到公众对剽窃者的同情，并提出了判定剽窃的重要依据，即“带有欺骗的企图”[②]。此外，坡对无意识的剽窃行为表现出的温和态度，与著名学者波斯纳的观点也有一定的共同之处。波斯纳指出，隐瞒是剽窃的核心，而公众一般认为“无意识的剽窃是一种疏忽的罪过，不是有意为之的，不应受到谴责”[③]，但这也经常成为剽窃者逃避指责的借口。坡对无意识的剽窃者的同情，甚至预示了英美期刊从19世纪60年代开始出现的类似的文章批评转向，正如麦克法兰所言，“这些文章要么是对剽窃的辩护，要么(不太常见的)是对纯粹起源概念的攻击，它们的目的是驳斥对剽窃和原创的普遍态度”[④]。

坡执着地批判着剽窃现象，其目的就是把那些企图通过盗用他人思想来获得名望的文字“罪犯”“绳之以法”，从而规范文学市场的秩序，发挥

① 黑格尔：《美学》(第三卷下册)，朱光潜译，商务印书馆1995年版，第46页。

② Peter Shaw: “Plagiary”, *The American Scholar*, Vol. 51, No. 3, 1982, p. 327.

③ Richard A. Posner: *The Little Book of Plagiarism*, Pantheon Books, 2007, p. 97.

④ Thomas McFarland: *Originality and Imagination*, The Johns Hopkins University Press, 1985, p. 43.

出文学批评应有的社会批判功能。值得注意的是，坡在批评中使用了法官式的修辞性语言，以融合诗意情感与法律理性的方式来鞭挞邪恶和伸张正义。如果说努斯鲍姆在《诗性正义——文学想象与公共生活》中倡导把作为无利害的审美情感与冷酷无情的法律审判相结合，从而建构出一个理想的法治社会，那么坡则选择了与之相反的方向。换句话来说，坡将法律正义理念运用于文学批评中，希冀以法律的严肃性来纠偏文学创作中不道德的挪用行径。

坡把剽窃者比作杀人犯，并指出对他们的同情就等于帮助他们"欢天喜地地逃脱了刽子手的绞索，从而使得另一个无辜的人被绞死"(717)，致使"诗性正义"(483)无法伸张。无独有偶，美国作家詹姆斯·海尼斯的恐怖小说集《发表和毁灭：三部关于任期和恐怖的故事》的第三篇故事《卢恩魔咒》中的剽窃者，为了占有他人的智力成果用邪恶魔法杀害了他的剽窃对象（一位历史学家），但最终他被另一位历史学家的遗孀以同样的方式杀死。这种带有正义感的结局正是小说家对不道德的剽窃者最终走向毁灭的诗性想象。然而，海尼斯的正义并不是坡所期望的，这种对报复者不加审判就杀死谋杀者（剽窃者），从而为被谋杀者（被剽窃者）复仇的方式，让报复者堕落成为另一个杀人犯，这种行为恰恰又是非正义的，违背了"诗性正义"公正的理性诉求。

饶有趣味的是，坡在揭露他人的剽窃行为时，常把被剽窃对象指向他自己，暗示出他自己的作品是"值得窃取的"(871)。譬如，坡虽然高赞了霍桑的小说集《故事重述》的独创性，却以举证文本相似性的方式爆料说该小说集中的故事《豪的假面舞会》涉嫌剽窃他的短篇小说《威廉·威尔逊》，尽管坡委婉地说自己"观察到一些类似剽窃的东西——但这可能是一种令人愉快的构思巧合"(575)。坡在得知自己的故事《莫格街谋杀案》被法国作家尤金·苏借用到其小说《巴黎的秘密》时说道："当然，我不愿意把苏先生对我的财产所做的改动看作一种恭维。这种相似性也许完全是偶然的。”(1407—1408)在之后的论战中,坡除了把莎士比亚、弥尔顿、布莱恩特纳入朗费罗剽窃的对象外,还将他自己也纳入了。最终,朗费罗被坡毫不客气地界定为“不仅是一个奴性的模仿者,而且是一个最无礼的文学小偷”(777)。

由于历史的原因和个人的局限性,坡既没有尝试区分模仿和剽窃之间的本质差异,也没有从法律的角度在剽窃和侵权行为之间划清界限,而是把模仿和剽窃共同归为罪恶。从现代著作权法的角度来看,坡视思想和对思想的表达为独创者不可侵犯的产权,因而混淆了剽窃与侵权之间的界限。事实上,大多数国家的著作权法把作品二分为思想和表达两个层面,并主要保护后者,而前者仅在专利法中得到一定的保护。剽窃思想观点不算侵权行为,至多是一种不道德的违规操作。同时,坡用杀人犯来比拟剽窃者也过于极端。然而,作为一名秉持公正的文学批评家,坡以剽窃追踪者的身份揭露“文抄公”的卑鄙行径,对“美国人特别易于模仿和剽窃之风”[①]的遏制以及文艺创新的倡导起到了一定的积极作用。

坡对揭露文学剽窃行为的执着,也让他背负了“文学打手”的恶名,而他对剽窃对象的自我指涉甚至被视为一种自我建构独创性的批评策略和手段。虽然在他抨击朗费罗疑似剽窃的背后暗含着复杂的历史原因和个人因素,他甚至在批判者和辩护者的立场上摇摆不定,但他自始至终没有摒弃批评家所坚守的批判责任和正义感,反而以理性的方式对这一让所有时代的艺术家都产生焦虑的文学现象进行了反思和修正,甚至依然执意强调艺术独创的可能性,正如他在驳斥《圣经》里所罗门王的至理名言“太阳底下无新事”时所说,“这条谚语现在已经不适用了”(869)。尽管坡本人在一定程度上也是一名文本挪用者,甚至刻意回避对前人和他人的

① Nelson F. Adkins: “‘Chapter on American Cribbage’: Poe and Plagiarism”, *The Papers of the Bibliographical Society of America*, Vol. 42, No. 3, 1948, p. 199.

挪用，但整体而言，坡在文学批评中所推崇的和在文学创作中付诸实践的是独创性。更为重要的是，坡以“剽窃猎手”的身份揭露和打压美国文人的剽窃行为，对英美文学杂志剽窃之风起到了重要的抑制和警示作用。可以说，坡积极响应了欧洲浪漫主义批评对创作主体真挚情感的崇尚，这对美国19世纪主流文化中的物质主义和功利主义倾向而言也是一种间接的纠偏。

第二节　独创之法：否定与新奇组合

于浪漫派而言，艺术不应该仅仅是对外部世界的真实模仿，更不可以成为新古典主义那种传递知识和道德的工具。浪漫主义文学家号召作家抛弃古典主义审美范式，以审美主体的创造性为标志，彰显出独特的主体性美学。对模仿和剽窃行为的判定不仅是坡评判文学作品价值的重要标尺，也折射出美国浪漫派对独创性的推崇。依坡之见，“创造的宿敌就是模仿”(357)，更不必说剽窃了。虽然当时美国文学作品鱼龙混杂，模仿和剽窃成风，但坡仍然充满乐观精神：“我们正在打破模仿的枷锁。与其他时代一样，当下我们仍有许多独创的机会。”(868)然而，让坡痛心不已的是，他对模仿和剽窃界定的罪责，反而被他人加诸这二者的对立面——独创性之上：“在他们看来，创造出一些以前没有被创造出来的东西，至少相当于七宗致命罪行中的六宗——或许是不可饶恕的罪行本身——对于这一罪行，他们认为作者应该在此以经受错误批评的苦难以及在以后遗忘的地狱里为这一恶行赎罪。”(868)有鉴于此，坡以自己的创作为例提出了两个具体的独创路径：否定与新奇组合。

一般而言，独创性强调的是在独立创作的基础上而产生的非模仿性或非抄袭性和差异性，指在风格和品质上的新奇与新颖，意味着既独特又新颖。东晋书法家王廙写给其侄王羲之的千古创作名言——“画乃吾自画，书乃吾自书”[①]，就倡导艺术必须彰显独创性，将独特的个性表现于艺术家与众不同的创作风格之中，从而别具一格，自成一家。福克纳也指出，创作并不是为了荣誉，更不是为了利润，而是想从人类精神的材料中创造出某种过去未曾有过的东西。[②] 坡声称他在创作中的“首要目标（一如既往）就是独创”(20)，“坡先生的首要目标是新奇的效果”(873)。可见独创性与新奇性在坡的创作中占据着同等重要的地位，即在构思作品时，要“始终心怀独创性”(13)，然后再去寻找新奇的题材从而达到一种生动的效果。由此可见，坡的“效果美学”理念与其独创性创作论之间也存在着密切的关联性。在批评朗费罗剽窃时，坡将诗歌定义为“美之有节奏的创造”。艺术的创造性特质不仅是坡界定诗歌的三大重要组件之一，而且位居首要。难能可贵的是，除了对独创性进行强调和界定外，坡将“否定”视为建构独创性的一个重要的创新观念，并在文学批评中躬身实践。

坡在《创作哲学》中论述他如何在诗歌《乌鸦》中体现独创性时指出，由于独创性是最高级别的艺术品质，要想得到它，“与其说需要发明，不如说采用否定”(21)。纵观坡的文学批评，否定性的观念俯拾即是，成为其独特的批评风格的旗帜性话语。在文学作品的篇幅方面，坡首先从文本在读者心灵上产生效果的有效时间的角度来强调文艺作品的时效性，从而在某种程度上否定了长诗和长篇小说的文学价值。坡认为弥尔顿的《失乐园》和荷马的《伊利亚特》都因太过冗长而失去了整体性的阅读效果。虽然坡解释说“简短只不过是冗长的否定”(51)，但是他也没有误入极端，反而强调诗歌的篇幅也不能太过简短，因为太短就不能产生持久而深远的效果。在以独创性为目标的效果美学的引领之下，坡又把其对诗

① 王云飞：《“画乃吾自画，书乃吾自书”发微》，《美术》2015 年第 10 期，第 122—125 页。

② 威廉·福克纳：《福克纳随笔》，李文俊译，上海译文出版社 2008 年版，第 121 页。

歌篇幅的观点毫不犹豫地运用到小说批评和创作之中，试图否定长篇小说的艺术价值。依坡之见，诗歌的阅读时间最好为一个小时，短篇小说则为一个半小时到两个小时。坡在评价自己的《怪诞与阿拉贝斯克故事集》时夸耀他自己“在这个国家，把小巧的‘故事’之地位抬得高于更大的、传统意义上的‘小说’之上”(873)。正是由于“短篇故事拥有让作者创造一种效果的优势，所以坡更偏爱短篇散文故事而不是小说”①。

在文艺作品的功能性方面，坡否定了美国19世纪以“文以载道”为主题的主流文学。在19世纪上半叶民族主义的浸染之下，美国这个新生的共和制国家呼吁本土作家创作出“新乐园”和“新亚当”，从而激起他们的奋斗意志。在新英格兰的中心城市波士顿，代表着美国主流文学的爱默生和朗费罗，以复兴民族文学为己任，号召美国文人书写美国主题，撒播美国的民主思想。然而，坡不仅否定了北方文学代表整个美国文学这一狭隘的区域主义文学观，同时也否定了文学必须为民族服务的文学民族主义观念。即使身处美国的北方，坡也没有选择夤缘攀附，反而勇敢地抨击超验主义团体和新英格兰文坛霸权，揭露朗费罗的剽窃行为。此外，坡否定激进的民族文学，“反对文学民族主义、偏爱异国主题和警惕区域主义”②，并拒绝帮助政府建构民族叙事和帝国叙事。于坡而言，独创性才是文学艺术创作的最高美德(579)，他以此为由否定和批判英国浪漫主义代表人物华兹华斯和美国思想界的巨擘爱默生作品中的说教主题，并称欧美主流文坛中的“宣教”为文学上的“异端邪说”。在美学思想方面，他以唯美为创作的中心坐标，标举“为诗而诗”的纯诗主张，与欧洲刚刚兴起的唯美主义思潮遥相呼应，正如布鲁姆所言，“坡的天赋主要在于否定性

① Harry Lee Poe: *Evermore: Edgar Allan Poe and the Mystery of the Universe*, Baylor University Press, 2012, p. 63.

② J. Gerald Kennedy: *Strange Nation: Literary Nationalism and Cultural Conflict in the Age of Poe*, Oxford University Press, 2016, p. 374.

和对立”[①]。

坡并没有止于布鲁姆所谓否定和对立，而是提出了融合式的创新路径：新奇组合。坡坚定地说道：“就其目的而言，真正的独创性就是在激发人类半成形的、不情愿的或意想不到的幻想时，在激发心灵激情的更微妙的搏动时，在胚胎中产生某种普遍的本能情感时，融合了明显新奇的愉悦效果，一种真正的自我愉悦。”(581)可见，坡尝试勾连艺术独创性理念与其美学核心观念“效果说”，并从读者反应的角度对其重新做出了独具个性的定义。在《创作哲学》中，坡以《乌鸦》为例，对新奇组合之法做出了具体阐释，即“在《乌鸦》的节奏和韵律上，我都假装毫无创意：扬抑格的节奏和八步无韵体”，虽然“单独来看每一行诗的韵律都被前人使用过”，但是“《乌鸦》的独创之处就在于其诗节的组合；这种组合从未有人尝试过”(21)。坡在创作短篇故事《兰多的小屋》时告诉他的未婚妻莎拉·海伦·惠特曼：“最迷人的效果应该是通过艺术组合那些我们熟悉的和被低估的素材。”[②]由此可见，坡所谓独创并非指原创，而是按照艺术家本人的喜好进行取舍，“将现有的材料排列成新的组合”[③]，再熔铸成一种符合艺术家个性或风格的艺术作品，这种融合式的独创在某种意义上实为一种旧瓶装新酒的创新策略。

如果说坡在其前期批评理论中否定长篇诗歌和长篇小说的艺术价值，并以摒弃“真”为代价崇尚唯美的诗歌艺术，那么他在其后期的代表作散文诗《我发现了》中则表现出了一种美学理念的转变，以融合诗歌和散文的艺术方式来呈现美与真、善的统一。在诗歌批评中，坡倡导融合听觉

① 哈罗德·布鲁姆：《批评、正典结构与预言》，吴琼译，中国社会科学出版社2000年版，第75页。

② Joan Dayan: *Fables of Mind: An Inquiry into Poe's Fiction*, Oxford University Press, 1987, p. 105.

③ Robert Macfarlane: *Original Copy: Plagiarism and Originality in Nineteenth-Century Literature*, Oxford University Press, 2007, p. 1.

艺术(音乐)的创作手法,而在小说批评中,坡则选择了视觉艺术(绘画)的创作手法作为散文创作者的借鉴和融合的标准。此外,坡把浪漫派所推崇的“独创性”和“天才”与亚里士多德所强调的美德进行了融合。我们有理由说,坡以隐性道德为内核的美学思想在西方文学思潮从古典主义、浪漫主义、唯美主义到现代主义的演进中起到了重要的纽带作用,而这一纽带作用的关键因素就在于其融合创新的美学理念。

坡将融合式创新手法运用到文学作品的创作中,开创了新的题材,塑造了独特的人物形象,其创作经得住时间的考验。小说家利帕德与坡在同一时期创作犯罪小说,他的代表作《贵格之城》风靡一时。然而,坡被后世批评家公认为现代侦探小说的肇始者,而利帕德却逐渐淡出了批评家的视野。究其缘由,利帕德的犯罪小说充斥着风月笔墨,流于媚俗,将下层民众视为其潜在的读者。坡则不然,他“试图将情感文学对惊奇的强调与一种‘雕塑’技巧相融合”[①],让其小说不乏高雅艺术的趣味,并在作品中尝试调和耸人听闻的低级趣味与新英格兰精英文化的冲突,从而雅俗共赏,更加接近新兴中产阶级读者的品位,开创了现代意义上的侦探小说文类。此外,坡笔下的侦探杜宾也是一个融落魄贵族和大众社会中古怪知识分子形象于一体的创新式人物。作为一名现代业余侦探的鼻祖,杜宾谙于推理,富有想象力,甚至比《窃信案》中兼有“诗人和数学家”[②]特质的D大臣还要技高一筹。于坡而言,融合的目的不是简单的拼凑或杂糅,而是要产生一种独特的差异性,这种差异性“是将我们已经熟知的东

① Sean McCann: “The Novel of Crime, Mystery, and Suspense”, in Leonard Cassuto, ed.: *The Cambridge History of the American Novel*, Cambridge University Press, 2011, p. 804.

② Edgar Allan Poe: *Complete Stories and Poems of Edgar Allan Poe*, Doubleday & Company, 1966, p. 133.

西与人类活动在语言中的丰富新奇性相融合的结果"①,因而在某种意义上也是一种开端或创造。坡在评价他自己的故事《厄舍屋的倒塌》时曾言:"尽管《金甲虫》和《莫格街谋杀案》这两部作品更受大众欢迎,但在文学界,它(《厄舍屋的倒塌》)似乎比坡的其他作品更受欢迎,原因就是其中不间断的趣味性、寻常事件的新奇组合和忠实的细节描写。"(871)坡的《金甲虫》《催眠启示录》等故事的成功显然离不开其中密码学、催眠术、颅相学等大众文化的新奇组合。

虽然坡为了独创性付出了巨大的代价,但这也是值得的。由于过分批判和揭露新英格兰文坛巨人朗费罗的抄袭行径,坡的许多新英格兰友人如洛威尔、布里格斯等都与坡反目成仇;也由于过激否定美国主流和某些文学传统,坡在其有生之年没有得到美国主流批评界的认可,甚至一度被边缘化。然而,坡并没有一味地否定和止于否定,而是在否定的基础上提出了独树一帜的观点:在否定长诗时以《乌鸦》为标准,建议把诗歌的长度限定在一百行左右,读者的阅读时间限制在半个小时之内;在否定"他律"的"文以载道"时倡导艺术自律理念。时间是真理的试金石,正是由于其"堪称独一无二"②的独创性和前瞻性,坡被奉为多个现代文学思潮的先驱和诸多现代与后现代文类的开创者,譬如现代主义的先驱、唯美主义的先驱、现代心理小说的先驱、现代科幻小说的先驱等。

在现代主义先锋文学的浪潮之中,独创性再次成为反叛传统和教条的重要理念,这也是现代主义作家在坡身上找到"亲缘性"的原因所在。坡的独创理念和文学作品为现代主义思潮中的主要流派提供了理论指导和创作摹本,被视为多个现代流派的圭臬。意象主义领军人物庞德提出

---

① Edward Said: *Beginnings: Intentions and Method*, The Johns Hopkins University Press, 1975, p. xiii.

② 查尔斯·A. 比尔德、玛丽·R. 比尔德:《美国文明的兴起》(上卷),许亚芬译,商务印书馆 2010 年版,第 831 页。

了“锐意创新”的口号,倡导现代艺术家创作出具有鲜明的创新性和个体色彩的艺术作品。到了后现代,法国后结构主义者克里斯蒂娃在巴赫金对话理论的基础上在《词、对话、小说》一文中提出了互文性(也称为文本间性)这一后现代批评术语,罗兰·巴特的互文性理论通过质疑作者和原创性概念,用文本的去历史化方式,彻底消解了崇尚独创性的浪漫主义话语。从后结构主义的视角来看,古今中外的所有作品都存在“互文性”,都是对先前文本的吸收与转化,因而独创以及原创就变成了一种悖论。正如萨义德所说,“我不敢说自己具有惊人的独创性”①,互文性理论在某种意义上既是对模仿和剽窃的开脱,也消弭了围绕于文学挪用行为的道德困惑和伦理焦虑,印证了坡所拒绝承认的“太阳底下无新事”这一充满寓意的名言。然而,互文性理论绝不能成为创作者剽窃他人智力成果的借口,现代著作权法视作品为特殊财产,它不保护一般意义上的劳动,只保护具有独创性的劳动成果②。但是,文本的互文性又让我们对抄袭和独创有了进一步的认识,同时也对著作权纠纷的解决和判定有一定的借鉴意义。

第三节　独创之人:天才

在艺术创作中强调原创性和个性的张扬乃浪漫主义文艺思潮一个重要的美学主张,而作为推动我们现在所称的浪漫主义文化变革的核心概念,“天才是浪漫主义时期文学批评的一个关键术语”③。由于浪漫派“欣

---

① Edward W. Said: *Beginnings: Intention and Method*, The Johns Hopkins University Press, 1975, p. 16.

② 李琛:《知识产权法关键词》,法律出版社 2006 年版,第 26 页。

③ David Higgins: *Romantic Genius and the Literary Magazine*, Routledge, 2005, p. 23.

赏并追求独特和个别,而不是普遍及一般”①,“浪漫主义本身特别强调独创性”②,真正对天才的独创性异乎寻常的崇拜肇始于浪漫主义运动。天才成为浪漫主义的核心观念不仅源自大众对浪漫式英雄的个人生活怀有的强烈兴趣,还与浪漫主义推崇创作主体的创造性密切相关。在19世纪早期的英国,作家和读者对天才这一主题有着前所未有的兴趣,特别是对伟大人物的个人特征和生活史的研究和讨论。到了19世纪二三十年代,诸多关于天才的描述都是传记性的,因为浪漫主义强调艺术创作背后的个人意识和天才的特殊品质,这促使人们越来越关注创造性艺术家的个性和私人生活。同样是在英国,人们对作者的传记研究从18世纪晚期开始,这种兴趣到了19世纪迅速转化为浪漫主义文学写作的重要手法,因为诗人和散文家的个性被视为作品的核心,“人们对灵感、原创性、创造力和天才等话题进行了广泛的讨论”③。传记研究的方法在整个维多利亚时期继续盛行,并成为严肃文学批评和研究的一个重要元素。

如果说19世纪早期的天才形象是为了构想出一种更高级的存在,那么另一种说法则是把他们描述为质疑当时社会基础的叛逆者,一种英雄式的人物。当浪漫主义诗人遭遇到被理性化和世俗化主导潮流裹挟的现代文明社会之时,他们奋起反抗,在彰显出强烈的叛逆者形象的同时,试图建构出一种新式的英雄形象:天才。在某种意义上,浪漫主义诗人对天才的强调也是对诗人在日益商业化的文学世界中疏远读者的一种回应。在19世纪中叶,关于天才的超越性特质的浪漫主义辩论已经扩展到更为广泛的范畴,即在日益民主的社会中杰出个人的作用与大众集体之间的

---

① 蒋承勇:《“浪漫”之钩沉——西方浪漫主义中国百年传播与研究反思》,《中国比较文学》2019年第2期,第171页。

② Thomas McFarland: *Originality and Imagination*, The Johns Hopkins University Press, 1985, p. 60.

③ Jack Stillinger: *Multiple Authorship and the Myth of Solitary Genius*, Oxford University Press, 1991, p. 7.

关系和冲突。在卡莱尔看来,不管大众的观点或愿望是什么,这位伟人应该将他自己的观点强加于大众,而大众更应该为之鼓掌欢呼。可以说,卡莱尔的代表作《论英雄与英雄崇拜》中的英雄崇拜在某种意义上就是一种对浪漫主义天才观普遍化的应和。依伽达默尔之见,浪漫主义在文化史上的一个里程碑式的贡献就是将天才概念发展成了一个普遍的价值概念,并且将之与独创性观念联系到了一起,展现出一种 19 世纪特有的非理性主义天才崇拜观。① 在想象力和激情引导下的独创性天才个体仿佛接收到了超自然神灵的感召,他们超越了公众平庸的判断力,已不仅仅指涉艺术风格的独特性,更是一种出类拔萃的高贵,从而反衬出凡夫俗子的平庸。与卡莱尔所不同的是,密尔并不赞同将多数人的自由牺牲给任何个体,不论这个人是多么英勇或聪明。密尔在《论自由》一著中表达了他的担忧,即个人天赋将要受到民主社会发展的威胁。由是,天才和大众之间紧张的对立关系在 19 世纪末的欧洲继续引起了广泛的争论。

从 18 世纪末到 19 世纪中叶,文学杂志顺势成为引领公众阅读品位的权威媒介,并在塑造中产阶级读者的意识形态中发挥了至关重要的作用。在 19 世纪早期的英国,人们对天才的主题以及创造性艺术家的个性和私人生活表现出前所未有的兴趣,自传和浪漫主义之间的关系成为“一个老生常谈的话题”②。英国诗人拜伦离经叛道的个人形象直接投射出文学杂志在浪漫主义时期处理文学人物的普遍兴趣。与拜伦类似的是,英国诗人彭斯、柯勒律治、司各特、雪莱和华兹华斯等经常被描绘成与普罗大众有着根本区别之人,这种英雄式的人为塑造同时也反映了读者和评论家的期待,换句话说,就是呈现出了他们与众不同的地方。然而,个

---

① 伽达默尔:《真理与方法——哲学诠释学的基本特征》(上卷),洪汉鼎译,上海译文出版社 1999 年版,第 76 页。

② Julian North: *The Domestication of Genius: Biography and the Romantic Poet*, Oxford University Press, 2009, p. 1.

体成名的可能性变得越来越高，尤其是成为天才的可能性，大众的心理在一定程度上也对此产生了怀疑，并努力尝试区分真假天才。文学杂志顺势充当了作者和读者之间的重要渠道，它们既要宣称只有它们的读者才能真正地欣赏这种天才，也要展示出它们拥有甄别真假天才的能力。由是，模仿、剽窃和独创性等观念成为它们分辨真假天才的核心批评术语。

带着对新古典主义"泛道德主义"和"泛知识主义"的强烈反叛，浪漫主义美学注重艺术审美自身的独立价值，其最为明显的美学表征就是强调艺术创作主体与众不同的独创性、真挚情感的"流溢"和天马行空般的想象力。如果说坡对模仿和抄袭的鄙薄是为了推崇艺术的独创性而批判庸才，那么坡对独创性的迷恋则与其对天才的认同不无关联，因为坡坚信独创性是一种天才般的"智慧进行了奇特组合的结果"(873)，而且笃定"诗人必然是天才"(798)。在坡看来，由于天才"头脑的创造力是无限的"，而"词语的独创性组合和思想的独创性组合均没有尽头"(869)，独创性折射出创作主体天马行空般的想象力和创造力，因而这两种能力非常人所有，独属于天才。坡在 1844 年 2 月 18 日写给友人利帕德的信中高赞其小说《拉蒂·安娜贝尔》彰显出了作者天才般的"创造力和想象力"①。显然，独创性和想象力的结合在坡看来乃天才的重要特质。独创性是天才不同于凡夫俗子的重要特质，但这种才能需要想象力的支撑。坡深信，"只要思想的宇宙能为新奇的组合提供养料，真正天才的精神就是独创的，是无穷尽的"(319)。由此可见，坡的独创理念中蕴含着新奇这一必要条件，并最终指向了创作主体的非凡天赋。虽然坡也承认"更高的天才是罕见的和神灵般的"(314)，但是他坚信凡人也能够以艺术为中介，施展出超凡才华，这样就赋予了艺术家成为天才的可能性，天才的特质不

① John Ward Ostrom et al.,: *The Collected Letters of Edgar Allan Poe* (Vol. I, 3rd edition), Gordian Press, 2008, p. 423.

再是神灵或者上帝的专属。他在1829年7月26日给其养父爱伦的回信中对爱伦的金钱资助表示感谢，并以天才的身份来维护年轻诗人的自尊心："尽管有人嘲讽说'天才不应该求助于你'，但天才往往需要一点及时的帮助，以阻止这种求助。"①

在坡看来天才不仅仅需要具备独创性的美学品质，还需要展示出真挚的情感。不论是坡所谓"蓄意的挪用"还是肖所说的"带有欺骗的意图"和波斯纳的"有意识的剽窃"，这种带有主观目的的虚假行径违背了浪漫主义审美范式所崇尚的真挚的内在情感的表达。坡在《诗歌原理》一文中曾对威利斯的真诚赞不绝口，称其诗歌"流露出一种真挚的感情，一种显在的真诚"(75)。坡对真诚的强调并没停留于对剽窃和模仿的批判，还将矛头指向了矫饰造作的文风。坡在1835年刚刚踏入文学批评领域不久，就讥讽美国作家劳顿·奥斯本的诗集《诗人的自白》中的矫饰文风："为了让人无法理解他的书，他做了注释，为了不让人看懂笔记，他用法语写。"(867)而对与《诗人的自由》同年出版的肯尼迪的《马蹄罗宾逊》，坡则赞许说它展现出了不加掩饰的真诚和"毫无造作"(651)的美感。在坡看来，奥斯本诗歌中刻意展现出的深奥的知识与浪漫主义审美趣味大相径庭，因而并不是创作主体真挚情感的"流溢"。就美国19世纪的文化而言，美国人认为自己真诚质朴，而认为欧洲人世故、做作。因此，坡对文学作品中的伪饰形式的批判中所提倡的真诚，既迎合了美国读者大众心中民族情节的内在需求，也应和了英国浪漫主义诗人华兹华斯所倡导的"自发的"和美国浪漫主义诗人爱默生所谓"自然的"真挚情感，虽然坡本人不会主动逢迎华兹华斯和爱默生。这种对作品真诚美感的崇尚甚至演变成"维

① John Ward Ostrom et al.,: *The Collected Letters of Edgar Allan Poe* (Vol. I, 3rd edition), Gordian Press, 2008, p. 36.

多利亚时期对文学美德最满意的检测”①。

虽然欧洲19世纪流行的信念是，只有艺术家具有创造性②，但创造者这一概念在19世纪之前与诗人的身份是密切相关的，而与艺术家基本无缘。坡则把天才的创造性与艺术合二为一，指出二者并不是水火不容的，而是可以相辅相成的。坡反驳“很少有人愿意承认天才与艺术技巧之间存在调和的可能性”这一美学成见，并指出“我从不怀疑最高的天才和最深刻的艺术之间存在着完美的一致性，甚至是和谐的”(445)。不难看出，这是坡在文学批评和创作中始终以作品的艺术价值作为评判准绳的根本缘由，他的文艺价值观从某种意义上来说植根于对天才的崇拜和向往以及对庸才的鄙薄和批评。尽管评论家对坡的评价褒贬不一、莫衷一是，但坡不论在他的时代还是后世都被誉为一位“卓尔不群”的天才。坡的第二部诗集《阿尔阿拉夫、帖木儿及小诗》出版后不久，评论家约翰·尼尔在1830年1月波士顿的《淑女杂志》上说道：“作者看上去很年轻，显然是个天才。”③尽管坡在《百老汇杂志》的同僚布里格斯与坡的友谊短暂，但是布里格斯“在他们第一次见面时就高度评价坡的天才”④。就连洛威尔在后期带着敌视的眼光评价坡时所说的“五分之三的天才，五分之二的胡扯”(820)在某种意义上也可以被视为对坡的天才的一种肯定。美国著名批评家克鲁奇的著作《埃德加·爱伦·坡：天才研究》可以说是研究坡的卓越才华的例证。林语堂在《生活的艺术》一著中为坡的精神状况辩护道：“尽管他的天赋怪异，充满想象力，但我觉得他是一个健全的天才。”⑤

---

① M. H. Abrams: *The Mirror and the Lamp: Romantic Theory and the Critical Tradition*, Oxford University Press, 1971, p. 319.

② 瓦迪斯瓦夫·塔塔尔凯维奇：《西方六大美学观念史》，刘文潭译，上海译文出版社2013年版，第289页。

③ I. M. Walker: *Edgar Allan Poe: The Critical Heritage*, Routledge, 1986, p. 69.

④ Barbara Cantalupo: *Poe and the Visual Arts*, The Pennsylvania State University Press, 2014, p. 217.

⑤ Lin Yutang: *The Importance of Living*, Reynal & Hitchcock, 1937, p. 9

坡对模仿和剽窃的揭露与批判、对独创的呼吁以及对天才的认同也可以说是他对西方浪漫主义思潮高举创作主体地位之传统的一种继承与发展。天才、独创与剽窃、模仿等现代批评术语，既是西方文学从浪漫主义思潮开始高举创作主体地位之传统的核心问题，也折射出创造性这一审美诉求在西方文学批评史中的演进痕迹。创造性的概念最早隶属于宗教的范畴，意指神或者上帝对世界及其万物的创造，在“无”中生了“有”。在古希腊时期，“模仿说”占据了主导地位。到了文艺复兴时期，由于人的主体性意识的复苏，独属于神的创造才能下凡到人类身上出现了可能性。到了新古典主义时期，艺术模仿的对象不仅仅是古希腊时期所说的自然，还包括了古人。蒲柏要求诗人仿效古人，遵循金科玉律，并指出摹写自然就是摹写古人。[①] 然而，扬格在《试论独创性作品》中则针锋相对地提出了独创性理论，批判“蒲柏不愿听，执迷于模仿”[②]的盲目复古主义倾向，提倡天才式的独创性而不是模仿性。扬格的独创性理论“与天才的概念密切相关”[③]，鼓舞并影响了席卷欧美的浪漫主义思潮，尤其是德国的“狂飙突进运动”。坡在评论布莱恩特的诗集时就提及了这一转变：“很明显，诸如风格和通用方式的准确与优雅这些在蒲柏时代被认为是天才的初步表现和不可或缺的品质，现在却被相反地看待。”(445)由此可见，在抵制艺术的模仿性和推崇天才的独创性方面，坡继承并发展了扬格的独创性理论，树起了创新的旗帜。

卢梭和康德在艺术的独创性理念中同样承袭了扬格的独创主张。卢梭在《忏悔录》中写道：“我生来就不像任何我所见过的人；我敢断言我与

① 亚历山大·蒲柏：《论批评》，拉曼·塞尔登编：《文学批评理论——从柏拉图到现在》，刘象愚等译，北京大学出版社2000年版，第86页。

② 爱德华·扬格：《试论独创性作品》，袁可嘉译，人民文学出版社1963年版，第33页。

③ Thomas McFarland: “The Original Paradox”, *New Literary History*, Vol. 5, No. 3, 1974, p. 451.

世上的任何一个人都迥然不同；虽说我不比别人好，但至少我与他们完全两样。”卢梭的这一制造差异性的独创之法“开创了对原创概念的传统态度的彻底颠覆”，甚至诠释了“天才是疯狂的近亲”①的合理性。卢梭把原创转化为独创，为其后的浪漫派和现代派在独创性方面提供了理论给养，各种新奇怪异从此充斥于文学艺术中，目的都是追求一种所谓独创性品质。康德被视为影响西方浪漫主义思潮的重要思想家和哲学家之一，他也反对模仿，倡导独创，并把独创性视为天才的重要品质。康德在《判断力批判》中论证审美与天才的关系时就宣称美的艺术是天才的艺术，独创性必须是天才的第一特性，并提出了想象力让天才从真实自然所提供的素材中创造出另一个自然的可能性这一美学主张。如果说卢梭所倡导的是一种与众不同的独创路径，那么康德则强调了想象力之于独创和天才的必要性。对坡的美学思想产生重要影响的柯勒律治则继续发展了康德的想象力一说，他在《文学传记》中把想象力视为诗人的最高品质。“在美国和英国所有关注康德的作家中，只有柯勒律治和坡对康德的美学感兴趣，并对《判断力批判》有一定的研究。”②可以说，坡与柯勒律治在独创、天才与想象力理念方面基本上承袭了康德的美学观。需要指出的是，在坡后期的文学生涯中，正是康德的美学思想让坡从早期受到柯勒律治巨大影响的阴影中走了出来。可见，坡在传承独创这一浪漫主义传统时采用了融会贯通的方式，但也有所取舍，最终建构出他独具特色的批判标准和美学理念。

① Francis A. Waterhouse: "Romantic 'Originality'", *The Sewanee Review*, Vol. 34, No. 1, 1926, p. 44.

② Glen A. Omans: "'Intellect, Taste, and the Moral Sense': Poe's Debt to Immanuel Kant", in Joel Myerson, ed.: *Studies in the American Renaissance*, Greta Little, 1980, p. 150.

第四节 小结

总而言之,坡对模仿和抄袭的批判与其对独创性的推重并行不悖,他将二者视为同一坐标上的两极,既承袭了浪漫主义思潮对个体价值的崇尚,也是其独树一帜的标签。然而,由于时代的限制,坡对模仿和剽窃的抨击并非完全公正,甚至在坡本人的文章中也有诸多雷同的地方,这在今天看来就是一种自我抄袭。譬如说他的诗学论文《诗律阐释》最初以《英语诗歌札记》为题发表在1843年的《开拓者》杂志上,而坡于1848年又把略微修改的版本发表在《南方文学信使》杂志上。这虽然是一种对自己所创文本的重复,但是从今天的著作权法来看,就是一种自我剽窃。尽管坡本人也无法摆脱剽窃之嫌,但我们在坡对模仿和剽窃的批判和指责中感受到了他强烈的独创意识,这一意识在浪漫派、现代派和后现代派的创作与理论中得到前所未有的重视和彰显。艾略特虽然在其《传统与个人才能》一文中承认"新颖总比重复好"①,但还是对这种个性创作进行了批判,并提出了著名的"非个性化"创作理论。

从文学市场的角度来看,现代意义上的对原创性抑或说独创性的崇拜也是图书市场和阅读大众要求表达性作品具有独特性的一种必然结果,这种结果必然让文艺创作者心中产生挥之不去的忧虑之感。由是,不论是浪漫派、现代派抑或后现代派,他们对模仿、抄袭和剽窃的憎恨和对独创性和天才的崇拜都源自创作主体努力回应这一市场诉求时所产生的

① 托·斯·艾略特:《传统与个人才能》,陆建德主编:《传统与个人才能:艾略特文集·论文》,卞之琳等译,上海译文出版社2012年版,第2页。

焦虑感。他们使出浑身解数"修正前人"[①]的经典作品,克服其"影响的焦虑",从而为自己在市场上或者文学史上谋得一席之地。作为一名关注文学市场和大众文化的批评家和创作者,坡对疑似剽窃的指责和独创性的推重,既是批评家所肩负的评判责任,也透露出他本人对文艺作品独创性的渴求。坡所处的年代正是图书市场和读者崛起的时代,他也是当时为数不多的、完全依靠写作为生的作家之一,独创性、天才的头衔和趣味性因此对他而言就显得异常重要。由于没有像北美新英格兰文学家那样拥有各类文学团体的庇护,坡所能依赖的就是读者市场和阅读大众对他的评价,其作品中的独创性元素因而尤为重要。为了达到这个目的,他将滑稽变成怪诞、害怕化为恐惧、奇特化成神秘。为此,坡甚至在猛烈批判他人剽窃和模仿的同时,刻意隐藏前人或者他人的影响,从而建构自我独创性的光辉形象。英国的柯勒律治、华兹华斯,德国的施莱格尔、康德对坡文学理念的影响已是不争的事实,坡在早期的文学批评中对他们诗学思想的"直接挪用"[②]在某种程度上也是一种文本剽窃。鉴于此,坡在文章中很少称赞他们。譬如他在《致 B. 的信》中"对柯勒律治的深奥玄学的批判和对华兹华斯的高度蔑视"[③],就是典型的例证。坡用"诗人应该去抗议"(8)作为托词,透露出其首要目标就是独创这一审美诉求的焦虑。1839 年,坡把自己的一部短篇小说集命名为《怪诞与阿拉贝斯克故事集》。奇异甚至怪异既成为坡创作风格的标志,也是他高举的独创的鲜明旗帜,而这种隐藏于独创意识背后的创作焦虑从坡一直传承到后现代乃至充斥着各种创新意识的当下。

---

① Harold Bloom: *The Anxiety of Influence: A Theory of Poetry* (2nd edition), Oxford University Press, 1997, p. 130.

② Floyd Stovall: "Poe's Debt to Coleridge", *Studies in English*, No. 10, 1930, pp. 70-127.

③ Robert D. Jacobs: *Poe: Journalist & Critic*, Louisiana State University Press, 1969, p. 51.

| 第七章 |

爱伦·坡文学批评的影响及其局限性

坡文学批评的主题以艺术为中心,既出乎艺术之外,也入乎艺术之内。具体而言,坡对批评的主题与影响艺术的外部因素诸如道德、正义和民族等之间的关联性进行了探讨。与此同时,坡从审美共性的角度勾连小说艺术与视觉艺术、诗歌创作与听觉艺术,揭露和鞭挞低级的模仿和剽窃,倡导艺术的独创性。虽然坡的文学批评没有像他的文学创作那样得到公众的广泛认知,但其文学批评的贡献和影响并不亚于他的文学创作。韦勒克在《近代文学批评史》中将坡和爱默生视为美国19世纪上半叶最为重要的文学批评家。美国学者米勒宣称坡是“美国第一位重要的评论家”,斯内尔称坡为美国的“首位新批评家”。

坡文学批评的主要贡献在于其对后世的诗歌理论和创作、短篇小说理论以及文学批评领域的影响。尽管大多英美诗人不情愿公开承认坡的影响,但坡的诗歌批评实践和诗学理念影响了法国和俄国的象征主义、纯诗派以及唯美主义,且这种影响传回了美国本土。就坡的小说批评而言,其小说创作理念及其批评理念中的重要术语诸如“单一效果”“张力”和“意义的潜流”等成为后世短篇小说理论家讨论的重心。在对文学批评的影响方面,坡在批评实践中对艺术形式和艺术品本身的极端关注为20世纪新批评运动奏响了先声号角。需要指出的是,坡的文学批评观点偶尔呈现出一定的矛盾性,他也时而把他自己的作品作为例证运用到自己的文学批评理论的建构之中,透露出一定的个人主义局限性。

第一节　诗歌批评的影响

虽然坡被以波德莱尔、马拉美和魏尔伦为代表的法国象征主义诗人推崇备至,但就坡的诗歌批评理念而言,其影响不可能也不应该仅仅止步于法国象征主义。可以说,坡在诗学原则和诗歌目的之间实现了完美的融合,他的诗达到了一种纯粹的高度。由是,坡被视为纯诗理念的奠基人,波德莱尔就是第一位用"纯诗"这个词来形容坡的文学家。坡诗歌批评中的重要理念"要纯粹为了诗而诗"及其超前的唯美主义诗学观让他成为引领诗歌在"19 世纪走向纯诗运动的嚆矢"①。英国诗人德拉·梅尔在爱尔兰诗人穆尔的《纯诗集》中毫不犹豫地指出,"我们可以在坡作品中找到许多"②纯诗典范。艾略特也在《从坡到瓦雷里》一文中指出,法国象征主义诗人马拉美和瓦雷里"不仅仅是从波德莱尔那里学习坡,他们每个人都直接受到坡的影响",而且"就纯粹的诗而言,坡很容易就具备这种纯粹"③。

坡的诗歌理念与 19 世纪晚期的唯美主义文化运动也有着密切的关联。于坡而言,诗歌创作的终极目标并非"真",而是愉悦和美感,诗歌就

---

① D. J. Mossop: *Pure Poetry*, Clarendon Press, 1971, p. 47.

② Gorge Moore: "Pure Poetry, an Anthology", in Graham Clarke, ed.: *Edgar Allan Poe: Critical Assessments* (Vol. Ⅲ), Helm Information Ltd., 1991, p. 13.

③ T. S. Eliot: "From Poe to Valéry", in Graham Clarke, ed.: *Edgar Allan Poe: Critical Assessments* (Vol. Ⅰ), Helm Information Ltd., 1991, p. 264, p. 273.

是一种“美之有节奏的创造”。戈蒂耶、波德莱尔、马拉美、瓦莱里、艾略特、布拉德利和美国新批评家都表达过类似的诗学原则，并在这一美学基础上进行诗歌创作和批评实践，而“坡是这个流派中的关键人物”①。坡的诗歌批评实践常被视为欧洲唯美主义诗学的生成阶段，主要原因在于他在整个唯美主义文艺思潮当中所处的特殊地位，以及其对浪漫主义诗学观念所做出的唯美主义改造。在杜吉刚看来，甚至波德莱尔对唯美主义诗学建构所做的一个贡献就是他发现并引进了坡的理论观点，使处于美国主流文化之外的坡的文学思想进入了欧洲的主流诗学建构，从而让坡对整个唯美主义诗学建构进程发挥了重要的作用。鉴于此，坡被视为美国唯美主义第一人，一位“早期的美国奥斯卡·王尔德”②。

在法国象征主义代表人物的推崇之下，坡的诗学理念从大洋彼岸传回了美国本土。然而，坡将新奇和理想作为天才诗人的标志，同时强烈批判说教式的诗句，这“使他对诗歌原创性的定义表现出先锋派的味道”③，与美国当时主流诗人的保守立场形成了鲜明对比。坡在 1842 年评价朗费罗的《民谣及其他诗》时首次提出了将“真”与诗歌分割的美学理念，之后他在《诗歌原理》中重申并对之进行了详细的阐述和论证。然而，坡的这一超前的唯美主义的诗学理念与美国超验主义代表人物爱默生的思想背道而驰。爱默生将诗歌定义为“制造韵律的论证”。在爱默生看来，诗人不是由他的语言技巧来定义的，只有懂得并能够表达出精神之“真”的人才配得上诗人的称号。尽管坡在有生之年被排挤在美国诗歌主流之外，但是在法国象征主义诗派和欧洲唯美主义运动的推动下，坡的诗学理

① Rachel Polonsky: “Poe’s Aesthetic Theory”, in Kevin J. Hayes, ed.: *The Cambridge Companion to Edgar Allan Poe*, Cambridge University Press, 2004, p. 45.

② Emerson R. Marks: “Poe as Literary Theorist: A Reappraisal”, *American Literature*, No. 3, 1961, p. 300.

③ K. P. Ljungquist: “The Poet as Critic”, in Kevin J. Hayes, ed.: *The Cambridge Companion to Edgar Allan Poe*, Cambridge University Press, 2004, p. 13.

念影响了诸多美国诗人和诗歌理论家,譬如艾略特和史蒂文森。

相较于法国和俄国象征主义诗人,英美作家似乎都不太愿意公开承认坡的影响,这种现象用布鲁姆的话来说就是一种"影响的焦虑"。叶芝曾在写给友人霍顿的信中不太情愿地承认道,"我很欣赏他(坡)的几句歌词,也很欣赏他的几段散文,主要是他的评论文章,有时很深刻"①,但是坡的其他作品要么非常普通,要么就非常庸俗。然而,坡的"现实与梦境交界之处"这一主题在叶芝的长诗《在本布尔山下》中反复出现。于叶芝而言,这种似睡非睡的状态非常有利于诗歌创作,坡指向"意义的潜流"的秘密写作法用叶芝的话来说就是一种"遐想"和"恍惚"。此外,叶芝在《诗歌中的象征主义》一文中对声音、颜色和形式统一于音乐关系中从而唤起统一情感的强调与坡对"效果统一"和诗歌音乐性的推崇别无二致。与叶芝类似的是,意象主义领军人物庞德同样对坡的影响缄默不言。然而,庞德关于表意文字和意象的理论是一种将两种层次的经验合为一体从而产生心理效果的文学方法,这在某种意义上是对坡关于秘密写作在艺术生产中的心理效果理论的一种更新,甚至庞德将诗歌视为一种灵感迸发的数学方程式,也明显重复了坡的《创作哲学》在诗歌与数学之间所做的类比。

坡对 20 世纪初俄国象征主义流派的发展产生了塑造性的影响,其诗歌批评理念对俄国象征派诗人的启发可谓是全方位和多角度的。象征主义派的布里索夫"最先在俄国推介坡和波德莱尔的美学理想"②。拥有俄罗斯白银时代的"太阳歌手"和"诗歌之王"美誉的俄罗斯象征派领袖人物康斯坦丁·巴尔蒙特的诗歌语言富丽华美,且极富音乐感,常以抒发瞬间

① William Butler Yeats: "Letter to M. T. Horton", in Graham Clarke, ed.: *Edgar Allan Poe: Critical Assessment* (Vol. I), Helm Information Ltd., 1991, p. 214.

② D. S. von Mohrenschildt: "The Russian Symbolist Movement", *PMLA*, Vol. 53, No. 4, 1938, p. 1195.

的内心情感为目标,被誉为俄罗斯的帕格尼尼。巴尔蒙特不仅译介坡的诗歌,甚至还专门写过以赞美坡为主题的诗歌。尽管他的诗歌《天涯海角》和《埃德加·坡》不能被称为佳作,却是他对坡诗学理念"疯狂痴迷"的明显例证。与坡类似的是,俄国象征主义流派的另一位领军人物亚历山大·勃洛克的诗作同样富有强烈的音乐感、神秘感和新颖别致的韵律。勃洛克在 1906 年对坡的作品集的影响力进行评价时,将生活在 19 世纪上半叶的坡与生活在 18 世纪末的西班牙浪漫主义画派画家戈雅相提并论。需要指出的是,在坡的诗学思想的引领下,俄国象征主义诗人逐渐从严肃的说教者走向了美的捍卫者。

第二节　小说批评的影响

如前文所述,坡文学批评的影响既非常深远也颇为广泛,因此如果我们仅将坡视为"象征主义"的鼻祖,那么就是一种不恰当的评判。就其小说批评而言,坡将其小说观的核心理念和审美旨趣指向了西方传统绘画,影响了诸多现代主义绘画流派。然而,坡小说批评的理论贡献不仅仅在于他将散文体虚构故事与视觉艺术(绘画)进行了勾连,还在于提升了在 19 世纪不受重视的散文体虚构故事的艺术地位。短篇小说艺术理论的 2 个关键元素就是它的强度和夸张的技巧。虽然在严格意义上坡不能被称为短篇小说的开拓者,但他是首位将短篇小说严肃地视为一种文学类型和独立的艺术形式的批评家。短篇小说理论家马修斯在《短篇小说之哲学》一著中指出:"真正的短篇小说与长篇小说的区别主要在于其本质上的印象的统一。更确切地说,短篇小说具有长篇小说不具有的统一性。"[①]很明显的是,马修斯区分短篇小说与长篇小说的理论来自坡的"效果统一说"。德国学者卡尔-海因茨·施蒂尔勒在《故事作为范例:范例作为故事》一文中提出的叙事作品的整体性概念,同样来自坡的启发。

如果说坡强调艺术作品的统一性,那么他就会极其反感结构松散和缺乏连贯性的散文体叙事作品。事实上也确实如此,坡在小说艺术不受重视的年代,提倡一种更为严整和连贯的艺术形式。于坡而言,作家从开头开始就应该创造出与结局保持一致的感官细节。美国学者梅伊在《新短篇小说理论》中将坡、马修斯和艾亨鲍姆归类为其著作目录中的"早期形式主义理论家",并将坡置于首位。梅伊在该书中指出,20 世纪关于短篇小说和长篇小说区别的一个最为醒目的观点出自 20 世纪 20 年代的俄国形式主义评论家艾亨鲍姆,他声称宏大叙事和简短叙事之间存在着本质的区别。需要指出的是,坡早在《创作哲学》中就已经着重强调,故事作家应该从作品的开头开始创造出一个必然通向结尾的结构模式,而艾亨鲍姆正是在这一美学理念的启发下将短篇小说的重心聚焦于故事的结尾部分[②]。美国著名短篇小说研究学者苏姗·鲁哈芬在《故事性认知法》一文中指出,故事性的理念与结局的联系比与任何故事组成部分的联系都更直接,这一观点基本上重复了坡对故事开头结尾的注重以及艾亨鲍姆对故事结尾的强调。鲁哈芬在其论著《阅读故事性》的开篇自豪地宣称,"跟随坡的脚步,我们认为即将到来的结尾是短篇小说类型的标志性特征"[③]。

① Brander Matthews: *The Philosophy of the Short-Story*, Longmans, Green and Co., 1917, p. 15.

② E. May: *New Short Story Theories*, Ohio University Press, 1994, p. xvi.

③ Susan Lohafer: *Reading for Storyness: Preclosure Theory, Empirical Poetics, and Culture in the Short Story*, The Johns Hopkins University Press, 2003, p. 1.

阿根廷作家胡利奥·科塔萨尔尝试用摄影和电影之间的隐喻性差异来论证小说和短篇小说之间的基本区别。在科塔萨尔看来，短篇小说如同摄影般，切断了现实的一个碎片，而这一碎片发挥了爆炸性的作用，打开了一个更丰富的现实。带着非同一般的压缩性和强度，短篇小说具有超越自身的意义，而这种强度来自对所有中介思想或情境的消除，这其实就是坡所强调的一种美学效果，即“张力”则来自故事中约束细节的统一原则所创造的氛围。正如梅伊所言，“马修斯对坡关于长篇小说和短篇小说之间差异的理论进行了更深入的批评，他认为这两种形式之间的差异不仅有长度上的差异，还有类型上的差异”①。

在德国文艺理论家施莱格尔的启发下，坡将“秘密写作”界定为在透明的意义的上层水流之下的一种下层或暗示性的潜流，而暗示性或“意义的潜流”就是优秀故事的重要标志。鉴于此，坡高赞了霍桑的短篇故事在“意义的潜流”方面的艺术技巧。从某种意义上说，这种暗示性的艺术技巧就是我们今天所称的象征主义的创造手法。坡的秘密写作与波德莱尔的“应和说”存在密切的关联，而“坡是第一位提出短篇小说的压缩性和强度暗示着一种有意义的潜流的人”②。于坡而言，这种形式创造意义的方式来自暗示的深度而不是其多样性。坡的这一美学理念成为堪萨斯大学著名教授帕斯科的论文《定义短篇小说》中的核心观点。帕斯科在文中为坡辩护说，尽管坡的“预先确定的设计”这一观点受到了批评家严厉的责难，但“坡的模仿者的局限性并不能否定坡最初直觉的智慧”③。在坡的《创作哲学》的启发下，帕斯科指出，简短性既是短篇小说的特质，也是短篇小说的局限性所在。因此，要想创作出一篇成功的短篇小说，作者必须

---

① E. May: *New Short Story Theories*, Ohio University Press, 1994, p. xvi.

② E. May: *New Short Story Theories*, Ohio University Press, 1994, p. xxiii.

③ Allan H. Pasco: “On Defining Short Stories”, *New Literary History*, Vol. 22, No. 2, 1991, p. 417.

克服有限篇幅的羁绊,不能仅仅描绘出一个个支离破碎的片段,而应该勾勒出一个完整的世界。

由于短篇故事的传统源自神话、民间故事、寓言和传奇,所以短篇小说强调永恒的价值而不是瞬时的价值,关注神圣或无意识的现实而不是世俗或日常的现实。可以说,短篇小说不是现实的表现形式,而是对现实的超越,它甚至与现实相对立。因此,短篇小说给读者大众一种被带领到另一个世界的印象,而不像长篇小说那样给读者大众一种深陷其中的感觉。相较而言,短篇小说不像长篇小说那样经常需要依赖于社会背景,更容易体现永恒的主题。然而,短篇小说比长篇小说更依赖作者的叙述技巧,呈现出更多的小说家操控的痕迹,从而也更接近诗歌,更富含"艺术"特质。帕克斯认为,"坡有意或无意地为一本合适的杂志小说设定了一种审美标准",是在"为他自己无法写出一部经久不衰的散文或诗歌作品辩护"①。笔者认为,坡并不像一些批评家所说的那样缺乏创作鸿篇巨制的能力,他只是更偏爱短篇艺术,因为短篇故事更容易展示他的构图设计、语言艺术技巧以及统一的效果。坡的目标不是对现实的记录,而是戏剧化生活的模式。具体而言,坡对短篇小说的另一重要贡献在于,他将"张力"这一诗歌的重要特质引入了故事。坡"赓续了柯勒律治的理论,断言抒情诗和短故事的优点,因为它们比像《失乐园》这样的长篇作品更能成功地保持和传递一种单一的效果"②。德伦南认为,"短篇小说在某些特质方面更像戏剧而不是小说"③,而梅伊则与坡的观点类似,认为短篇小说更像抒情诗。依德伦南之见,"冲突"或"斗争"在小说和戏剧中都是常

① Edd Winfield Parks: *Edgar Allan Poe as Literary Critic*, University of Georgia Press, 1964, p. 55.

② Wilfred L. Guerin et al.: *A Handbook of Critical Approaches to Literature*, Oxford University Press, 2005, p. 99.

③ Max Drennan: "The Short Story: A Literary Chat", *The Irish Monthly*, Vol. 44, No. 518, 1916, p. 498.

见的，但在短篇小说中，由于受形式的限制，简洁性和选择性则更为常见。短篇小说由于在某种意义上用同样的情节再讲了一遍故事，因而需要更为强烈的戏剧性，只能给出暗示但不能像长篇故事那样去完整地描述。就美国早期的短篇小说而言，如果说欧文的短篇小说情节迂回曲折，那么坡则试图以剧作家的方式来呈现故事，但并不注重故事的情节，尽管情节是戏剧的核心要素。

自坡以来，短篇小说作家经常诉诸大量的视觉隐喻让故事的统一性得以延续。英国短篇小说理论家赫德指出，短篇小说批评领域被一种简化的"单一效果说"所统治，而这种学说就源自坡的故事理论。在赫德看来，"单一效果说"对省略、歧义和共鸣等常见的短篇故事特征提出了一种重新统一的方法，而这种方法在研究现代主义短篇小说时效用显著，因为短篇小说特别强调叙事技巧，这也同样促使了现代主义对形式创新的关注。赫德甚至宣称，"乔伊斯式的顿悟事实上就是坡以来短篇小说理论中单一效果主义的典型模式"①，而到了后现代，顿悟技巧既是短篇小说创作的核心原则，也是短篇小说批评的重要术语。评论界普遍认为，真正的短篇小说要严格限制情节或行动的范围，更加注重模式的重复。一般而言，短篇小说只涉及"一个戏剧性事件"和其他"有助于理解主要事件"的次要事件。因此，如果以小说作为标准来评判短篇小说，就会失之偏颇。赫德极其称赞坡的故事可以"一口气读完"这一区别故事与小说的开创性观点，因为"这种审美整体感让坡将故事与视觉艺术进行了类比"②。

美国学者费舍尔指出，美国的短篇小说与坡有着天然而又密切的关联，尽管坡常使用"故事"来指称这一文类，但"他为真正的短篇小说艺术

---

① Dominic Head: *The Modernist Short Story: A Study in Theory and Practice*, Cambridge University Press, 1994, p. 49.

② Dominic Head: *The Modernist Short Story: A Study in Theory and Practice*, Cambridge University Press, 1994, p. 9.

提出了第一个系统性的批评原则”①。虽然坡之后的美国短篇小说家走向了不同的道路，但坡在小说批评方面的思想及其短篇小说创作对美国本土短篇小说美学的发展有着重要的价值和意义。美国学者本迪克森就曾无比自豪地宣称：“短篇小说是美国的发明，可以说是在美国出现的最重要的文学体裁。”②在本迪克森看来，如果说欧文作为美国故事的先驱者值得称赞，那么坡和霍桑则更值得颂扬，因为他们夯实了美国故事作为艺术作品的地位，用一种类似建筑的艺术形式感取代了欧文式的亲切漫谈和冗长描述。在人物刻画方面，坡和霍桑拓展了一定的心理深度，甚至采用一种反常的心理暗示，将哥特模式植入了美国短篇小说的传统。除了“单一效果说”，坡还极其强调短篇故事的暗示性特质和象征性语言，而不是一种准确的语言再现。霍桑最为著名和最受赞誉的是其温和的素描和寓言及其与新英格兰清教徒相关的历史故事。如果说霍桑经常沉迷于道德说教，那么坡则明确地批判和抵制道德说教，而美国19世纪另一位著名短篇小说家梅尔维尔则注重故事带来的多种可能性的解读。美国小说理论家亨利·詹姆斯创作了许多关于艺术家和艺术创作的发人深省的故事，从而赋予短篇小说一种新的批判性自我意识，一种崭新的自我指称能力。

尽管在某种程度上是间接的，但坡的短篇小说批评理论对中国20世纪文学界也产生了一定的影响。胡适认为，“真正的短篇小说”就是用“经济”的方式来展示人生、国家或者社会历史的一个“横截面”，就是一种“恰到好处”的叙事作品，但他并没有清晰地指出短篇小说的美学标准。著名

---

① Benjamin F. Fisher: “Poe and the American Short Story”, in Alfred Bendixen et al., eds.: *A Companion to the American Short Story*, Wiley-Blackwell, 2010, p. 20.

② Alfred Bendixen: “The Emergence and Development of the American Short Story”, in Alfred Bendixen et al., eds.: *A Companion to the American Short Story*, Wiley-Blackwell, 2010, p. 3.

通俗小说家和小说理论家张舍我在《短篇小说作法》中，将“单纯的动情的效应”视为短篇小说这一新兴文类的基本风格特征。梁实秋等人在《短篇小说作法》中，将短篇小说美学特质表述为“单纯的感效”。显而易见的是，张舍我的“单纯的动情的效应”和梁实秋等人的“单纯的感效”均为坡的“单一效果说”的变体。需要指出的是，或许坡并不是第一位创作侦探小说的文学家，但他无疑是第一个尝试为侦探小说设定美学标准的重要批评家。

第三节 批评理论的影响及其局限性

西方古典美学对艺术形式给予了充分的重视，而在 18 世纪末 19 世纪初席卷欧美的浪漫主义思潮则再次强调了对文学形式的思考。虽然坡并不是彻底的有机主义者，甚至在某种程度上可以被视为“一半理性主义和一半有机主义的结合体”①，但他对整体效果的形式主义式的推崇与新批评从浪漫派那里继承而来的对有机形式的迷恋有着共通之处。当浪漫主义作家都在谈论自我表现时，坡“关注的不是艺术家本身，而是创作的艺术作品”②。正如里根所言，坡将文学批评局限于对艺术的评论，“他一再重申的文学标准，到了 20 世纪(被批评家)以一种沾沾自喜的心情称为新批评”③。作为一种对文学阅读方式的强调，形式主义方法在 20 世纪上半叶被英美评论家赋予了特殊的维度和重视程度。而对于那个时代的

① Edward H. Davison: *Poe: A Critical Study*, Harvard University Press, 1957, p. 44.

② Edd Winfield Parks: *Edgar Allan Poe as Literary Critic*, University of Georgia Press, 1964, p. 5.

③ Robert Regan: “Introduction”, in Robert Regan, ed.: *Poe: A Collection of Critical Essays*, Prentice-Hall, Inc., 1967, p. 4.

诸多文学学生来说，这种方法通常被称为新批评。由是，“坡是美国新批评第一人”①，他倡导批评家聚焦于艺术作品而不是艺术家这一批评理念，为20世纪的新批评运动奏响了先声号角。

坡的批评理念对新批评的影响主要集中于艾略特，艾略特也是少数几个公开称赞坡的著名文人。艾略特指出，坡不仅是一位英勇无畏的评论家，而且是一流的批评家和新批评代表人物。艾略特自己的批评理念中的重要术语诸如“自主自足”和“客观对应物”均可以在坡的文学批评中找到共振之处。艾略特的“自主自足”与坡的“为了诗而诗”在美学思想方面基本一致，而艾略特的“客观对应物”可以通过波德莱尔的“应和”理念再溯源到坡，即诗既不是再造自然，也不是复制自然，而是创造出一个与自然有着“应和”关系的超自然的理想世界。

此外，新批评代表人物塔特、兰瑟姆和布鲁克斯的文学理念与坡的批评思想同样存在着诸多共同之处。对于曾为坡所遭到的不公平的道德主义评判打抱不平的新批评诗人塔特而言，诗歌不仅与科学截然不同，而且在本质上与科学是对立的。塔特在《诗歌的张力》和《纳西索斯》等重要文章中所主张的诗歌是源于对诗歌本身分析的“完满”知识的语境主义原则，在某种意义上就是一种坡批判“说教的异端”的批评理念及其“为了诗而诗”创作理念的变体。对兰瑟姆来说，“诗歌是对抗科学毒害的最佳解药”②，他甚至将艺术与科学的冲突视为历史的主要主题。尽管布鲁克斯在《南方的坡；北方的坡》一文中指出坡并不能算是一位伟大的批评家，其诗歌主题过于单一，缺乏激情、荣誉、忠诚、宗教热情以及诗人们所赞扬的高尚行为等，但布鲁克斯借用坡的核心诗歌理念质问道：“在所有的美国

---

① R. E. Foust: “Aesthetician of Simultaneity: E. A. Poe and Modern Literary Theory”, *South Atlantic Review*, No. 2, 1981, pp. 17-25.

② René Wellek: “The New Criticism: Pro and Contra”, *Critical Inquiry*, Vol. 4, No. 4, 1978, p. 619.

诗人中,谁曾带来过比他更多的愉悦,谁能在'美之有节奏的创造'方面超越他?"[1]此外,与坡的态度类似的是,布鲁克斯在《理解诗歌》中愤然指出朗费罗把诗歌视为一种错误的"信息狩猎",讽刺朗费罗的诗歌《人生礼颂》似乎给了人生诸多良好的建议。对于坡的指责,朗费罗引人注目的沉默是不得已而为之的,因为那个时代最受欢迎的诗人既不是评论家,也不是没有自己的诗歌原则来对抗"那个时代最伟大的评论家"[2]的人。

诗人奥登曾指出,波德莱尔笔下的艺术家是德拉克洛瓦、盖斯、瓦格纳等著名人物,而派给坡批评的文本大多是毫无价值的东西,坡文学批评的局限性因而"完全是他的不幸,但不是他的错误"[3]。可见,奥登通过比照坡与波德莱尔之间的批评对象,认为坡的批评没有像波德莱尔的那样得到世人公认的原因,并不是坡的批评缺乏洞察力,而是他的批评对象不像波德莱尔笔下的艺术家那样在全世界具有一定的知名度。坡的诸多卓越的批评永远不会被广泛阅读,因为它们被淹没在对那些完全无趣的作者的评论之中。依奥登之见,坡的批评不受待见归因于他选择的或者被派送的那些没有名气的批评对象在历史中的局限性。

奥登在看待坡的文学批评局限性方面有着一定的道理,但是这种局限性不应该仅仅在批评对象方面找原因。第一,坡的批评文章散落于各类杂志之中,缺乏一定的系统性,其观点也时而呈现出一定的矛盾性。举例来说,坡在诗歌批评中一方面强调"为诗而诗",另一方面却又把诗歌指向了音乐艺术。严格意义上说,这种观念本身就是自相矛盾的。坡在

---

① Van Wyck Brooks: "Poe in the South; Poe in the North", in Graham Clarke, ed.: *Edgar Allan Poe: Critical Assessment* (Vol. IV), Helm Information Ltd., 1991, p. 175.

② Kenneth Alan Hovey: "Critical Provincialism: Poe's Poetic Principle in Antebellum Context", *American Quarterly*, Vol. 39, No. 3, 1987, p. 342.

③ Wyston Hugh Auden: "Introduction to *Edgar Allan Poe: Selected Prose and Poetry*", in Graham Clarke, ed.: *Edgar Allan Poe: Critical Assessment* (Vol. I), Helm Information Ltd., 1991, p. 281.

1842年评价霍桑的《故事重述》的文章中宣称霍桑能够与美国小说界的巨擘华盛顿·欧文比肩而立,甚至拥有比欧文更多的独创性,但在几年之后的《戈迪淑女杂志》上再次评价霍桑的小说创作时,他却指出了《故事重述》中的诸多缺陷,尤其是指摘霍桑对德国文学家蒂克的仿效以及霍桑作品中的过度的寓意,后一种评判在今天看来是一种偏见,有失公允,霍桑的作品之所以获得了当之无愧的声誉,正是因为霍桑的寓意与新英格兰历史成功地融于一体。类似的是,坡对待“青年美国”核心成员马修斯的态度前后出现了巨大的反差。坡在1842年2月《百老汇杂志》上以“伪善”和“吹嘘”作为关键词讥讽了马修斯的史诗《瓦孔达》,但在1845年却又高赞了马修斯的小说《大阿贝尔和小曼哈顿》,因为此时的坡已与“青年美国”结盟。

第二,坡时常把他自己的创作作为例证运用到文学理论的建构之中,甚至有时在批评中夹杂着个人利益的趋向,透露出一定的个人主义局限性。譬如,在坡的代表性文论《创作哲学》一文中,例证基本上来自他自己创作的诗歌《乌鸦》,有自我推销和自我吹嘘之嫌。在1844年3月评价英国诗人霍恩的诗集《俄里翁》时,坡甚至为他自己极其反对的诗歌寓意做出了辩护,尽管霍恩也是坡异常厌恶的超验主义者。坡违心地称赞霍恩为“一位最崇高的天才”。究其缘由,坡违背了他一直以来的批评原则完全出自个人利益的考虑,因为坡觉得霍恩或许能够帮助自己获得英国读者的认可。类似的是,坡在评价布朗尼夫人的诗歌《一出流亡的戏剧》时同样表现出了一种不合适的逢迎。坡对大多数英国作家的温和甚至是恭维的态度与其对诸多美国本土作家的严厉态度形成了鲜明的对比,这也是一些美国评论家批判坡的批评中带有强烈的个人局限性的根由所在。此外,坡对同时代的作家所做出的评判经不住历史的考验。譬如,坡对德国作家福凯的幻想小说《水神乌丁娜》的颂扬就有过度之嫌。

坡没能出版一部系统的批评著作,其文学批评甚至偶尔带着一定的局限性和个人主义倾向，但这些瑕疵不能否定他批评思想的卓越洞见及其对后世的影响和贡献。与许多文学家不同的是，坡的批评理论与创作实践具有高度的一致性，他倡导将视觉艺术和听觉艺术分别融入诗歌和小说的创作之中，并为后世的文艺创作和艺术媒介内部之间的互动与联袂提供了素材和典范。虽然遭到了诸如爱默生、赫胥黎、温特斯和卡比-斯密斯等著名文学批评家的诟病和指摘，坡的小说、诗歌批评实践及其批评理念仍为法国象征主义、纯诗派和意象主义等诗歌流派和新批评运动提供了理论向导和创作摹本。坡作为美国 19 世纪文学批评的重要代表人物，其文学批评对 19 世纪以来的世界文学产生了广泛而又深远的影响。

参考文献

一、中文文献

[1] 埃利奥特. 哥伦比亚美国文学史[M]. 朱通伯,等,译. 成都：四川辞书出版社,1994.

[2] 艾略特. 艾略特文学论文集[C]. 李赋宁,译注. 南昌：百花洲文艺出版社, 1994.

[3] 爱默生. 爱默生散文精选[M]. 程悦,译. 武汉：长江文艺出版社, 2010.

[4] 北京大学哲学系美学教研室. 西方美学家论美和美感[M]. 北京：商务印书馆, 1980.

[5] 本雅明. 巴黎,19 世纪的首都[M]. 刘北成,译. 北京：商务印书馆, 2015.

[6] 波德莱尔. 波德莱尔美学论文选[M]. 郭宏安,译. 北京：人民文学出版社, 2008.

[7] 波斯纳. 公共知识分子:衰落之研究[M]. 徐昕,译. 北京: 中国政法大学出版社, 2002.

[8] 柏拉图. 柏拉图文艺对话集[M]. 朱光潜,译. 北京: 人民文学出版社, 1997.

[9] 勃兰兑斯. 十九世纪文学主流(第四分册):英国的自然主义[M]. 徐式谷,等,译. 北京: 人民文学出版社,1984.

[10] 布鲁克斯. 华盛顿·欧文的世界[M]. 林晓帆,译. 上海: 上海外语教育出版社, 1993.

[11] 布鲁姆. 批评、正典结构与预言[M]. 吴琼,译. 北京: 中国社会科学出版社, 2000.

[12] 曹曼. 从"效果说"看爱伦·坡作品中的艺术表现架构[J]. 外国文学研究,2005(3):105-110,173-174.

[13] 查尔斯·A. 比尔德,玛丽·R. 比尔德. 美国文明的兴起[M]. 上卷. 许亚芬,译. 北京: 商务印书馆, 2010.

[14] 陈夜雨. 美国文学史:建构民族身份的文化史 [J]. 社会科学家, 2010(11):16-18.

[15] 程庆华. 试论爱伦·坡的种族观[J]. 上海大学学报(社会科学版), 2012(3):84-95.

[16] 辞海编辑委员会. 辞海(上)[M]. 上海: 上海辞书出版社, 1999.

[17] 丹穆若什. 什么是世界文学[M]. 查明建,等,译. 北京:北京大学出版社, 2015.

[18] 丹纳. 艺术哲学[M]. 傅雷,译. 北京: 生活·读书·新知三联书店, 2016.

[19]《当代汉语词典》编委会. 当代汉语词典(双色修订版)[M]. 北京: 中华书局, 2011.

[20] 邓晓芒. 西方美学史纲[M]. 北京: 商务印书馆, 2018.

[21] 蒂博代. 六说文学批评[M]. 赵坚，译. 北京：生活·读书·新知三联书店，2002.
[22] 董衡巽. 美国十九世纪文论选[M]. 上海：上海译文出版社，1991.
[23] 董学文. 西方文学理论史[M]. 北京：北京大学出版社，2005.
[24] 杜吉刚. 西方唯美主义诗学研究[D]. 成都:四川大学,2005.
[25] 弗莱. 批评的解剖[M]. 陈慧,等,译. 天津：百花文艺出版社,2005.
[26] 付宇. 美国民族主义传统的起源与演进:约翰·亚当斯、亚伯拉罕·林肯、林登·约翰逊[M]. 天津：天津人民出版社，2010.
[27] 伽达默尔. 真理与方法:哲学诠释学的基本特征[M]. 洪汉鼎,译. 上海：上海译文出版社，1999.
[28] 高蔚. "纯诗"及其中国化研究[D]. 上海:华东师范大学,2006.
[29] 歌德. 歌德的格言和感想集[M]. 程代熙,等，译. 北京：中国社会科学出版社，1982.
[30] 格林菲尔德. 民族主义:走向现代的五条道路[M]. 王春华,等,译，上海：上海三联书店，2010.
[31] 郭栖庆. 埃德加·爱伦·坡与他的诗论及小说[J]. 外国文学,1993(4):88-92.
[32] 哈贝马斯. 公共领域的结构转型[M]. 曹卫东,等,译. 上海：学林出版社，1999.
[33] 汉斯立克. 论音乐的美[M]. 杨业治，译. 北京：人民音乐出版社，1982.
[34] 郝敬波. 论新时期短篇小说的艺术创新[D]. 济南:山东师范大学,2012.
[35] 黑格尔. 历史哲学[M]. 王造时,译. 上海：上海书店出版社，2006.
[36] 胡经之. 西方文艺理论名著教程[M]. 2 版. 北京:北京大学出版社，2008.

[37] 蒋承勇. 文学批评的激情、勇气与担当:以别林斯基和果戈理为例[N]. 中国社会科学报,2016-06-07(6).
[38] 蒋承勇. 外国文学史[M]. 北京: 北京大学出版社, 2017.
[39] 蒋承勇. 西方文学"人"的母题研究[M]. 上海: 华东师范大学出版社, 2017.
[40] 蒋承勇. 西方文学名著导引[M]. 北京: 高等教育出版社, 2017.
[41] 蒋承勇. "经典重估"与"理论重构"[J]. 浙江社会科学,2018(1):149-154.
[42] 蒋承勇. "世界文学"不是文学的"世界主义"[J]. 浙江社会科学,2018(3):23-31.
[43] 蒋承勇. 19 世纪现实主义文学经典的生成[J]. 浙江工商大学学报,2018(1):5-11.
[44] 蒋承勇. 世界主义、文化互渗与比较文学[J]. 外语与外语教学,2018(1):135-140.
[45] 蒋承勇. 文学与人性:外国文学面面观[M]. 杭州: 浙江工商大学出版社, 2019.
[46] 蒋承勇. "浪漫"之钩沉:西方浪漫主义中国百年传播与研究反思[J]. 中国比较文学,2019(2):166-181.
[47] 蒋承勇. 批评家与作家的"恩怨"及其启示[J]. 浙江社会科学,2019(1):150-154,138,160.
[48] 蒋承勇. 十九世纪现实主义"写实"传统及其当代价值[J]. 中国社会科学,2019(2):159-181,207-208.
[49] 蒋承勇. "现实"与"浪漫":矛盾中的勾连? [J] 浙江社会科学,2021(6):147-150.
[50] 蒋孔阳. 十九世纪西方美学名著选 英法美卷[M]. 上海: 复旦大学出版社, 1990.

[51] 鞠玉梅. 埃德加·爱伦·坡及其诗歌艺术[J]. 外国文学研究,1995(3):49-52.

[52] 卡林内斯库.现代性的五副面孔[M]. 顾爱彬,李瑞华,译. 北京: 商务印书馆, 2002.

[53] 康德. 判断力批判[M]. 邓晓芒,译. 北京: 人民文学出版社, 2002.

[54] 康德. 康德三大批判合集[M]. 邓晓芒,译. 北京: 人民出版社, 2009.

[55] 柯勒律治. 文学传记: 柯勒律治的写作生涯纪事[M]. 王莹,译. 北京: 中国画报出版社, 2019.

[56] 克罗齐. 美学或艺术和语言哲学[M]. 黄文捷,译. 天津: 百花文艺出版社, 2009.

[57] 克罗齐. 美学原理[M]. 朱光潜,译. 北京: 商务印书馆, 2018.

[58] 寇鹏程. 古典、浪漫与现代: 西方审美范式的演变[M]. 上海: 上海三联书店, 2005.

[59] 奎恩. 爱伦·坡集:诗歌与故事[M]. 曹明伦,译. 北京:生活·读书·新知三联书店,1995.

[60] 昆德拉. 小说的艺术[M]. 孟湄,译. 北京: 生活·读书·新知三联书店, 1995.

[61] 莱辛. 拉奥孔[M]. 朱光潜,译. 北京: 人民文学出版社, 1984.

[62] 李琛. 知识产权法关键词[M]. 北京: 法律出版社, 2006.

[63] 李慧明. 爱伦·坡唯美思想研究[M]. 北京: 中国人民大学出版社, 2012.

[64] 李慧明. 爱伦·坡的宇宙观及其审美内蕴[J]. 社会科学战线,2007(6):110-112.

[65] 李增. 华兹华斯的《丁登寺》与"想象的共同体"的书写 [J]. 外国文学评论,2019(1):114-139.

[66] 刘金华. 神韵说与纯诗论比较研究[D]. 杭州:浙江大学,2012.
[67] 刘敏霞. 美国哥特小说对民族身份的想象[D]. 上海:上海外国语大学,2011.
[68] 刘小枫. 诗化哲学:德国浪漫美学传统[M]. 济南: 山东文艺出版社, 1986.
[69] 刘勰. 文心雕龙[M]. 周振甫,注释. 北京: 人民文学出版社, 1987.
[70] 柳士军. 世界文学视域中的朗费罗诗歌研究[D]. 苏州:苏州大学,2015.
[71] 龙迪勇,杨莉. "总体艺术"与西方浪漫主义文学的图文一体现象[J]. 文艺争鸣,2018(11):125-139.
[72] 卢国荣,付景川. 爱伦·坡的唯美追求[J]. 名作欣赏(鉴赏版),2007(16):113-116.
[73] 卢卡奇. 小说理论[M]. 燕宏远,李怀涛,译. 北京: 商务印书馆, 2012.
[74] 卢敏. 美国浪漫主义时期小说类型研究[D]. 上海:上海师范大学,2006.
[75] 卢梭. 卢梭全集(第一卷)[M]. 李平沤,译. 北京: 商务印书馆, 2012.
[76] 陆建德. 传统与个人才能:艾略特文集·论文[M]. 卞之琳,等,译,上海: 上海译文出版社, 2012.
[77] 陆扬. 评爱伦·坡的短篇小说理论[J]. 广西师范大学学报(哲学社会科学版),1986(4):26-87.
[78] 路德克. 构建美国: 美国的社会与文化[M]. 王波,等,译. 南京: 江苏人民出版社, 2006.
[79] 罗尔斯. 正义论[M]. 何怀宏,等,译. 北京: 中国社会科学出版社, 1988.

[80] 罗斯金. 艺术与道德[M]. 张凤,译. 北京：金城出版社，2012.
[81] 罗素. 西方哲学史[M]. 马元德,译. 北京：商务印书馆，2016.
[82] 罗昔明. 消费主义视域下的爱伦·坡研究[M]. 镇江：江苏大学出版社，2016.
[83] 吕美嘉. 美国浪漫主义时期小说中心理哥特传统的研究[D]. 长春：东北师范大学,2019.
[84] 马凌. 媚俗与脱俗：报刊业生涯与爱伦·坡的小说世界[J]. 天津师范大学学报(社会科学版),2000(3):66-71.
[85] 帕克. 美学原理[M]. 张今,译. 北京：商务印书馆，1965.
[86] 帕灵顿. 美国思想史[M]. 陈永国,等,译. 长春：吉林人民出版社，2002.
[87] 潘蕾. 爱伦·坡在中国现代的传播与接受[D]. 上海:华东师范大学,2016.
[88] 钱中文. 文学理论:求索与反思[M]. 北京：中国社会科学出版社，2013.
[89] 乔国强,等. 美国文学批评史[M]. 上海：上海外语教育出版社，2019.
[90] 任翔. 文化危机时代的文学抉择:爱伦·坡与侦探小说探究[M]. 北京:北京师范大学出版社，2006.
[91] 萨克文·伯科维奇. 剑桥美国文学史 第四卷[M]. 李增,主译. 北京：中央编译出版社，2010.
[92] 萨义德. 知识分子论[M]. 单德兴,译. 北京：生活·读书·新知三联书店，2002.
[93] 萨义德. 世界·文本·批评家[M]. 李自修,译. 北京:生活·读书·新知三联书店，2009.
[94] 塞尔登. 文学批评理论:从柏拉图到现在[M]. 刘象愚,等,译. 北

京:北京大学出版社, 2000.
[95] 申丹. 西方文论关键词 隐性进程[J]. 外国文学,2019(1):81-96.
[96] 申丹,等. 英美小说叙事理论研究[M]. 北京: 北京大学出版社, 2009.
[97] 盛宁. 人·文本·结构:不同层面的爱伦·坡[J]. 外国文学,1992(4):75-82.
[98] 盛宁. 二十世纪美国文论[M]. 北京: 北京大学出版社, 1993.
[99] 施勒格尔. 浪漫派风格:施勒格尔批评文集[M]. 李伯杰,译. 北京: 华夏出版社, 2005.
[100] 史志康. 美国文学背景概观[M]. 上海: 上海外语教育出版社, 2008.
[101] 斯密. 道德情操论[M]. 谢宗林,译. 北京: 中央编译出版社, 2009.
[102] 斯皮勒. 美国文学的周期[M]. 王长荣,译. 上海: 上海外语教育出版社, 1999.
[103] 隋刚,等. 美国文艺复兴的启迪意义[M]. 北京: 外文出版社, 2014.
[104] 塔塔尔凯维奇. 西方六大美学观念史[M]. 刘文潭,译. 上海: 上海译文出版社, 2013.
[105] 托多罗夫. 个体的颂歌:论文艺复兴时期的佛拉芒绘画[M]. 苗馨,译. 上海: 华东师范大学出版社, 2013.
[106] 托多罗夫. 巴赫金、对话理论及其他 [M]. 蒋子华,张萍,译. 天津: 百花文艺出版社,2001.
[107] 瓦肯罗德. 一个热爱艺术的修士的内心倾诉[M]. 谷裕,译. 北京: 商务印书馆, 2016.
[108] 外国古典文艺理论丛书编辑委员会. 诗学·诗艺 [M]. 杨周翰,

译. 北京:人民文学出版社,1962.

[109] 王腊宝. 怪诞、奇想与短篇小说[J]. 当代外国文学,2001(1):113-121.

[110] 王涛. 行旅中的建构与喻辞:埃德加·爱伦·坡在中国的传播与接受研究[M]. 北京: 中国社会科学院出版社, 2018.

[111] 王云飞."画乃吾自画,书乃吾自书"发微[J]. 美术,2015(10):122-125.

[112] 威廉·福克纳. 福克纳随笔[M]. 李文俊,译. 上海: 上海译文出版社, 2008.

[113] 韦勒克. 批评的概念[M]. 张金言,译. 杭州: 中国美术学院出版社, 1999.

[114] 韦勒克. 近代文学批评史: 1750—1950 [M]. 杨自伍,等,译. 上海: 上海译文出版社,2009.

[115] 翁长浩. 爱伦·坡简说[J]. 外国文学研究,1986(3):68-72.

[116] 吴迪. 英国玄学派诗歌研究[M]. 北京: 中国社会科学出版社, 2013.

[117] 伍蠡甫.西方文论选 [M]. 上海: 上海译文出版社, 1979.

[118] 伍蠡甫. 欧洲文论简史[M]. 北京: 人民文学出版社, 1987.

[119] 席勒. 席勒经典美学文论[M]. 范大灿,等,译. 北京: 生活·读书·新知三联书店, 2015.

[120] 休谟. 人性论[M]. 关文运,译. 北京: 商务印书馆, 1996.

[121] 徐岱. 批评美学[M]. 上海: 学林出版社, 2003.

[122] 徐旭. 爱伦·坡短篇小说的"效果"[J]. 重庆师范大学学报(哲学社会科学版),2008(1):77-82.

[123] 徐学清. 文学创作中的抄袭与互文性[J]. 中国比较文学,2011(4):32-39.

[124] 扬格. 试论独创性作品[M]. 袁可嘉,译. 北京: 人民文学出版社, 1963.

[125] 杨革新. 美国伦理批评研究[M]. 武汉: 华中师范大学出版社, 2016.

[126] 杨冬. 文学理论: 从柏拉图到德里达 [M]. 2 版. 北京: 北京大学出版社, 2012.

[127] 杨金才. 美国文艺复兴经典作家的政治文化阐释[M]. 上海: 上海外语教育出版社, 2009.

[128] 叶纯之,蒋一民. 音乐美学导论[M]. 北京: 北京大学出版社, 1988.

[129] 伊格尔顿. 批评的功能[M]. 程佳,译. 重庆: 西南师范大学出版社, 2018.

[130] 于雷. 基于视觉寓言的爱伦·坡小说研究[M]. 南京: 南京大学出版社, 2015.

[131] 于雷. 一则基于《乌鸦》之谜的推理故事:《创作哲学及其诗学问题》[J]. 外国文学评论,2013(3):5-19.

[132] 于雷. 爱伦·坡小说美学刍议[J]. 外国文学,2015(1):51-61.

[133] 于雷. "厄舍屋"为何倒塌?:坡与"德国风"[J]. 外国文学评论,2018(1):75-93.

[134] 曾艳兵. 现实主义·现代主义·后现代主义小说辨析:以三部小说为例[J]. 外国文学,2006(1):41-48.

[135] 詹姆斯. 亨利·詹姆斯文论选[M]. 朱雯,等,译. 上海: 上海译文出版社, 2000.

[136] 张爽. 美国民族主义: 影响国家安全战略的思想根源[M]. 北京: 世界知识出版社, 2006.

[137] 张艳萍.《海华沙之歌》与美国民族文学的建构[D]. 武汉:武汉大

学,2015.
[138] 赵澧，徐京安. 唯美主义[M]. 北京：中国人民大学出版社，1988.
[139] 赵炎秋.艺术视野下的文字与图像关系研究[M]. 北京：中国社会科学出版社,2021.
[140] 周春. 美国黑人文学批评研究[M]. 上海：上海人民出版社，2016.
[141] 朱光潜. 诗论[M]. 南京：江苏文艺出版社，2008.
[142] 朱光潜. 西方美学史[M]. 北京：商务印书馆，2011.
[143] 朱振武. 爱伦・坡研究[M]. 北京：人民文学出版社，2011.
[144] 朱振武. 爱伦・坡的效果美学论略[J]. 外国文学评论,2007(3)：128-137.
[145] 朱振武,邓娜娜. 爱伦・坡现象与通俗文化[J]. 国外文学,2008(2):19-28.

二、外文文献

[1] ABRAMS M H. The mirror and the lamp: romantic theory and the critical tradition [M]. New York: Oxford University Press, 1971.
[2] ABRAMS M H, HARPHAM G G. A glossary of literary terms [M]. 10th ed. Wadsworth: Cengage Learning, 2012.
[3] ADAMS P G. Poe, critic of Voltaire [J]. Modern langue notes, 1942(4): 273-275.
[4] ADKINS N F. "Chapter on American Cribbage": Poe and plagiarism [J]. The papers of the bibliographical society of America, 1948(3): 169-210.
[5] ADORNO T W. Aesthetic theory [M]. HULLOT-KENTOR R, trans. New York: Continuum, 2002.

[6] ALTERTON M. Origins of Poe's critical theory [M]. Berlin: Severus, 2011.
[7] ANDERSON B. Imagined communities: reflections on the origins and spread of nationalism [M]. New York: Verso, 2006.
[8] ARNASON H H, ELIZABETH C M. History of modern art: painting, sculpture, architecture, photography [M]. 7th ed. New York: Pearson Education, Inc. , 2013.
[9] ARNHEIM R. Art and visual perception: a psychology of the creative eye [M]. Berkeley: University of California Press, 1974.
[10] ATKINSON B. The complete essays and other writings of Ralph Waldo Emerson [M]. New York: The Modern Library, 1950.
[11] BAKER T. A dictionary of music terms [M]. 8th ed. New York: G. Schirmer, 1904.
[12] BALDWIN S. The aesthetic theory of Edgar Poe [J]. The Sewanee review, 1918(2): 210-221.
[13] BARNSLEY S. Mary Barnard, American imagist [M]. Albany: State University of New York Press, 2013.
[14] BEAUMONT M. Adventures in realism [M]. Malden: Blackwell Publishing Ltd. , 2007.
[15] BEHLER E. German romantic literary theory [M]. Cambridge: Cambridge University Press, 1993.
[16] BENDIXEN A, NAGEL J. A companion to the American short story [C]. Malden: Wiley-Blackwell, 2010.
[17] BERMAN J R. Domestic terror and Poe's Arabesque interior [J]. English studies in Canada, 2005(1): 128-150.
[18] BLAIR W. Poe's conception of incident and tone in the tale [J].

Modern philology, 1944(4): 228-240.

[19] BLAKE D H. Walt Whitman and the culture of American celebrity [M]. New Haven: Yale University Press, 2006.

[20] BLOOM H. Bloom's classic critical views: Edgar Allan Poe [M]. New York: Infobase Publishing, 2008.

[21] BLOOM H. The anxiety of influence: a theory of poetry[M]. 2nd ed. New York: Oxford University Press, 1997.

[22] BOYNTON P H. Poe and journalism [J]. The English journal, 1932(5): 345-352.

[23] BRETON A. Manifestoes of surrealism [M]. SEAVER R, LANE H R, trans. Ann Arbor: University of Michigan Press, 1969.

[24] BROOKS C, Jr., WARREN R P. Understanding poetry: an anthology for college students [M]. New York: Henry Holt and Company, 1938.

[25] BUELL L. New England literary culture: from revolution through renaissance [M]. Cambridge: Cambridge University Press, 1987.

[26] BURANELLI V. Edgar Allan Poe [M]. Boston: G. K. Hall & Co., 1977.

[27] CAMPBELL K. Contemporary opinion of Poe [J]. PMLA, 1921 (2):142-166.

[28] CANTALUPO B. Poe and the visual arts [M]. University Park: The Pennsylvania State University Press, 2014.

[29] CANTALUPO B. Poe's pervasive influence [M]. Bethlehem: Lehigh University Press, 2012.

[30] CASSUTO L. Edgar Allan Poe: literary theory and criticism [M]. New York: Dover Publications, Inc., 1999.

[31] CECIL L M. Poe's "Arabesque" [J]. Comparative literature, 1966 (1): 55-70.

[32] CHINOL E. Poe's essays on poetry [J]. The Sewanee review, 1946(3): 390-397.

[33] CLARK A J. The movement for international copyright in nineteenth century America [M]. Washington: Catholic University of America Press, 1960.

[34] CLARKE G. Edgar Allan Poe: critical assessment [C]. Mountfield: Helm Information Ltd. , 1991.

[35] CLEMAN J. Irresistible impulses: Edgar Allan Poe and the insanity defense [J]. American literature, 1991, 63 (4): 623-640.

[36] COPELAND R, STRUCK P. The Cambridge companion to allegory[C]. New York: Cambridge University Press, 2010.

[37] CROWLEY D. Nathaniel Hawthorne: the critical heritage [C]. New York: Routledge, 1970.

[38] CRUTCH J W. Edgar Allan Poe: a study in genius [C]// CLARKE G. Edgar Allan Poe: critical assessments. Vol. III. Mountfiled: Helm Information Ltd. , 1991.

[39] CULLER J. Literary theory: a very short introduction[M]. New York: Oxford University Press, 1997.

[40] DAVIS R B. Poe and William Wirt [J]. American literature, 1944 (3): 212-220.

[41] DAVISON E H. Poe: a critical study [M]. Cambridge: The Belknap Press of Harvard University Press, 1957.

[42] DAYAN J. Fables of mind: an inquiry into Poe's fiction [M]. New York: Oxford University Press, 1987.

[43] DONELAN J H. Poetry and the romantic musical aesthetic [M]. Cambridge: Cambridge University Press, 2008.

[44] DRENNAN M. The short story: a literary chat [J]. The Irish monthly (518): 494-499, 1916.

[45] ELIOT T S. From Poe to Valéry [J]. The Hudson review, 1949 (3): 327-342.

[46] ELIOT T S. Literary essays of Ezra Pound [M]. New York: New Directions, 1968.

[47] ELIOT T S. On poetry and poets [M]. New York: The Noonday Press, 1961.

[48] ELMER J. Reading at the social limit: affect, mass culture, and Edgar Allan Poe [M]. Stanford: Stanford University Press, 1995.

[49] EMERSON R W. The complete essays and other writings of Ralph Waldo Emerson [M]. New York: The Modern Library, 1950.

[50] ERKKILA B. Perverting the American renaissance: Poe, democracy, critical theory [C]// KENNEDY J G, MCGANN J. Poe and the remapping of antebellum print culture. Baton Rouge: Louisiana State University Press, 2012.

[51] FISHER B F. Poe in his own time: a biographical chronicle of his life, drawn from recollections, interviews, and memoirs by family, friends, and associates [M]. Lowa City: Lowa University Press, 2010.

[52] FORSTER E M. Aspects of the novel [M]. New York: Harcourt, Inc. , 1955.

[53] FOUST R E. Aesthetician of simultaneity: E. A. Poe and modern literary theory [J]. South Atlantic review, 1981(2): 17-25.

[54] FRYE N. Anatomy of criticism: four essays [M]. Oxford: Princeton University Press, 2000.

[55] FULCHER J F. Debussy and his world [M]. Princeton: Princeton University Press, 2001.

[56] GERBER J. Double booking: how editors rewrote the American renaissance in the cold war [D]. Cambridge, MA: Harvard University, 2003.

[57] GILL S. William Wordsworth [C]. New York: Oxford University Press, 2010.

[58] GOLDSTEIN P. International copyright: principles, law, and practice [M]. New York: Oxford University Press, 2001.

[59] GOMBRICH E H. Art and illusion: a study in the psychology of pictorial representation [M]. London: Phaidon, 1984.

[60] GOMBRICH E H. The story of art [M]. New York: Phaidon Press, 1961.

[61] GORDON A S. Cultures of criticism in antebellum America [D]. Los Angeles: University of California, 2011.

[62] GUERIN W L, et al. A handbook of critical approaches to literature [C]. New York: Oxford University Press, 2005.

[63] GUTTZEIT G. The figures of Edgar Allan Poe: authorship, antebellum literature, and transatlantic rhetoric [M]. Berlin: Walter de Gruyter GmbH, 2017.

[64] HABIB M A R. A history of literary criticism and theory: from Plato to the present [M]. Malden: Wiley-Blackwell, 2011.

[65] HARVEY R C. The critical history of Edgar Allan Poe's The Narrative of Arthur Gordon Pym: "a dialogue with unreason"

[M]. New York: Routledge, 2016.

[66] HARTMANN J H. The marketing of Edgar Allan Poe [M]. New York: Routledge, 2008.

[67] HAYES K J. The Cambridge companion to Edgar Allan Poe [M]. Cambridge: Cambridge University Press, 2004.

[68] HAYES K J. Edgar Allan Poe in context [M]. Cambridge: Cambridge University Press, 2013.

[69] HEAD D. The modernist short story: a study in theory and practice[M]. Cambridge: Cambridge University Press, 1994.

[70] HIGGINS D. Romantic genius and the literary magazine [M]. New York: Routledge, 2005.

[71] HILL D L. The renaissance: studies in art and poetry (the 1893 text) [C]. Berkeley: University of California Press, 1980.

[72] HINDEN M. Poe's debt to wordsworth: a reading of "stanzas" [J]. Studies in romanticism, 1969(2): 109-120.

[73] HIGGINSON T W. Henry Wadsworth Longfellow [M]. New York: Houghton, Mifflin and Company, 1902.

[74] HIRSH E L. Henry Wadsworth Longfellow [M]. Minneapolis: University of Minnesota Press, 1964.

[75] HOLLAND M, HART-DAVIS R. The complete letters of Oscar Wilde [M]. London: Fourth Estate, 2000.

[76] HOVEY K. Critical provincialism: Poe's poetic principle in antebellum context [J]. American quarterly, 1987(3): 341-354.

[77] HOWELLS W D. Literary friends and acquaintance [M]. New York: Harper, 1900.

[78] HUTCHERSON D R. Poe's reputation in England and America,

1850-1909 [J]. American literature, 1942(3):211-233.

[79] HUTCHISSON J M. Edgar Allan Poe: beyond gothicism [M]. Newark: University of Delaware Press, 2011.

[80] JACOBS R D. Poe: journalist and critic [M]. Baton Rouge: Louisiana State University Press, 1969.

[81] JACKSON D K. Poe's knowledge of law during the messenger period: some comments on chapter II of Margaret Alterton's origins of Poe's critical theory [J]. American literature, 1938(3): 331-339.

[82] JACKSON N. Science and sensations in romantic poetry [M]. New York: Cambridge University Press, 2008.

[83] JOHNSON H. The complete poems of Emily Dickinson [M]. Boston: Little, Brown & Company, 1960.

[84] KELLY G. Poe's theory of beauty [J]. American literature, 1956 (4): 521-536.

[85] KELLY W H. Detecting the critic: the presence of Poe's critical voice in his stories of Dupin [J]. The Edgar Allan Poe review, 2003(2):77-86.

[86] KENNEDY J G. Strange nation: literary nationalism and cultural conflict in the age of Poe [M]. New York: Oxford University Press, 2016.

[87] KENNEDY J G, WEISSBERG L. Romancing the shadow: Poe and race [M]. New York: Oxford University Press, 2001.

[88] KILLINGSWORTH M J. The Cambridge introduction to Walt Whitman [M]. New York: Cambridge University Press, 2007.

[89] KIRBY-SMITH H T. The celestial twins: poetry and music

through the ages [M]. Amherst: University of Massachusetts Press, 1999.

[90] LANG P H. Music in western civilization [M]. New York: W. W. Norton & Company, Inc., 1941.

[91] LANGER S K. Feeling and form: a theory of art [M]. New York: Charles Scribner's Sons, 1953.

[92] LEVINE R S. Dislocating race & nation: episodes in nineteenth-century American literary nationalism [M]. Chapel Hill: The University of North Carolina Press, 2008.

[93] LEVINE S, LEVINE S F. Edgar Allan Poe: critical theory, the major documents [M]. Urbana: University of Illinois Press, 2009.

[94] LIN Y T. The importance of living [D]. New York: Reynal & Hitchcock, 1937.

[95] LODGE D. The art of fiction: illustrated from classic and modern texts [M]. New York: Viking Penguin, 1993.

[96] LOHAFER S. Reading for storyness: preclosure theory, empirical poetics, and culture in the short story [M]. Baltimore: The Johns Hopkins University Press, 2003.

[97] LOPEZ L. Untimely figures: Edgar Allan Poe, journalism, and the literary imagination [D]. Pittsburgh, PA: University of Pittsburgh, 2010.

[98] LUBELL A J. Poe and A. W. Schlegel [J]. The journal of English and Germanic philosophy, 1953(1):1-12.

[99] MARKS E R. Poe as literary theorist: a reappraisal [J]. American literature, 1961(3): 296-306.

[100] MARCHAND E. Poe as social critic [J]. American literature,

1934(1): 28-43.

[101] MARLER R F. From tale to short story: the emergence of a new genre in the 1850's [J]. American literature, 1974(2): 153-169.

[102] MARVICK L M. Manet declines to illustrate the invisible [J]. The Edgar Allan Poe review, 2018(1): 28-38.

[103] MATTHEWS B. The philosophy of the short-story [M]. New York: Longmans, Green and Co. , 1917.

[104] MATTHIESSEN F O. Poe [J]. The Sewanee review, 1946(2): 175-205.

[105] MATTHIESSEN F O. American renaissance: art and expression in the age of Emerson and Whitman [M]. New York: Oxford University Press, 1970.

[106] MAY C E. Edgar Allan Poe: a study of the short fiction [M]. Boston: Twayne Publishers, 1991.

[107] MAY C E. New short story theories [M]. Athens: Ohio University Press, 1994.

[108] MACFARLANE R. Original copy: plagiarism and originality in nineteenth-century literature [M]. New York: Oxford University Press, 2007.

[109] MCFARLAND T. Originality and imagination [M]. Baltimore: The Johns Hopkins University Press, 1985.

[110] MCGANN J. The poet Edgar Allan Poe: alien angel [M]. Cambridge: Harvard University Press, 2014.

[111] MCHENRY R, et al. The new encyclopedia Britannica [M]. Vol. 1, 15th ed. Chicago: Encyclopedia Britannica, Inc. , 1993.

[112] MITCHELL M. Poe and Spielhagen: novelle and short-story

[J]. Modern language notes, 1914(2): 36-41.

[113] MOHRENSCHILDT D S. The Russian symbolist movement [J]. PMLA, 1938(4): 1193-1209.

[114] MOORE R S. The magazine and the short story in the ante-bellum period [J]. South Atlantic bulletin, 1973(2): 44-51.

[115] MOSS S P. Poe and the Norman Leslie incident [J]. American literature, 1953(3): 293-306.

[116] MOSS S P. Poe's literary battles: the critic in the context of his literary milieu [M]. Durham, North Carolina: Duke University Press, 1963.

[117] MOSSOP D J. Pure poetry [M]. Oxford: Clarendon Press, 1971.

[118] MULLER J P, WILLIAM J R. The purloined Poe: Lacan Derrida, and psychoanalytic reading [M]. Baltimore: The John Hopkins University Press, 1987.

[119] MUIR E. The structure of the novel [M]. New York: Harcourt, Brace & World, Inc. , 1929.

[120] MURPHY J W D. The American dream elucidated by Edgar Allan Poe [J]. The Edgar Allan Poe review, 2012(2): 7-32.

[121] NADEL I B. The Cambridge introduction to Ezra Pound [M]. New York: Cambridge University Press, 2007.

[122] NORTH J. The domestication of genius: biography and the romantic poet [M]. New York: Oxford University Press, 2009.

[123] OMANS G A. "Intellect, taste, and the moral sense": Poe's debt to Immanuel Kant [M]// MYERSON J. Studies in the American renaissance. Charlottesville, Virginia: University Press of Virginia, 1995.

[124] PALMER R B. Nineteenth-century American fiction on screen [M]. New York: Cambridge University Press, 2007.

[125] PARKS W. Edgar Allan Poe as literary critic [M]. Athens: University of Georgia Press, 1964.

[126] PASCO A H. On defining short stories [J]. New literary history, 1991(2): 407-422.

[127] PATTEE F L. Edgar Allan Poe [C]// CLARKE G. Edgar Allan Poe: critical assessments. Vol. III. Mountfiled: Helm Information Ltd., 1991.

[128] PEEPLES S. The afterlife of Edgar Allan Poe [M]. New York: Camden House, 2004.

[129] PHILLIPS P E. Poe and place [M]. New York: Palgrave Macmillan, 2018.

[130] POE E A. Complete stories and poems of Edgar Allan Poe [M]. New York: Doubleday & Company, 1966.

[131] POE E A. Edgar Allan Poe: essays and reviews [M]. New York: Library of America, 1984.

[132] POE E A. The collected letters of Edgar Allan Poe [M]. New York: Gordian Press, 2008.

[133] POE E A. The Oxford handbook of Edgar Allan Poe [M]. KENNEDY J G, PEEPLES S. New York: Oxford University Press, 2019.

[134] POE H L. Evermore: Edgar Allan Poe and the mystery of the universe [M]. Waco: Baylor University Press, 2012.

[135] POLLIN B R. The word "autorial" in Poe's criticism: history and implications [J]. Poe studies, 1977, 10(1): 15-18.

[136] POLLAK V R. A historical guide to Emily Dickinson [M]. New York: Oxford University Press, 2004.

[137] POSNER R A. The little book of plagiarism [M]. New York: Pantheon Books, 2007.

[138] PRIESTMAN M. The Cambridge companion to crime fiction [M]. Cambridge: Cambridge University Press, 2003.

[139] QUINN A H. Edgar Allan Poe: a critical biography [M]. New York: Cooper Square Publishers, 1969.

[140] RAINWATER C. Poe's landscape tales and the "picturesque" tradition[J]. The Southern literary journal, 1984(2): 30-43.

[141] REGAN R. Poe: a collection of critical essays [M]. Englewood Cliffs: Prentice-Hall, Inc. , 1967.

[142] REYNOLDS D S. Beneath the American renaissance: the subversive imagination in the age of Emerson and Melville [M]. New York: Oxford University Press, 1988.

[143] REYNOLDS D S. Walt Whitman: lives and legacies [M]. New York: Oxford University Press, 2005.

[144] RICHARD C. Edgar Allan Poe: journaliste et critique [M]. Paris: Librairie C. Klincksieck, 1979.

[145] RICHARDS E. Gender and the poetics of receptions in Poe's circle [M]. Cambridge: Cambridge University Press, 2004.

[146] ROGERS K B. Creating romantic obsession [M]. New York: Palgrave Macmillan, 2019.

[147] ROSENHEIM S, RACHMAN S. The American face of Edgar Allan Poe [M]. Baltimore: The Johns Hopkins University Press, 1995.

[148] SAID E. Beginnings: intentions and method [M]. Baltimore and London: The Johns Hopkins University Press, 1975.

[149] SAVOYE J A. Examining Poe's critical theory [J]. Poe studies (1):113-129, 2009.

[150] SCHLEGEL F. Friedrich Schelgel's Lucinde and the fragments [M]. FIRCHOW P, trans. Minneapolis: University of Minnesota Press, 1971.

[151] SCHOPENHAUER A. The world as will and idea [M]. vol. 1, 7th ed. HALDANE R B, KEMP J, trans. Edinburg: The Ballantyne Press, 2008.

[152] SHAW P. Plagiary [J]. The American scholar, 1982(3): 325-337.

[153] SMITH H E. Poe's extension of his theory of tale [J]. Modern philology, 1918(4):195-203.

[154] SNELL G. First of new critics [J]. Quarterly review of literature, 1945(Summer): 333-340.

[155] STEPHEN J A. The patriot poets: American odes, progress poems, and the state of the union [M]. Montreal: McGill-Queen's University Press, 2018.

[156] STILLINGER J. Multiple authorship and the myth of solitary genius [M]. New York: Oxford University Press, 1991.

[157] STOVALL F. The conscious art of Edgar Allan Poe [J]. College English, 1963(6): 417-421.

[158] TALLY R T, Jr. Poe and the subversion of American literature: satire, fantasy, critique [M]. New York: Bloomsbury, 2014.

[159] THOMAS D, JACKSON D K. The Poe log: a documentary life of Edgar Allan Poe 1809-1849 [M]. Boston: G. K. Hall & Co.,

1987.
[160] THOMPSON G R. Poe Edgar Allan: essays and reviews [M]. New York: Library of America, 1984.
[161] THOMPSON G R. Literary politics and the "legitimate sphere": Poe, Hawthorne, and the "tale proper" [J]. Nineteenth-century literature, 1994(2): 167-195.
[162] THOMPSON G R. Poe's fiction: romantic irony in the Gothic tales [M]. Madison: University of Wisconsin Press, 1973.
[163] TSCHACHLER H. The monetary imagination of Edgar Allan Poe: banking, currency and politics in the writings [M]. Jefferson: McFarland & Company, Inc. , Publishers, 2013.
[164] URAKOVA A. Deciphering Poe: subtexts, contexts, subversive meanings [M]. Bethlehem: Lehigh University Press, 2013.
[165] VILADESAU R. Theological aesthetics: God in imagination, beauty, and art [M]. New York: Oxford University Press, 1999.
[166] VINES L D. Valéry and Poe: a literary legacy[M]. New York: New York University Press, 1992.
[167] WARNER M. The portable Walt Whitman [M]. New York: Penguin Books, 2004.
[168] WATERHOUSE F A. Romantic "originality" [J]. The Sewanee review, 1926(1): 40-49.
[169] WATT I. The rise of the novel: studies in Defoe, Richardson and Fielding [M]. Berkeley: University of California Press, 1959.
[170] WELLEK R. The new criticism: pro and contra [J]. Critical inquiry, 1978(4): 611-624.
[171] WELLEK R, WARREN A. Theory of literature [M]. London:

Jonathan Cape, 1949.

[172] WERT J R. Poe's early criticism of American fiction: the southern literary messenger and the fiction of Robert Montgomery Bird [C]//HUTCHISSON J M. Edgar Allan Poe: beyond gothicism. Newark: University of Delaware Press, 2011.

[173] WHALEN T. Edgar Allan Poe and the masses: the political economy of literature in antebellum America [M]. Princeton: Princeton University Press, 1999.

[174] WHALEN T. Edgar Allan Poe and the horrid laws of political economy [J]. American quarterly, 1992(3): 381-417.

[175] WIDMER E L. Young America: the flowering of democracy in New York City [M]. New York: Oxford University Press, 1999.

[176] WILDE O. Complete works of Oscar Wilde [M]. New York: William Collins, 2008.

[177] WIMSATT W K, Jr. , BROOKS C. Literary criticism: a short history [M]. New York: Alfred A. Knop, 1957.

[178] WILSON E. Patriot gore: studies in the literature of the American civil war [M]. New York: Oxford University Press, 1962.

[179] WILSON E. Poe as a literary critic [J]. Nation CLV, 1942(31): 452-453.

[180] WILSON J S. Poe's philosophy of composition [J]. NEMLA newsletter, 1970(2):38-43.

[181] ZIMMERMAN B. Edgar Allan Poe: rhetoric and style [M]. London: McGill-Queen's University Press, 2005.